W0267330

Tina Uebel

DANN SIND WIR HELDEN

Tina Uebel

DANN SIND WIR HELDEN

Roman

C.H.Beck

© Verlag C.H.Beck oHG, München 2021 | www.chbeck.de | Umschlag-
gestaltung: Rothfos & Gabler, Hamburg | Umschlagabbildung: Shutterstock, © Nejron Photo | Satz: Fotosatz Amann, Memmingen | Druck und Bindung: CPI – Ebner & Spiegel, Ulm | Gedruckt auf säurefreiem, alterungsbeständigem Papier | Printed in Germany | ISBN 978 3 406 76519 3

myclimate | klimaneutral produziert | www.chbeck.de/nachhaltig

Für Adrian, Andrea, Anselm, Manfred, Markus.
Danke. Pries.
Und für Dich, Daniel.

Inhalt

Oh, we're nothing.

David Bowie, «Heroes»

Testimonial Kathrin: «Dein Leben fängt gerade erst an»

Ja, hallo, ich bin Kathrin, und ich will natürlich ebenfalls sagen, wie toll das Seminar war, auch wenn alle anderen, na ja, außer Ruth, das schon viel besser getan haben, ich bin das ja nicht so gewohnt mit der Kamera ... oh, okay, ich fang noch mal an; also, ich bin Kathrin, und eigentlich denkt man ja, das eigene Leben ist zwar gut, bloß, daß es jetzt erst anfängt, das denkt man ab Mitte Vierzig nicht mehr wirklich. Da hat mich, obwohl ich erst skeptisch war, Jürgs Buch «Dein Leben fängt gerade erst an» irgendwie abgeholt, und so bin ich auf diesem seinem Seminar hier gelandet. Und habe so viel gelernt in diesen drei Tagen! Daß es nicht darauf ankommt, wie alt man ist, es kommt auf den *Spirit* an, wie Jürg sagt, und es gibt ja selbst Zwanzigjährige, sagt er, die immer nur darauf warten, daß irgendwas anfängt. Wir müssen unser Leben einfach in die eigene Hand nehmen, und dann fängt es an. Das glaub ich ganz fest. Dafür sage ich ganz herzlich danke, Jürg, wir sehen uns dann wieder beim «Gipfel»-Seminar, und euch da draußen kann ich nur sagen: Lest das Buch und abonniert Jürgs Motivationsbooster und entdeckt, daß euer Leben, unser Leben, erst anfängt, heute, danke.

Jero am Heliport St. Moritz-Bad

Matteo und er verstauen gerade die Skier in den Autos, als der Helikopter landet, ein Rotorenstürmchen über den Parkplatz fegen läßt und den ersten Teil der Dodos auslädt, die

Matteo und er schon oben auf der Terrasse der Corvatsch-Gipfelstation bestaunen konnten. Sie waren aus dem Heli gestiegen, den Blick starr auf ihre Selfiestickphones geheftet, jeder unablässig vor sich hin rhabarbernd. Dann, rhabarbernd, vom Helipad auf die Terrasse tretend, ans Geländer, weiterrhabarbernd: Die heutige Fracht von Werner, Pilot und Kumpel von Matteo, der kurz zuvor Matteo und Jero hochgeflogen und für die Kamera noch eine rasante Runde gedreht hatte, bevor er die Dodos holen ging, während die beiden sich auf die Freeride-Abfahrt vom Gipfel vorbereiteten. Die Dodos, ohne Smartphones nunmehr quasi nackt, ducken sich unter dem Wind der Rotoren und huschen ordnungsgemäß vom Felde, Matteo hantiert am Kofferraum und zieht sich die Skischuhe aus, sein Handy klingelt, es scheint um einen seiner Fotografenjobs zu gehen, Matteo klemmt das Handy unter die Mütze und versucht, parallel den Schuhwechsel zu vollziehen, was ein bißchen aussieht wie ein Flamingo beim Yoga. Ein telefonierender Flamingo. Jero ist schon beschuht und beobachtet die Dodos. Sie haben sich zu einem aufgeregten Grüppchen formiert und reden miteinander wie mit Selfiesticks. Nur eine Frau steht abseits, sieht zu den Bergen hoch, und nachdem Jero sie ein paar Minuten beobachtet hat, glaubt er, sie weint. Weil er sonst nichts zu tun hat, weil Matteo immer noch telefoniert, weil es kalt ist auf dem Parkplatz oder auch einfach nur aus Reflex, denn es ist sein Job, sich zu kümmern, geht Jero zu ihr rüber. Die Frau weint tatsächlich, lautlos, Tränen rinnen ihr über die Wangen, ziehen Wimperntusche-Schleppen hinter sich her, suchen sich, wie Schmelzwasser, ihren Weg entlang der natürlichen Rinnen und Couloirs. Die Frau hat mit zu viel Make-up über ihren Falten versucht, jünger auszusehen, was sie älter macht, als sie wahrscheinlich ist, fünfzig vielleicht, schätzt Jero. Sie trägt Ohrringe, die so groß und häßlich sind, daß sie wahrscheinlich sehr teuer waren. Dazu Klamotten vom Typ Skilaufklamotten für Nichtskiläufer. Ihre Frisur hingegen ist hemmungslos zerzaust. Ich will nicht aufdringlich sein, aber – alles in Ordnung, fragt Jero. Die Frau wendet sich ihm zu, die Topographie ihres Gesichtes wirft sich in ein Lächeln, ihre Augen verweisen den Gipfel des Corvatsch, der gerade auf 3303 Metern mit der Abendsonne ein Fest feiert, in der Disziplin «Strahlen» auf den zweiten Platz. Ich muß das grad noch verarbeiten, flüstert sie, und Jero ist erstaunt, er hätte sich ihre Stimme so laut vorgestellt wie ihre Ohrringe oder die Kunstpelzkragenjacke. Sie können sich das nicht vorstellen. Wie das war, da oben. Und da einfach hochzufliegen. Dieser Blick. Dieses Gefühl, daß die ganze Welt unter einem liegt und über einem nur noch der Himmel. Wie glücklich ich bin. Daß man so glücklich sein kann. Sie lächelt noch ein bißchen breiter oder tiefer, und man beginnt fast, eine Art Gesicht hinter dem Make-up zu sehen. Ich habe mich noch nie, glaube ich, in meinem Leben so frei gefühlt. Das ist toll, sagt Jero. Ja, wispert sie. Also geht es Ihnen gut, sagt er, und sie nickt, und dabei kann man jetzt fast das Mädchen sehen, das sie einmal gewesen sein muß. Ich freu mich für Sie, sagt Jero, und das stimmt. Werner erzählte, die Dodos zahlen für so ein Seminar mehrere tausend Franken; sich einen Heli selbst zu mieten kostet neununddreißig pro Minute, es sind wohl grad mal zehn auf den Corvatsch hinauf. Aber wer kann an Glück ein Preisschild heften. Glück ist Glück. Er macht im Sommer mit einer Stammgastfamilie Hochgebirgswanderungen, die man weiß Gott auch allein machen könnte anstatt mit einem teuren Bergführer, aber die Familie meint ihn zu brauchen und ist auf einem noch so schlichten Wanderpaß offensichtlich sehr, sehr glücklich. Andere Gäste benötigen dafür Heliskiing in Kanada. Glück ist nicht zu quantifizieren. Danke, flüstert die Frau, wendet dann ihren Blick zurück zum Corvatsch hinauf, der eigentlich von Gondeln, Liften und Pisten zu entstellt ist, um wirklich schön zu sein, und wischt sich mit ihrem Handrücken Wimperntusche über das entrückte Gesicht. Kommst du, ruft Matteo; jo, ruft Jero, der Plan ist ein Bierli im Café Hauser. Als er gerade die Schiebetür seines VW-Busses schließen will, steht, «Entschuldigung» sagend, eine andere Frau aus dem Dodoschwarm hinter ihm. Ja, sagt Jero, nicht im geringsten unwirsch, obwohl er eigentlich weder den Abend auf diesem Parkplatz verbringen will noch sämtliche Dododamen adoptieren. Sie sind Bergführer, ja, fragt die Frau und deutet auf das Signet an seiner Jacke. Von ihr ist nicht viel zu erkennen, zwischen ihren ungeschminkten Lippen, denen man Raucherfalten anzusehen beginnt, und der Fleecemütze trägt sie eine verspiegelte Sonnenbrille, obwohl im Tal längst die blaugrauen Bergschatten liegen. Jo, sagt Jero. Ich wollte Sie fragen, was man können muß, um auf solche Berge zu gehen. Das kommt drauf an, sagt Jero, auf welche Berge. Die Frau, Handschuhe trägt sie nicht, zieht eine Zigarette aus der Tasche ihres schwarzen Anoraks, zündet sie an, inhaliert, atmet aus, sagt: Das dachte ich mir. Weil sie nichts weiter sagt und Jero allmählich wirklich ungeduldig wird, sagt er, wenn Sie auf die Website der hiesigen Bergsteigerschule gehen, da stehen unsere Tourenvorschläge und die ungefähren Anforderungen, und wir machen auch Einführungskurse. Die Frau nickt und läßt Rauch aus ihren noch nicht ganz faltigen Lippen strömen. Das war nett, sagt sie. Daß Sie zu Kathrin rübergegangen sind. Ich hätte das selbst tun sollen, aber ich bin offensichtlich nicht nett genug. Jero sagt nichts, aber beginnt sich zu wünschen, er hätte sich gar nicht erst in die Selfiekonversationen dieser Leute eingemischt. Ich hätte Ihnen auch eine Zigarette angeboten, aber Sie sehen nicht so aus, als ob Sie rauchen, sagt die Frau, und hat damit nur bedingt recht, gelegentlich, sehr selten, in Partykontexten, raucht Jero auch mal, darf ich fragen, wie Sie heißen? Jero, sagt Jero. Danke, sagt die Frau, ich wünsche Ihnen einen schönen Abend, dreht sich um und geht zu ihrem Schwarm und dem wartenden Minibus. Sie warten auf das zweite Kontingent, das sich gerade in Werners Heli zu ihnen herabschraubt. Matteo sitzt schon in seinem Wagen, Jero steigt in den VW-Bus und rumpelt ihm hinterher auf die Landstraße. Im Rückspiegel sieht er die Pelzkragenfrau, die immer noch abseits steht und hinaufsieht zu den Bergen, woher ihr Hilfe kommt.

Jürg Beltrane – Motivationsbooster: Freiheit

(Selfiestick-Kamera, zunächst auf Beltrane gerichtet, ab 1:07 in den Schwenk gehend: Winterliches Alpenpanorama, schneebedeckte Gipfel, die meisten augenscheinlich tieferliegend als der Kamerastandort.)

Ja hallohallihallo, Motivationsbooster von heute: Freiheit. Sag mal ganz ehrlich, fühlst du dich frei? Also, ich frag das immer meine Leute auf den Seminaren, und dann höre ich meistens, nein, ich würd ja gerne, aber ich muß dies, ich muß das, ich muß mich um die Kinder kümmern, ich muß meine Eltern versorgen, ich muß in meinem Job Leistung bringen, ich muß, ich muß, ich muß – HALLO, aufwachen, das einzige, was du mußt, ist, eines Tages sterben, aber sonst mußt du gar nichts, sonst kannst du frei sein. Guck mal hin, wo ich hier steh, ich steh ganz oben, über allen Gipfeln, was für ein Magic Moment, und da unten liegt mir alles zu Füßen, da unten sind diese Ameisentypen, die könnten auch hier oben sein, die könnten auch in die Freiheit gehen, aber wollen die das, nein, die glauben ja, das könnten sie gar nicht, weil sie sich mit diesen ganzen SACHZWÄNGEN rausreden, o Mann, Sachzwänge, das ist so ein Wort, da ist bei mir ja schon alles vorbei, das ist doch eine AUSREDE, das ist das Jammern von Jammerlappen, also fang mir jetzt nicht an von wegen: Ich würd schon gern, aber da ist das Haus, das ich abbezahlen muß, da reicht das Geld hinten und vorn nicht – HALLO, aufwachen, dann denk doch nicht immer in diesem Hamsterrad, wenn dir die finanzielle Freiheit fehlt, such nach Auswegen, such nach passiven Einkommensströmen, ich LIEBE passive Einkommensströme, die FREIHEIT, die mir das verschafft, und wenn ich das kann, kannst du das auch, guck dir den Link unten an. Und so ist das auch mit allem anderen, tut dir dein Partner nicht gut, sag nicht, du hast noch Kinder, du bist schon so lange mit ihm zusammen, du bist schon alt, das sind alles ganz dumme AUSREDEN, die dich davon abhalten, zu tun, was du tun solltest: endlich in die FREIHEIT gehen, weil du da, und nur da, endlich richtig glücklich bist – und meinst du nicht, daß du das verdient hast? Also, ich finde schon, und meistens fehlt ja nur eins, der Mut fehlt, da reden wir demnächst drüber, bis dann, take care, tschüß und bye-bye.

Simon macht Schluß

Das ist jetzt wahrscheinlich keine gute Gelegenheit. Aber Simon weiß nicht, wie eine solche Gelegenheit gut aussehen könnte. Es wäre wohl ein eher schlechter Gedanke, einen Tisch in einem Restaurant, das man sich eh nicht leisten kann, zu reservieren, nach einer Weinbestellung und vor einem Hauptgang, oder wie so was sonst läuft, in allen Filmen sieht man den Weinober und die Bestellung, aber nie die Protagonisten essen, dann sich zu räuspern, die Gabel klingend gegen das Weinglas zu schlagen, Schatz, ich respektiere dich zutiefst, aber ich – ja was. Ich brauche mehr Freiraum, laß uns Freunde bleiben, es war eine schöne Zeit, und wenn du nicht sofort aufhörst zu reden, muß ich dir das Fischmesser ins Auge rammen. So löst sich das, denkt Simon und rührt in seiner Veganpastasauce wie in einem sehr tiefgründigen Gedanken, wahrscheinlich nicht. Adoleszenz, denkt er, während Lena über irgendwas klagt, irgend etwas gibt es immer zu beklagen, Lena ist wie ein Autoalarm, einer derjenigen, die nachts aus keinem erkennbaren Grunde losgehen und erst nach Stunden aus genausowenig erkennbarem Grunde plötzlich wieder verstummen. Wie viele Menschen weltweit wohl nächtlich wegen dieser Autoalarme wach liegen, denkt Simon, und keiner weiß, was man dagegen machen könnte. Adoleszenz, denkt er, der in seinem Deutschleistungskurs der fraglos Beste ist, ein Wort mit ziemlich vielen, mit ungewöhnlich vielen «z», ein weitaus weniger degradierendes Wort als Pubertät. Meint letztlich dasselbe – die Welt will einen für bescheuert halten, und man selbst hält sich für bescheuert, weil man nicht weiß, wie man jetzt mit diesem Mädchen Schluß machen soll. Simon hebt den Blick, läßt ihn durch die Mensa schweifen, dressiert ihn zurück auf Lena. One-way-Konversation hängt ihr aus dem Maul wie Spaghetti. Wenn sie redet, was eigentlich immer ist, ist's wie Tinnitus, wann genau hat das angefangen, fragt sich Simon, und schweigt sie beim Ficken eigentlich endlich mal still? Er kann sich nicht erinnern, Lenas erstes Semester hat zwar just erst begonnen, obwohl es ihr fraglos bereits Dekaden der Klage beschert, und gefickt haben sie wohl grad gestern nacht, in ihrer WG, die so aussah, als ficke man in einem IKEA-Showroom, aber war sie währenddessen irgendwann mal still? Simon kann sich nicht daran erinnern. Er glaubt, sie sei früher stiller gewesen, aber das kann täuschen. Oder sie ist mittlerweile älter geworden. Oder er. Lessons of Adoleszenz, denkt er, laß dich nicht mit älteren Frauen ein und lern, wenn schon, mit ihnen Schluß zu machen. Simon hat zuvor erst mit einem Mädchen Schluß gemacht, und nein, man muß zugeben, sie hat Schluß gemacht, er hat nicht widersprochen. Ob es gut ankommt, wenn ich ihr sage, sie sei zu alt für mich, Baby, fragt er sich und beißt auf seine Gabel, um nicht zu breit zu grinsen, während Lena über eine strukturelle Ungerechtigkeit rhapsodiert, die ihr noch vor ihrem ersten Seminar begegnet zu sein scheint, weil sie offenbar noch in der Einführungswoche zunächst Ungerechtigkeitsfindungsgruppen beigetreten ist. Ob das alles besser ist, fragt sich Simon, läßt seinen Blick zur Tür hinausspazieren über den Campus, von dem er stets angenommen hat, dort würde auch er dereinst von den Gezeiten angespült werden, die zu schwach sind, jemanden wie ihn oder Lena weiter weg zu schwemmen als bis in die nächste echte Stadt, was von Hannover nach allen geographischen Wahrscheinlichkeiten immer noch Hamburg ist. In eine WG wie die Lenas, wo IKEA-Bettgestelle die Last der adoleszenten Seele tragen und unter fortwährendem Geschlechtsverkehr seufzen. Lena seufzt unterdes unter der Last der Welt. Frauen tragen da schwerer dran, scheint sie ihm erklärt zu haben. Ist schon interessant, daß die Menschheit den Autoalarm erfunden hat, vor Jahrhunderten bereits, aber nie eine Strategie ersann, wie man ihn abschalten könnte. Sie sind früher zusammen Skateboard gefahren, sie war das einzige Mädchen, das richtig kraß dabei war, er war klein, sie war zwei Jahre älter und unerreichbar. Ich liebe dich nicht mehr, sagt er, tut mir leid, sieht auf seine Gabel, läßt sie fallen, weil es ihm obszön vorkommt, bei so einem Statement eine Gabel in der Hand zu halten, von der tomatöse Spaghetti hängen wie lose Koronararterien, schiebt seinen Stuhl zurück, will hinausstürmen, weiß aber für einen Moment nicht, wo der Ausgang ist – ihr Territorium, nicht seines –, findet ihn doch. Kommt draußen auf einem Betonmäuerchen zu sitzen, von dem vermutlich vor fünfzig Jahren mal jemand dachte, das sei Gestaltung des öffentlichen Raumes. Atmet durch und weint nicht, weil er dazu keine Lust hat. Es ist nicht ganz so, daß er nicht enttäuscht wäre, daß sie ihm nicht nachkommt, es ist nicht ganz so, daß er darüber nicht erleichtert wäre. Fuck it, sagt er und muß sich nicht vorhandene Tränen nicht vom Gesicht wischen. Er muß bloß herausfinden, was er mit den nächsten zwei Tagen anfangen soll, er wird gewiß nicht einen vollen Tag Schule für Lena geschwänzt haben und jetzt, Freitagnachmittag, nach Hannover zurückfahren. Er kennt Hannover. In Hannover ist nichts zu holen. Been there, seen it, done it. In Hannover sterben die Leute. Simon steht auf, tritt ein Stück höher auf das Mäuerchen, breitet die Arme aus und sagt, ruhig, aber klangvoll: Wir haben Akaba genommen.

Ruth macht kein Testimonial

Ihr habt schon alles gesagt, sagt Ruth, winkt ab und fragt sich, ob hier in den letzten drei Tagen schon irgendwer irgendwas gesagt hat, und falls ja, ob es irgendwer gehört hat trotz des ganzen Geredes. Macht ein fallender Baum ein Geräusch, während alle darüber reden? Ruth grinst, während sie sagt, daß alles schon gesagt sei, so breit wie eine Kontinentalplattenspalte. Keines unserer Leben fängt an, denkt sie, unsere Leben waren vor dreißig Jahren schon zu Ende. Seitdem haben wir gewartet und uns die Haare wachsen lassen. Jürg, der Jürg, der one and only, trägt einen blonden Pferdeschwanz, der schwächlich nach hinten ausfusselt und den Ruth für gefärbt hält. So wie sein Dreitagebart vermutlich aufgephotoshopped ist. Jürg filmt mal wieder Testimonials, Ruth sieht Kathrin trippeln, Carsten sich plustern wie ein Huhn, dem kalt ist, Michael die Kamera angrimmen wie einen Feind, den er vor dreißig Jahren verpaßt hat. Mitleid hat sie nur mit Michael, wie würdelos ist ein Krieg, in den du nie gezogen bist, Hase, denkt sie. Sie denkt an die Kriege, die sich ihr nie geboten haben, und weiß nicht, ob sie dankbar sein sollte oder empört. Wir fangen nicht an, wir enden, seit langem schon, denkt sie, wir haben immer schon geendet. Michael versucht, Jürgs Buch in die Kamera zu halten wie ein IS-Typ den Kopf eines Enthaupteten und dabei männlich auszusehen, Eva versucht, in ihr Testimonial

Kunstpausen mit Duckface einzubauen, das wenige, was sie in den letzten drei Tagen gegessen hat, hat sie, Ruth ist sich fast sicher, kurz drauf in die Seminarhaustoilette gereihert. Carsten zieht vor der Kamera den Bauch ein, konstatiert Ruth, aber tun wir das nicht alle. Ziehen wir nicht unsere Bäuche ein und rücken die Schultern zurück wie eine sperrige Kommode, wenn uns jemand ansieht, wenn uns endlich jemand ansieht. Carsten und sein Bauch, man kann es nicht beschönigen, ist *ihr* Patient. Ihre Parship-Extravaganza, er hat sie, es ist sein fünftes oder fünfzigstes Seminar, zu diesem Knapp-zweitausend-Franken-Weekend geladen, und sie würde das gerade gerne verdrängen, denkt Ruth, grinst kontinentalspaltenbreit und gibt Kathrin, die sich mit verschmiertem Mascara vor Jürgs Kamera verhaspelt, ein Thumbs-up. Sie würde dem Sex mit Carsten, wäre sie zu einer Amazon-Kundenbewertung aufgefordert, zwei von fünf Sternen geben, ein halber Stern Mitleid, bei Michael schwankt sie bislang zwischen drei und vier. Schwer zu sagen aufgrund nur eines besoffenen Quickies in der scheißkalten Wiese hinter dem Tagungshaus. Immerhin hat der Mond geschienen. Der Mond, der Mond; der Mond muß sich sicher nicht um seine Kundenbewertungen sorgen. Muß sich Ruth um die ihren sorgen, vermutlich schon. Wurde mit Gebrauchsspuren geliefert, fing ganz gut an, wurde aber im Mittelteil langweilig, und außerdem hängen die Brüste tiefer als in der Abbildung. Ruth verscheucht den Gedanken mit einem hämischen Grienen und sucht sich einen besseren. Ignoriert Michael, der jetzt, die Schultern so weit zurückgezerrt, daß man an eine Zwangsjacke denken muß, sein eigenes Handy volltextet, in der völlig müßigen Annahme, sein Leben als passiv einkommensumströmter Influencer finge gerade erst an. Sie stellt ihn unscharf und fokussiert die Berge. Wie schön sie sind. Die Nachmittagssonne akzentuiert jeden Grat, jeden Schrund, die Schneefelder gleißen, und über den gefrorenen Seen tut sich eine lockende Leere auf. Ruth wischt sich die Mütze vom Kopf, um die Kälte zu spüren. Seit einigen Jahren, seit sie den Gedanken hatte, daß nichts mehr wächst außer Haaren und Fingernägeln, läßt sie sich rigide Kurzhaarfrisuren schneiden. Hoch oben am Gipfel sieht sie den Heli abheben, kurz hängt er im Himmel, als denke er nach oder habe Muffensausen, läßt sich dann aber einfach schräg nach unten fallen, mit einer Wucht, die Ruth vorhin bei ihrem Flug in Synapsen und Unterleib spürte. Sie würde, hätte sie eine, es in ihrer Seele fühlen, denkt sie. Sollte es wider Erwarten eine Wiedergeburt geben, wäre sie, denkt sie, in ihrem nächsten Leben gern ein Hubschrauber. Sie klaubt eine Zigarette aus der Tasche und zündet sie im Windschatten ihres Anorakkragens an. Wenn sie ausatmet, kann sie den Zigarettenrauch nicht von ihrem kondensierenden Atem unterscheiden. Wir sollten nicht hier sein, denkt sie, nicht so. Es ist Betrug. Hier sollte man nur sein, wenn man dort selbst hochgehen kann. Man sollte alle diese Berge, denkt sie, und unter ihrem Blick rekeln sich Berge, Berge vor Bergen und hinter Bergen, dem Horizont entgegen, hinter dem sich wahrscheinlich Berge verbergen, gegangen sein, um sich das zu verdienen. Die Berge und die Berge hinter den Bergen strecken sich und schnappen spielerisch mit ihren weißen Gipfeln und Kuppen und Graten nach dem Sonnenlicht. Ruth muß an menschenleere Planeten denken. Planeten, auf denen Gebirge und Meere die Dinge unter sich ausmachen. Hallohallihallo, belästigt fünf Meter weiter Jürg seine Selfiestickkamera. Wahrscheinlich wäre es ruhig, wenn nicht alle redeten. Man müßte nicht hier sein, denkt Ruth, sondern da drüben. Da drüben stehen Berge herum und schauen mit Verachtung ins Tal, einer hat eine Kerbe, als hätte ein sehr großer Gott ein Stück herausgebissen. Der Fels kokettiert in seinen Dessous aus Schnee und Eis. Zwei späte Dohlen legen sich rasant wie Helikopter in die Luft. Die Luft riecht nach gar nichts. Kann es sein, daß es einem am Garnichts mangeln kann, fragt sich Ruth, als sich Carstens linker Arm um sie legt, mit dem rechten hält er immer noch den Selfiestick, ungeachtet dessen, daß der jetzt fast in den Parkplatzmatsch ditscht; ist das nicht toll, sagt Carsten und quetscht sie; o ja, so was von, sagt Ruth trocken, entscheidet spontan, mit ihm heute abend keinen Zweisternesex mehr zu haben, und befürchtet, Michaels Einladung zu dem Gipfeldingsseminar anzunehmen, wofür sie sich jetzt schon zu hassen beginnt. Wäre man Medusa, man könnte einen jeden zu Stein erstarren lassen. Der Stein würde über die Jahrtausende zu reizvollen Formen erodieren, und im Winter legte sich Schnee darauf, Schnee über alles, und glühte jubilierend mit jeder sinkenden oder aufgehenden Sonne. Ist man aber nicht, man ist die, die für einen Viersternefick so einiges zu tun bereit ist, während die eigenen Ratings ins Bodenlose fallen und dein Leben gerade erst endet.

Testimonial Kathrin:
«Du kannst Deine Gipfel bezwingen»

Ich wünschte, ihr könntet das sehen, also, nicht nur als Film, sondern in echt, wie wir das hier sehen. Ich kann gar nicht glauben, daß ich hier wirklich stehe. Man denkt ja nicht, daß so Leute wie man selbst Gipfel bezwingen, irgendwelche richtigen Gipfel, man geht zur Schule, und danach studiert man – damals war das ja noch nicht so, daß die jungen Leute erst mal ein halbes Jahr um die Welt fahren, ich hoffe, mein Sohn wird das machen, auch wenn ich wahrscheinlich vor lauter Sorgen sterben werde, wenn er das tut – und man arbeitet, und später arbeitet man dann halbtags, und man fährt im Urlaub in die Sonne oder nach Sylt oder endlich mal nach New York, und das ist alles schön, und ich bin immer sehr dankbar gewesen, nur an Gipfel denkt man halt nie, Gipfel, das ist etwas für irgendwie andere, ich meine, unsere Leben, das sind doch eher so Mittelgebirge, obwohl, ich glaube, ich war auch noch nie richtig in einem Mittelgebirge, Harz, Schwarzwald, so was haben unsere Eltern gemacht, als die Welt noch kleiner war, als man es sich noch nicht leisten konnte, in die Sonne zu fliegen. Aber es geht ja auch gar nicht um Berge, oder nicht nur, es geht ja um die eigenen, die inneren Gipfel, wie Jürg sagt, und da ist er unser Sherpa, so nennt er das, und das ist wirklich toll, ich glaube, ich gehöre zu den Leuten, die einen Sherpa brauchen, um ihre Gipfel zu finden, um überhaupt glauben zu können, daß man selbst innere Gipfel hat, und ich bin so dankbar, daß es Leute wie ihn gibt, die einem das hier ermöglichen, diesen Gipfel, diese Flüge mit einem echten Hubschrauber, das ist was ganz anderes, als wenn man die Seilbahn nimmt. Das ist, als wäre man was Besonderes. Und daß Frank diesmal mitgekommen ist auf ein Seminar, Frank, das ist mein Mann, darüber bin ich übrigens auch total happy, weil, man muß das teilen, gerade nach achtzehn Jahren Ehe, aber auch sonst ist es wichtig, daß man die, wie Jürg immer sagt, Magic Moments teilt. Natürlich auch mit euch, ich schwenk jetzt gleich mal das iPhone über die Aussicht, dann versteht ihr bestimmt, was ich meine, besser, als ich das sagen kann.

Jero am Biancograt

Er ist nicht überrascht. Es ist seine siebte Sommersaison, er hat längst einen Blick für Problembären. Pflegeleicht sowohl die Souveränen wie die Bescheidenen. Die, die wissen, was sie tun, die oft in bewährten Teams von zwei, drei Freunden auftauchen, die jeden Sommer wiederkommen, einen Wunschgipfel vor Augen, trainiert, realistisch. Und die, die staunend jeden neuen Schritt entdecken, die strahlen, wenn sie ihren Mastwurfknoten begriffen haben, und doch lieber noch zweimal nachfragen, ob er auch richtig sitzt. Die kommen klar, sowohl als auch. Die gelegentlichen Wildcards hingegen: ein herausfordernder Kessel Buntes. Mein Rücken, sagt Lennart, sein Gast, irgendwas ist mit meinem Rücken, aber Jero weiß, es ist nicht der Rücken, es ist die Überforderung. Die aufgehende Sonne läßt die Dreiergipfel des Palü, der auf seinen drei Pfeilern mit all der Lässigkeit ruht, die nur Berge aufbringen, orangefarben glühen und Brandlöcher in den maßlosen, leerblauen Himmel brennen. Jero macht ein Foto, dann macht er eines von Lennart, der nicht mehr ans Fotografieren denkt, aber sich hinterher vielleicht doch freuen wird. Er wird bis hierhin in die Fuorcla Prievlusa gekommen sein, er wird, schätzt Jero, noch die nächsten vierzig Minuten Kletterei bis zum Beginn des Biancogrates schaffen, dann wird er umkehren müssen, vorgeblich seines Rückens wegen. Eigentlich ist hier in der Prievlusa die Umkehrstelle, aber noch wird er es nicht einsehen. Jero hofft, in spätestens vierzig Minuten wird er es tun, denn auf dem Grat selbst kehrt man nicht mehr um. Jero hofft, Lennart wird sich freuen, trotz allem, sieht den Palü glühen und denkt nicht nur daran, mit seinem Rücken das Gesicht zu wahren. Anatomisch schwierig, denkt Jero. Nicht vergessen, etwas zu trinken, sagt er, und wenn es mit deinem Rücken zu schlecht wird, sag es rechtzeitig, denn wir müssen dann ja die ganze Route auch wieder runter. Vorletztes Jahr war hier ein Bergführer, kein hiesiger, ein Österreicher, mit einer Dreiergruppe unterwegs gewesen, einem seiner Gäste ging es schlecht, der Österreicher hat ihn umkehren und allein zurückgehen lassen, der Gast ist abgestürzt und umgekommen. Es war zwar keiner von ihnen, aber Jero und seine Kollegen haben es trotzdem nicht fassen können. Das macht man nicht. Niemals. Niemals! Auch wenn die anderen Gäste noch so enttäuscht sind und jammern – wer jammert, hat nicht gelernt, daß man Verantwortung füreinander trägt, und es gibt immer einen neuen Tag. Der Piz Bernina harrt schon ziemlich lange hier aus, es ist unwahrscheinlich, daß er plötzlich etwas Besseres zu tun bekommt. Bin nicht durstig, sagt Lennart, wendet sich ab, macht zwei höfliche Schritte, dreht Jero den Rücken zu und pinkelt. Es ist fast windstill, glücklicherweise, Lennart pinkelt gegen den Wind. Jero mustert unterdes den Piz Palü, die Sonne gleitet flüssig an seinen drei gratigen Beinen herab, mit denen er sich aus dem Dunkelblau des Morteratschgletschers stemmt. Wird schon gehen, sagt Lennart, schließt seinen Hosenlatz, nur die Harten komm'n in'n Garten, right? Nein, denkt Jero und sieht in Lennarts Gesicht, wie der an seine Worte noch weniger glaubt als an seinen Rücken. Vorletzte Woche ist Jero den Biancograt mit zwei Dänen gegangen. Zwei Hünen, Jero traf sie im Café

Grond und mußte schon grinsen, als er auf ihren Tisch zuging: Sie waren genauso groß wie er. Im Sitzen. Aber kompetent. Die beiden haben sich den Biancograt schlicht hinaufgelacht, auf der Marco-e-Rosa-Hütte trotzdem lang nicht so viel getrunken, wie sie's wohl gern getan hätten, und quasi versucht, Jero hinterher mitzunehmen und für immer zu behalten, um in Dänemark Deiche zu bauen oder Pølser zu braten, oder was immer der Däne so macht. Sie wollten nächstes Jahr wiederkommen, sagten sie, Jero hätte nichts dagegen.

Lennart wird nicht wiederkommen, denkt er. Es tut ihm leid. Ob Lennart sieht, wie die Zunge der Sonne am Morteratsch zu lecken beginnt wie ein andächtiges Kind an seiner Eiswaffel? Aber wenn sie nur die Gipfel wollen, so Jeros Erfahrung, werden sie für das Eigentliche blind; es steht zu befürchten, Lennart sieht nur sich selbst und muß an seinen Rücken glauben, weil er an seine Fehlbarkeit nicht glauben will. Aus dem Aufstieg zur Tschiervahütte schien er ein Wettrennen machen zu wollen, beat the Bergführer, ein Berlin-Mitte-Machogame, an dem Jero kein Interesse hat. Er ist an Wettkämpfen nie wirklich interessiert gewesen. Ein guter Freund und Kollege ist früher Skirennen gefahren, ein anderer Freund besessen seinem Limit entgegengeklettert. Zu faul, denkt Jero zuweilen über sich. Zu full of yourself, denkt er über Lennart, den er beim gestrigen Wettrennen gern triumphieren ließ. Der beim Abendessen in der Tschierva ein Muscleshirt trug, das Schultern und Brust akzentuierte, wie sie nur je das Fitnessstudio schuf, und so agitiert nach links und rechts repräsentierte, daß Jero bezweifelt, er habe es auf irgendeine Stunde Schlaf gebracht. Beim Frühstück um 2:30 Uhr sah er jedenfalls nicht so aus. Jero wendet, geschlossene Augen hinter einer Wraparound-Sonnenbrille mit Kuhmuster, Werbegeschenk, sein Gesicht der Sonne zu, läßt eine warme Katzenwäsche aus nichts als UV seine eigene Müdigkeit fortspülen, läßt die eisige Luft an Nase und Wangen knabbern, wirft einen unbewußten Blick auf Lennarts Gurt und Knoten – er hat einen Gast, der seit Jahren Viertausender *macht*, aber kein Interesse hat, seine Knoten zu lernen –, wendet sich zum Gehen. Lennart wird nach spätestens vierzig Minuten aufgeben, wird zuviel Energie sonstwohin verschwendet haben, wird zum Gipfel gesehen haben, dessen Distanz man in leerblauen Stunden und Höhenmetern mißt, vielen davon, wird die Leere gespürt haben, die Leere rechts und links tief unter ihm, wird die Leere in sich gespürt haben, wird sich mit seinem Rücken rausreden. Es gibt immer einen neuen Tag, wird Jero sagen, der Bernina geht so schnell nirgendwo hin; er wird erleichtert sein, aber Lennart trotzdem bedauern.

Simon cornert

Simon cornert, denn alle adoleszenten Menschen machen das. Im Schanzenviertel. Das ist da, wo alle adoleszenten Menschen aus den Wastelands im Umkreis von hundertfünfzig Kilometern von Hamburg hingehen. Die anderen gehen nach Berlin und cornern dort. Sein Taschengeld wäre fraglos üppig genug, um in einer der Kneipen zu sitzen, in einer der billigeren, und da zu trinken, aber, denkt Simon, cornern ist das, was unsere Generation als Surrogat für Freiheit nutzt, und kost' ja auch nix. Freiheit ist, für ein Dosenastra nur 'n Euro zu zahlen anstatt zwo fünfzig in irgendeinem Schuppen und draußen zu frieren anstatt drinnen nicht. Ich friere, also bin ich. Besser frieren als gar nichts fühlen. Er wischt sich die Überbleibsel seines Döners aus dem Gesicht, mit Lena hat er auch deren Veganerei aufgegeben, dann hat er ebendiese Dönerreste an der Hand kleben und weiß nicht recht, wohin damit. Hauerha, krasse Tischmanieren habt ihr in Hannover, sagt Rico, der Typ, mit dem Simon gerade cornert. Ist 'n Dschungel da bei uns, sagt Simon, guckt unentschlossen auf seine Hand und hätte jetzt gern ein Tempo. Aber es gibt keine würdige Möglichkeit, jemanden nach einem Tempo zu fragen, nicht in der Adoleszenz. Nicht in der Postmoderne. Nicht im Schanzenviertel. Simon ballt den Dönerabfall zu einem Klümpchen zusammen und schnippt ihn in den Hauseingang, vor dem sie cornern, zum Mißfallen der dort ansässigen Gentrifikanten, die das morgen früh mißbilligen werden, dann pflückt er seine Bierdose von den Stufen, kippt sich einen Schwung über die Hand – kost' ja nix – und wischt sie an seiner Jeans trocken. Bier macht keine Rotweinflecken. Hygiene ist alles, sagt er zu Rico, ohne Hygiene werden wir alle innerhalb der nächsten zehn Jahre an antibiotikaresistenten Keimen sterben. Den Rest des Bieres führt er seiner eigentlichen Bestimmung zu. Rico hat derweil eine Tüte angezündet, die er Simon rüberreicht, und einen Monolog darüber begonnen, daß HIV aus amerikanischen Laboren stamme und Impfungen ein großangelegtes Menschenexperiment seien. Simon zieht am Joint, kämpft, als Nichtraucher, wer raucht schon noch, gegen den Hustenreiz, sieht bedauernd auf das zusammengeknüllte Dönerwrapping und denkt, aus der Alufolie hätte man Rico noch ein hübsches Hütchen basteln können. Ich geh mal Bier holen, sagt er und gibt Rico die Tüte zurück, bin gleich wieder da, er bezweifelt das. Beim Überqueren des Schulterblatts wird er beinahe von einem Radfahrer niedergemangelt, obwohl der eine reflektierende Weste trägt und in alle Himmelsrichtungen blinkt. Gottlob ist er nicht schnell, des Kopfsteinpflasters wegen. Fuck, schreit Simon, der Radfahrer schlingert und zeigt ihm trotzdem den Finger, bevor er blinkend davonrattert. Simon vermeidet, von einem Taxi auf der Gegenspur überfahren zu werden, stellt sich dann in die Kioskschlange hinter die anderen, die genauso aussehen wie er. Zwei Bier kauft er, als er dran ist, bezweifelt aber, daß das zweite für Rico sein wird, weil der mutmaßlich zwischenzeitlich entweder von den Men in Black entführt worden ist oder einen Praktikumsplatz gefunden hat. Man sollte in meinem Alter wissen, denkt Simon, was man werden will, wenn man groß ist, ob man MINT-Fächer studiert oder was mit Menschen macht oder mit Elon Musk auf den Mars fliegt, aber erst mal reist man natürlich ein halbes Jahr um die Welt oder lehrt Englisch und Brunnenbau in einem Slumland deiner Wahl, und dann erst, ja dann, dann geht man das Überantibiotikum erfinden oder das Start-up gründen oder auf die Marsmission. Er macht das erste Bier auf, steckt sich das zweite in die Jackentasche, toastet angedeutet quer über die Straße zu Rico, der zwei Minderjährige zuzutexten und ihn wahrscheinlich vergessen hat. Früher, denkt er und wirft seinen Blick aus wie ein Fischer, der auf einen Marlin hofft, obwohl er weiß, daß mehr als Sardinen nicht zu holen sind, sein Netz; früher fuhren Leute helmlos Fahrrad. Er erinnert sich an sein erstes Fahrrad genausogut wie an seinen ersten Helm und daß es seine Mutter war, nicht sein Vater, die seine erste, wacklige Fahrt die Straße rauf und runter bejubelte wie eine Everestbesteigung. Handys mit Filmfunktion gab es damals nicht, und auch die Warnwestenchose war noch nicht erfunden, inzwischen aber sieht Simon jeden Tag die Gruppen aus dem Kindergarten neben seiner Schule, die zum Spielplatz stets in neongelbe Warnwestchen gewandet gehen. Ist eine evolutionäre Frage, denkt er, in wenigen Generationen werden wir mit Helmen und reflektierender Haut geboren. Hey, bist du von hier und weißt du, wo man jetzt mal hingehen kann, wo's nicht so scheiße kalt ist, und vielleicht auch mal 'n bißchen tanzen oder so? Das Mädchen ist einen halben Kopf kleiner als er, trägt ein unattraktives Septum-Piercing, was selbst bei der schönsten Frau nach Ochsen aussieht, und ist offensichtlich noch weniger von hier als Simon selbst. Keine Ahnung, sagt Simon, aber laß uns doch zum Kiez rübergehen, mir ist auch kalt. Sie gehen das Schulterblatt entlang, am Pferdemarkt stellt Simon seine leere Bierdose unter einen Mülleimer – Präsent für die Pfandsammler – und öffnet die zweite. Rechts und links der Wohlwillstraße cornern adoleszente, oder sagt man adoleszierende Menschen. Viele davon. Viele von uns. Es ist weniger kalt, wenn man sich bewegt und ausreichend Bier trinkt. Drei Bier sind auch eine Mahlzeit, sieben Bier sind auch ein Mantel; eine Weisheit, die er Rico verdankt. La Septa redet irgendwas, wir können sowieso nicht ficken, denkt Simon, du hast keine Wohnung hier, ich hab keine Wohnung hier, und draußen ist es zu kalt. Nicht, daß ihm nach einer Erektion zumute wäre, aber Herrgott, der Hunger treibt's rein. Zur Linken ein Fahrradladen, der *Suicycle* heißt. Daneben eine Bar, in die man sich mit La Septa setzen könnte, wenn man das wollte, daneben eine Eisdiele, die geschlossen hat. Vorletztes Jahr hat Simon ein altes Stephen-King-Buch gelesen, in dem die Menschheit an der Grippe fast ausstirbt, quasi Zombie-Apokalypse ohne Zombies, findet Simon sehr viel reizvoller, was an Zombies nun so toll sein soll, hat er nie verstanden. Irgendwie leblos, oder? Er hat lieber *Falling Skies* geguckt als *Walking Dead*, und das wirklich Schlechteste bei *Game of Thrones* sind fraglos die *white walker*. Aber die King-Story, die ist gut. Dessen Apokalypse findet im Jahre 1990 statt, zehn Jahre vor Simons Geburt, und die Supergrippe ist militärlaborgemacht, was Rico sicher sofort abnicken würde. Neunundneunzig Prozent der Menschen sterben daran, und dann ist das Land einfach leer, nur wenige sind noch übriggeblieben, die durch die Ödnis reisen, zu Fuß, auf Fahr- oder Motorrädern, weil die Straßen ein Chaos aus verendeten Autos mit verwesenden Fahrern sind – irgendwo hat Simon mal den lustigen Gedanken aufgeschnappt, Aliens, die den Planeten nach Verschwinden der Menschheit besuchten, würden überzeugt sein, die dominierende Lebensform, die sich das Environment nach ihren Bedürfnissen gestaltet habe, sei das Auto gewesen. Kings Überlebende folgen dem Ruf zu einem apokalyptischen Showdown zwischen Gut und Böse, sie haben, zumindest die Hauptfiguren, die Nebenfiguren eher nicht, eine Bestimmung. Eine Bestimmung müßte man haben, nicht nur ein Sabbatical, denkt Simon, und Hauptfigur sein. Und alles sollte leerer, viel leerer sein. Wir hätten die Grippe überlebt oder den MRSA-Keim, und wir gingen in jeden Laden links und rechts von hier und nähmen, was wir brauchten, und ließen es wieder fallen, wenn wir es nicht mehr brauchten. Wir nähmen uns ein Suicycle und ein Bier und führen damit einer Bestimmung entgegen. Ob *Suicycle* Helme führt? Am Beginn der Großen Freiheit laufen sie gegen eine Wand aus Menschen. Amüsierprolls, nicht Menschen. Och nee, sagt La Septa, da hab ich jetzt keinen Bock drauf, was ist denn das für eine Spackoscheiße. Da müssen wir durch, Baby, sagt Simon, nimmt ihre Hand, drängt sich durch die Amüsierprolls, läßt ihre Hand zehn Meter weiter los, drängt sich weiter und weiter, bis er, wie einem Geburtskanal entschlüpft, unten auf der Reeperbahn wieder durchatmen kann. Ihm ist nach einem gesunden, hysterischen Schrei, um das Leben zu begrüßen. Wenn du die Braut küßt, sagt ein pinkfarbenes Weiberrudel, deren Krönchenqueen einen Bauchladen trägt, kriegst du einen *Kleinen Feigling* von uns.

Ruth macht einen Fehler

Mißgriff, denkt Ruth, während Frank sich an ihr festsaugt wie ein Putzerfisch. Aber man muß es positiv sehen, mag sich auch ihr Lustgewinn in überschaubaren Grenzen halten, so lassen sich doch seine Bemühungen möglicherweise als Hygiene verbuchen. Pflichtschuldig tätschelt sie seinen Hinterkopf, dessen teure Frisur die schütteren Stellen kaum verbrämt. Abgewetzt sieht es aus, denkt Ruth, als habe man ein Meerschwein kahlgestreichelt. Wie um ihre Gedankengänge zu verifizieren, gibt Frank eine Art quiekendes Geräusch von sich. Seine Kopfhaut schimmert im Licht eines Dreiviertelmondes. Man müßte das mit den Augen der Liebe sehen, vermutet Ruth, oder halt bei Neumond. Sie lehnt sich zurück, bemüht, dabei Leidenschaft zu signalisieren, sieht ins maßlose Sternenaufgebot über sich, denkt: Firmament. Denkt: Resteficken. Denkt darüber nach, ob die zweimal fast zweitausend Franken, die der Putzerfisch zwischen ihren Schenkeln in dieses Wochenende investiert hat beziehungsweise mutmaßlich vorwiegend in seine Ehe investiert hat, nicht in einer Haartransplantation besser angelegt gewesen wären. Sie weiß nicht, was so was kostet, vermutet aber, für knapp viertausend Flocken bekäme man schon ein gerüttelt Maß an Follikeln. Ob seine Ehe die Investition wert ist, wer kann es wissen, wer kennt sich schon aus mit Ehen, Ruth nicht, sonst läge sie wohl nicht rücklings hier und suchte den Himmel nach Großem Wagen und dem Gürtel des Orion ab, den einzigen Sternbildern, die sie kennt. Sie müssen da irgendwo sein, da oben, sie verstecken sich bloß zwischen zu vielen anderen Sternen. Wir sind zu viele andere, denkt Ruth, ohne unsere Konstellationen gehen wir verloren. Die hanebüchenste Konstellation ist wahrscheinlich immer noch besser als gar keine. Michael hat dieses gemeinsame Seminardate vor zwei Wochen abgesagt, anscheinend hat seiner Frau zu schwanen begonnen, sein Seminarengagement könne unkeuscher sein als behauptet. Da aber Beltrane keine Rückzahlungen gewährt, ist sie trotzdem hier. Schwan, gibt es nicht ein Sternbild Schwan, fragt Ruth ins Firmament, und habt ihr dahinter nicht Spiralnebel? Weisen Sie sich zunächst mit Ihrer Konstellation aus, mahnt das Universum streng und gürtet seine Milchstraße enger. Ruth hat die Konstellationsfindung fraglos verpaßt und kollidiert mit ihrem Gedankengang an einer unerwünschten Erinnerung, das Gesicht ihrer Gynäkologin, Kameraperspektive der aktuellen nicht unverwandt, die zwischen ihren Beinen emporblickte und sagte, so, das wird dann ja auch Ihre letzte Spirale gewesen sein. Wann hat das begonnen, daß Ärzte jünger sind als man selbst und daß von letzten Dingen die Rede ist; vor einem Wimpernschlag, stichelt das Firmament und hat eine durch seine Milchstraße lasziv betonte jugendliche Taille. Unterhalb von Ruths Taille, von der zu befürchten ist, sie könne eine Karriere als Äquator erwägen und das sei der *Wechsel*, von dem man redet, schlürft der Putzerfisch. Sollte er die allerletzte Spirale aussaugen, wird Ruth sich womöglich ans Heimlich-Manöver erinnern müssen. Sie hat ihre Spirale nicht aufgegeben, ihren kleinen kupfernen Freund, der ihr verläßlich einen Trabanten erspart. Du wirst das nicht verstehen, sagt sie zum Dreiviertelmond, dem willenlosen, trabantischen Stück. Quiek, äußert der Putzerfisch. Das ist ja wohl nicht wahr, quiekt Franks höchsteigene Konstellation. Das will ich ebenfalls nicht hoffen, denkt Ruth, denkt: Systemfehler. Denkt: *Fuck* und zerrt ihre zu enge Jeans Richtung Äquator empor. Die Gattin, wo immer sie hergekommen sein mag, steht mit mondbleichem Gesicht unterm Firmament, sehr groß ist sie nicht, möglicherweise, denkt Ruth, ist sie einfach zu klein, um seine kahlen Stellen sehen zu können. Mit den Augen der Minderwüchsigen. Putzerfisch hat sich seine eigene Hose hochgewurstelt, in die Ruth unlängst griff, Restefickerin, die sie ist, und ist das wirklich sie, die schon zum dritten Mal auf Jürgs Resterampe aufsammelt, was halt so übrigbleibt? Ich kann das nicht glauben. Ich kann das nicht glauben, haucht Gattin, einmal, *einmal* kommst du mit dahin, wo es *mir* was bedeutet, und dann steckst du am zweiten Abend in der Möse der nächstbesten, der *einzigen* Schlampe. Du, faucht der Putzerfisch zurück, er glaubt, mit dem letzten geschlossenen Hosenknopf Würde zurückgewonnen zu haben, wie wäre es wohl, besäßen wir Würde, fragt Ruth ins Firmament; keine Ahnung, was meinst du, fragt das Firmament zurück und zuckt mit Orions Schulter; du hast, sagt der Putzerfisch und läßt sich eine dreieckige Rückenflosse wachsen, Ruth ist versucht, die *Jaws*-Bassline zu summen, mich doch nur hierhergeschleppt, um mir vorzuführen, wie minderwertig du mich findest und welch Gott dein verschwiemelter Beltrane ist, um mir zwei Tage vorzuführen, daß selbst sein Selfiestick dir noch mehr Orgasmen machen kann als ich. Könnt schon sein, ist Ruth versucht über das *Jaws*-Thema einen Chorus zu flöten, könnt schon sein, sie ist alt genug, um zu wissen, wann sie ein Rachefick ist. Sie ist alt, sehr alt, ihre Kupferspirale trägt gediegene, türkisfarbene Patina. Sie ist alt genug, einen Rachefick als Fehler zu diagnostizieren, nur anscheinend noch nicht alt genug, einen solchen Fehler zu vermeiden. Du hast mich, wird der Putzerfisch lauter, hier doch bloß einbestellt, um mich zu demütigen, und weil du selbst längst aufgehört hast, dich um irgendein Leben auch nur zu bemühen. Vorwärtsverteidigung, denkt Ruth, warum nicht. Welch Entertainmentwert die morgigen Testimonials bieten könnten, sähe das nicht zu scheiße aus auf Instagram. Ich bin nicht Beltrane, laut ist er jetzt, das ist es doch, was du mir klarmachen wolltest. Wahrscheinlich hat er nicht unrecht, denkt Ruth, denn Gattin sieht ertappt aus und beginnt zu weinen; Tränen, das Argument der Argumentlosen. Denkst du an unseren Sohn, denkst du an mich, denkst du jemals an uns, denkst du jemals an mich, was hab ich denn schon, denkst du mal daran, heult es und dergleichen mehr. Ruth, die so alt ist wie der Gletscher dort hinten im Tal, hat kein Problem, den weiteren Verlauf des Dialoges zu extrapolieren. Den Versöhnungsfick zu imaginieren, wenn wir ehrlich sind, wird er sich vom Rache- oder Restefick nur marginal unterscheiden. Was unterscheidet sich schon von irgendwas. Hier jetzt, auf Jürgs Resterampe, unter dem Dreiviertelauge des Mondes, muß alles raus, für 99 Cent, diese Ehen, dieser Ehemangel, die Söhne und Spiralen, das Weinen der Gattin, das nunmehr besänftigende Murmeln ihres Putzerfisches, Ruths aus Pietätsgründen lautloses Lachen. Everything must go. Dunkle Materie saugt derweil aus dem Kosmos. Schwarze Löcher, aus deren Ereignishorizont nichts jemals entflieht. Putzerfisch und Gattin klammern sich aneinander, als ahnten sie das. Befeuchten sich mit Tränen, stecken Zungen in gegnerische Hälse. Es ist übergroße Zeit, diesem Ereignishorizont zu entfliehen. Nur die Fluchtgeschwindigkeit, die gilt es zu erreichen. Fluchtgeschwindigkeit, please don't slow me down. Ruth erhebt sich, und ihre Knie knacken, wie es vielleicht schlafende Gletscher tun. Ihr seid wahrscheinlich die mit der Würde, denkt sie den mondlichtgezuckerten Gipfeln entgegen, die auf eine höchst bergartige Weise zurückschweigen. Dann, während Putzerfisch und Gattin ihre Hände, Zungen und sonstigen Maßnahmen dort haben, wo sie vermutlich zuletzt vor der Geburt ihres wie auch immer gearteten Sohnes tätig wurden, macht Ruth das Heimlich-Manöver, ist weg, verstohlen, knirscht dabei höchstens wie ein nächtlich sinnierender Gletscher, erreicht Fluchtgeschwindigkeit, endlich, vielleicht, ist weg, ungeschoren, nur daß sie sich dabei abgewetzt fühlt wie ein sehr altes Meerschwein.

Clip Kathrin: «Mut»

Hallo, ja, ich glaube, ich sag es jetzt lieber erst mal selbst, bevor ihr gleich sowieso alle denkt, was ist denn das für eine – also, ich komme mir ganz dumm und albern vor, weil ich nicht weiß, wer sich das ansehen soll, ich bin ja nichts Besonderes. Man ist schon selbst nichts Besonderes, warum sollte man sich dann Clips von Leuten angucken, die auch nichts Besonderes sind, im Netz oder auf Instagram und Facebook, und so guckt man sich Leute an, die etwas Besonderes sind. Besonders schön oder reich oder prominent, oder besonders klug, wie Jürg, Jürg Beltrane, zu dem findet ihr unten Links, das solltet ihr euch ansehen. Aber Jürg hat uns ermutigt, mich und die anderen, daß wir uns was trauen sollen, und er sagt, wir seien alle etwas Besonderes und wir könnten alle versuchen, Erfolgsstrategien und Einkommensströme zu entdecken. Daran glaube ich zwar nicht, also, klar, wir sind irgendwie besonders, alle, bloß eben nur für uns selbst, und vielleicht noch für unsere Liebsten und so. Aber auf die Weise sind wir halt alle besonders, was dann nichts Besonderes mehr ist, und wir sind einfach so viele, wer kann da wirklich derart besonders sein, daß es irgendjemand anderen interessiert. Ich meine, schon in meiner Stadt, Hannover, sind wir eine halbe Million und weltweit jetzt, 2017, fast siebeneinhalb Milliarden. Auf Wikipedia gibt es, habe ich herausgefunden, eine «Liste gebürtiger Hannoveraner», also, nicht alle natürlich, sondern nur die, die etwas Besonderes waren, es sind seit etwa dem Jahre 1500 gerade mal siebenhundertneunundsechzig Leute, beginnend mit einem Bierbrauer, dessen Namen ich schon wieder vergessen habe, und endend mit irgendeiner Fußballspielerin, aber für Fußball interessiere ich mich nicht so. Die letzten vierzig Berühmten, seit etwa 1980, sind übrigens fast nur noch Fußballer, außer Lena Meyer-Landruth, einer Schönheitskönigin, einer Reality-TV-Teilnehmerin und einem Pornodarsteller. Und ehrlich gesagt, so beim Drüberscrollen mußte ich sagen: Ich kannte nur insgesamt etwa fünfundzwanzig, und ich bin vielleicht kein Genie oder Stadthistoriker, aber so ganz ungebildet bin ich nun auch wieder nicht. Fünfhundert Jahre, und nur siebenhundertneunundsechzig besondere Menschen, nicht mal eineinhalb pro Jahr, und da sind die Gambenvirtuosen, Schönheitsköniginnen und Wasserballspieler schon mit eingerechnet. Ich wußte, ehrlich gesagt, nicht mal, was eine Gambe ist, aber ich hab's natürlich für euch gegoogelt: eine Art Geige. Es sind eben nicht viele von uns besonders. Und ich bin bestimmt nicht besonderer als ihr. Aber jetzt merke ich gerade, wie das ja fast depressiv klingt, und das wollte ich nun wirklich nicht, ihr denkt sonst noch, was will uns denn die depressive Trulla volltexten, und als ich mir überlegt hatte, worüber ich einen Clip machen könnte, wollte ich doch eigentlich über Mut reden, auf die Gedanken übers Besonderssein komme ich, weil mein Lieblingsbuch von Jürg davon handelt, der Link dazu steht unten. Wobei ich auch nicht weiß, was ich von Mut erzählen kann, ich bin weder besonders mutig noch besonders feige, wer ist das schon, wahrscheinlich nicht mal die Schönheitskönigin und der Wasserballer. Ich habe den Clip nur deswegen «Mut» genannt, weil es mich so wahnsinnig viel Mut kostet, ihn zu drehen, und wenn ich ihn online stelle, sterbe ich wahrscheinlich sofort vor Angst. Aber irgendwo muß man ja anfangen, Mut zu haben, vielleicht fängt man dann auch an, besonders zu sein, vielleicht nicht in euren Augen, aber in meinen. Wenn ihr jetzt trotzdem noch Lust habt, zeige ich euch, wie ich wohne. Das ist ebenfalls nichts Außergewöhnliches, wahrscheinlich wohnt ihr so ähnlich oder sogar viel toller und macht wahnsinnig mutige und aufregende Sachen, aber dann habt ihr wohl gar keine Zeit, euch

Clips von Normalos wie mir anzusehen. Egal, also, ich hoffe, ich mach euch jetzt mit der Kamera nicht seekrank, so lebe ich, das hier ist, wie ihr seht, unser Wohnzimmer. Ich finde es gemütlich, nicht besonders stylisch, aber wer wohnt schon so wie in den Katalogen, wer will das. Ihr seht, wir haben eine ziemliche Menge Bücher, oder? Ich kenne ja Leute, die haben fast gar keine, und dabei gehe ich doch, wenn ich anderswo zu Besuch bin, so gern erst mal zum Bücherregal, um zu sehen, was die lesen. Macht ihr das auch? Ich bin froh, daß Simon gern liest, die meisten seiner Freunde tun das nicht mehr, sagt er. Simon ist unser Sohn, sein Zimmer ist oben, aber da können wir natürlich nicht reingehen, das wäre wirklich indiskret, das würde ich nie machen. Ich klopfe auch immer erst bei ihm an, seit er so etwa fünfzehn ist, sie werden ja erwachsen, das muß man respektieren. Ist es nicht schrecklich, wie schnell sie erwachsen werden, wie sie ganz andere Menschen werden, und dann gehen sie eines Tages, und man selbst bleibt allein zurück und merkt, man ist alt. Also, es ist natürlich auch wunderschön, aber diejenigen von euch, die Kinder haben, werden wissen, was ich meine. Versteht mich nicht falsch, ich will ja gar nicht, daß er bis dreißig zu Hause wohnen bleibt, Frank und ich haben uns geschworen, nie, nie Helikoptereltern zu werden, und ich glaube, das haben wir hingekriegt. Fragt ihr euch auch so oft, ob ihr eigentlich alles hingekriegt habt, was ihr euch vorgenommen habt? Wobei ich mich gar nicht mehr erinnere, wann das gekippt ist: Früher habe ich an Silvester immer daran gedacht, was ich vom nächsten Jahr will, dieses Silvester fiel mir auf, daß ich inzwischen daran denke, wie das letzte Jahr gewesen ist. Ist das ein Zeichen, daß man alt wird, ist das gut oder schlecht oder einfach normal? Ich weiß es nicht, aber ich zeige euch jetzt die Küche. Also, falls es welche unter euch gibt, die mir tatsächlich weiter ab und an zugucken wollen, ich hab schon überlegt, ob ich mal was für euch kochen sollte. Aber echt nur so aus Spaß, nur weil man ja manchmal das Gefühl hat, im Fernsehen läuft nichts anderes mehr als Shows, in denen irgendwelche Leute was kochen. Ist das nicht komisch? Wir gucken nicht mehr viel Fernsehen, wir gucken Netflix oder DVD, ihr habt vielleicht vorhin neben den Büchern unsere DVD-Sammlung gesehen, das geht euch wahrscheinlich nicht anders, aber neulich, als ich erkältet war, habe ich mal wieder gezappt und gedacht, es tut wirklich keiner mehr was außer kochen. Wer soll das alles essen. Ich habe ja nie den Ehrgeiz gehabt, aus der Kocherei ein Riesengedöns zu machen, Frank schon eher – ich glaube eh, Männer sind rein genetisch viel besser zum Kochen gemacht als wir. Oder, ihr Frauen da draußen, ist das mit euren Männern anders? Also, wenn wir irgendwo eingeladen sind, kochen meistens die Männer. Und die Frauen waschen ab, das war ein Witz, also, na ja, nicht so ganz. Ins Schlaf- und ins Badezimmer nehme ich euch jetzt nicht mit, so gut kennen wir uns noch nicht – obwohl, ich muß zugeben, wenn ich bei anderen Leuten bin, und es gibt kein Gästeklo, dann gucke ich manchmal in die Badezimmerschränke, das ist fast so interessant wie das Bücherregal. Findet ihr das schrecklich? Und habt ihr das noch nie gemacht? So, nun ist aber auch gut, bevor ich euch totlangweile, ich habe das hier ja hauptsächlich gemacht, um Jürg, um mir zu beweisen, daß ich den Mut dazu habe. Ich fand es zum Schluß dann gar nicht mehr so schlimm, man muß sich halt nur vorstellen, man hätte wirklich neue Nachbarn zu Besuch, denen man die Wohnung zeigt und mit denen man ein bißchen nervös daherredet, weil man sie noch nicht kennt. Ich bin immer etwas nervös mit neuen Menschen, ihr auch? Und fandet ihr das jetzt schlimm? Wenn ja, dann hinterlaßt mir lieber keinen Kommentar, nein, das war auch ein Witz, ich freue mich natürlich über jeden Kommentar. Und vielleicht habt ihr ja Lust, mir Geschichten davon zu erzählen, wo ihr Mut haben mußtet, auch wenn es ganz banale Situationen waren, die für andere ein Klacks sind. Na, und wenn ich den Mut aufbringe, drehe ich vielleicht noch einen Clip. Über Mut habe ich jetzt fast gar nichts gesagt, aber wahrscheinlich kann man gar nicht, oder ich jedenfalls nicht, so viel über Mut sagen, man muß vielleicht einfach nur das tun, wovor man Angst hat, und das ist dann Mut. Ich wünsche euch jedenfalls viel Mut, zu all dem, was ihr tun wollt, und irgendwie hat das sogar tatsächlich Spaß gemacht mit euch, danke!

Jero im Klettergarten Piz Alv

Daniel ist schon fast oben, als er verharrt, reglos. Eine Teilnehmerin der Gruppe hat sich heute früh abgemeldet, somit hat Jero nunmehr eine ungerade Zahl Gäste, und er sichert Daniel selbst, was suboptimal ist, eigentlich gilt es, seine Augen überall zu haben und jederzeit zur Stelle zu sein, wenn einer Hilfe braucht. Andererseits haben sich alle sieben gestern gut und kompetent angestellt. Auch Daniel, der durchaus sportlich ist und schlau sowieso; was ihn da oben jetzt aufhält, ist Jero unklar – die Stelle ist nicht schwierig. Nicht schwieriger als die Route bis dorthin, die Daniel keine Probleme zu bereiten schien. An Tag zwei im Einführungskurs macht man nichts Schwieriges, natürlich nicht. Das Klettern kostet Überwindung, das Sichern macht den meisten noch viel mehr angst. Der eine muß die Verantwortung für mindestens seine Knochen und möglicherweise sein Leben in die Hand eines anderen legen, der andere muß sie tragen. Das auszuhalten, dazu bedarf es oft mehr Trainings als für die eigentliche körperliche Bewegung. In der Gruppe sind drei Pärchen, Daniel und Charlotte hatten sich einzeln angemeldet und daher gestern einem völlig Fremden vertrauen müssen. Vielleicht ist das der Grund, warum Charlotte sich heute früh krank meldete – Morbus Vertrauenskrise. Andererseits hat Jero auch schon zwischen langjährigen Ehepaaren Desaster erlebt, nichts ist schillernder als eine Ehekrise, wenn der eine in zehn Metern Höhe hängt und sein Leben am seidenen Faden beziehungsweise an zehn Millimeter dünnem Kletterseil, das der andere in seinen fahrigen Händen hält. Tod und/oder Scheidung klettern stets mit. Daniel hängt in zehn Metern Höhe und bewegt sich nicht; alles okay, ruft Jero zu ihm hoch, er hält das Seil so straff, Daniel müßte sich nur reinsacken lassen, er kann das fühlen, es sollte ihm Sicherheit geben. Soll ich dich runterlassen, ruft Jero, Daniel antwortet nicht, dann tut er es doch: Ist okay, ruft er. Dennoch bewegt er sich nicht. Dann doch. Er klettert weiter, es sind bloß noch zwei Meter. Oben verharrt er, Jero holt das Seil ein Stück dichter, er merkt, wie Daniel zögert. Es ist nicht einfach, sich dem Sichernden völlig zu überantworten. Jero spürt Daniels Überwindung, fühlt schließlich sein volles Gewicht. «Runter», ruft Daniel und gibt ordnungsgemäß Handzeichen mit Blickkontakt, Jero läßt ihn runter und sieht, wie Daniel sich nicht zurücklehnen mag, sondern mit Händen und Füßen am Fels bleiben will. Er hat gestern schon gestanden, daß er gegen Höhenangst zu kämpfen hat, aber das haben die meisten, nur geben es nicht alle zu. Setz dich rein und stoß dich mit den Beinen ab, ruft Jero ihm zu, während er ihn behutsam abläßt, und Daniel folgt seinen Anweisungen. Dann steht er wieder auf Terra firma, Haare und T-Shirt kleben ihm klitschnaß auf der Haut, obwohl es ein kühler Tag in der frühen Saison ist. Alles okay, fragt Jero, Daniel, der tellergroße Augen macht, sieht ihn an. Bricht in Gelächter aus, Alter, sagt er, ich hatte eine Panikattacke, ich hatte eine solche Panikattacke, das war so scheiße hoch, ich konnte mich plötzlich nicht mehr bewegen, ich dachte, ich könne mich nie wieder bewegen, und ey, ich bin klitschnaß, und Angstschweiß stinkt ganz anders als normaler Schweiß, igitt, ich kann mich riechen, Mann, du kannst dir nicht vorstellen, was ich für eine Scheißangst hatte, oh fuck, war das irre. Worte und Schweiß strömen gleichermaßen aus Daniel, würden in einem Comic Pfützen zu seinen Füßen bilden, und wenn Daniel auch aussieht wie eine Katze, die man soeben in eine Regentonne getaucht hat, sieht er gleichzeitig aus wie die glücklichste Katze der Welt. Jero grinst zurück. Aber du hast weitergemacht, sagt er. Ja, hab ich, sagt Daniel, aber echt, ich hätte nicht gedacht, daß das geht. Good for you, sagt Jero und hat Respekt. Er hat gestern gesehen, wie die Höhe Johanna überforderte und wie sie sofort nach unten mußte. Sie hat es beim zweiten Anlauf geschafft, aber es ist immer noch etwas ganz anderes, seine Ängste ebenerdig in der Gruppe zu besiegen als allein in zehn Meter Höhe. Respekt, sagt Jero; nee, ich bin so eine Memme, sagt Daniel; bist du nicht, sagt Jero, zehn Minuten lang in zehn Metern Höhe eine Panikattacke niederzuringen, ganz allein – und zehn Meter, versteht Jero, können einen vom Rest der Menschheit zuweilen derart trennen wie zehn Universen –, wo du weißt, ich kann dich sofort in Sekunden da runterholen, das ist schon ganz großes Tennis. Aber so wie Daniel grinst, weiß er das selbst. Er ist nichts als Euphorie und Adrenalin und Schweiß und schieres Glück. Alter, mir zittern die Knie, ich muß erst mal eine rauchen, sagt Daniel, fummelt mit nur leicht zitternden Fingern den gesteckten Achterknoten auf und das Seil von seinem Klettergurt; mach mal, sagt Jero, und hat seine Blicke längst auf seinen anderen Schützlingen, die in den Routen links von ihm klettern.

Jürg Beltrane – Motivationsbooster: Mut

(Dashbord-Kamera: Kurven eines Gebirgspasses oberhalb der Baumgrenze. Schneefelder, Gestein, Himmel farblos, ein Weißes Rauschen. Gelegentlich ein Straßenschild, Scheibenwischer.)
Ja hallohallihallo, heutiger Motivationsbooster «Mut». Das ist mir jetzt ganz wichtig, wir können noch soviel daherschwätzen, wenn du in deinem Leben etwas ändern willst, dann brauchst du erst mal MUT. Gehör nicht zu den Leuten, die umsonst warten und warten, daß irgendwas passiert, und glauben, das Schicksal ist nicht gut zu ihnen, in Wirklichkeit ist alles ganz einfach: Wer arm an Mut ist, der landet in der ARMUT, sonnenklar. Was die Erfolgreichen von den Erfolglosen unterscheidet, ist doch, daß die Erfolglosen EWIG lange überlegen, soll ich, soll ich nicht, dann fragen sie Hinz und Kunz, dann bekommen sie Muffensausen und lassen's lieber. Das ist ganz fatal, eines Tages ist es nämlich zu spät, eines Tages werden wir auf dem Sterbebett liegen, und dann

wollt ihr STOLZ auf euch gewesen sein. Denkt mal daran, wenn ihr das nächste Mal im Flugzeug sitzt, woher wir das alles haben, Autos, Flugzeuge, zu verdanken haben wir das den MUTIGEN. Ja, Fliegen, das wär schon toll, aber das kann nicht gehen, so dachten alle, und dann kamen die Gebrüder Wright, die sich nicht darum geschert haben, was alle dachten, die haben gesagt, wir wollen fliegen, und dann haben sie das versucht, und dann sind sie abgestürzt, und dann haben sie's noch mal versucht, und nur wegen dieser MUTIGEN steigen wir heute ins Flugzeug. Oder Elon Musk, der hat gesagt, ich bau jetzt eine Rakete, über den haben alle gelacht, und jetzt fliegen seine Raketen ins All, und er ist Milliardär, da sieht man doch, es ist der MUT, der Geschichte schreibt, wenn ihr euren MUT findet, könnt auch ihr GESCHICHTE schreiben, und wenn ihr's allein nicht schafft, laßt euch nicht ENTMUTIGEN, nehmt euch einen Erfolgscoach, macht euch klar, daß ihr nicht auf dem Sterbebett von euch denken wollt, Mann, was für eine Memme bin ich doch gewesen, in diesem Sinne will ich euch ERMUTIGEN, alles Liebe, tschüß, bye-bye.

Simon spielt

Simon ist allein im All. Er hat sein Raumschiff fliegen gelernt, die Skills gelernt, all die Achsen, um die es sich bewegt, zu kontrollieren. Man sollte natürlich sein Geld für das Leben sparen, das nach dem Abi anfangen wird, aber vermutlich wird er sich statt dessen nächstes Jahr doch eine Oculus Rift kaufen müssen – damit *Elite: Dangerous* spielen, wie geil wird das denn. Die volle dreidimensionale Immersion, im Weltraum, in einem offenen System, das immer wieder neue Welten, Sterne, Planeten generiert. Es wird ein harter Wettlauf, Elon, denkt er, SpaceX und deine *Big Fuckin Rocket* gegen die VR. Simon kennt VR bislang nur stichprobenhaft von einigen Demo-Events, aber wenn sich das erst mal rumspricht, wird menschliches Leben, so wie wir es kennen, aufhören zu existieren. Nie wird Simon seine erste VR-Erfahrung vergessen, obwohl er inzwischen bei beeindruckenderen Gamepräsentationen gewesen ist, aber es ist wie mit dem ersten Sex: vergißt man nicht. Der ältere Bruder des Mädchens, mit dem er gern Schluß gemacht hätte, hätte sie das nicht zuerst getan, arbeitet bei einem Start-up in Hamburg-Altona an Virtual-Reality-Anwendungen für Musiker, und dort hat Simon gestanden, zum ersten Mal die Oculus Rift im Gesicht, Sensoren an den Fingern, auf einer irgendwie zu bunten, *Avatar*-artigen Waldlichtung, während vor ihm auf einer baumwurzelumrankten Bühne ein drittklassiger Musiker spielte. Mädchenbruder erklärte ihm, wie er zukünftig Konzerte besuchen könne, auch wenn die in Neuseeland stattfinden, wie er dort seine Freunde aus New York, Reykjavík und Shanghai treffen, sie beziehungsweise ihre Avatare sehen, mit ihnen reden und dabei seine Lieblingsband live erleben könne. Simon hörte ihm nur mit halbem Ohr zu, er hat keine Freunde in New York, Reykjavík und Shanghai, er ist sich noch nicht mal sicher, ob er welche in Hannover hat und ob er die treffen, sehen und mit ihnen reden will, er hat sich nur umgedreht, und die Welt fand hinter ihm nicht weniger statt als vor ihm. Wenn er zum Himmel emporblickte, sah er über sich Sterne. Von sich selbst sah er nur Hände, geisterhaft, entkörperlicht, aber wer steht schon so wahnsinnig auf seinen Körper. Wer will das so

genau wissen. Third-Person-Perspektive taugt nicht, hat's nie, *Fallout* wurde erst gut, als es die Egoperspektive einnahm. Mädchenbruder erklärte, Mindersänger sang, Simon ging einfach nur in die Knie, die Farne, die die Lichtung überwucherten, in avatarkitschigen Einhornfarben schillernd, jetzt auf Augenhöhe, er strich mit seinen Geisterhänden über ihre Spitzen, und sie bogen sich gehorsam zur Seite, und er dachte, wenn sich das erst mal rumspricht, dann endet die westliche Welt, wie wir sie kannten. Dann steigen wir alle in unsere Raumschiffe und suchen uns eine neue. Dann treffen wir uns nicht mehr auf Facebook oder in WhatsApp-Gruppen, sondern auf Squornshöllisch Zeta. Mädchenbruder ließ ihn auch noch ein Oculus-Tutorial durchspielen, ein Raumschiff-Interieur, liebevoll von Nerds mit Hang zu Oldschool-Technologie zusammengebaut, tropfende Rohre und schlampige Kabelbündel an den Wänden, man interagiert mit einem soziophoben Roboter, nimmt mit seinen Geisterhänden historische Speichermedien oder alberne Waffen zur Hand. Putzig, aber interessant wird es erst, wenn man *Elite* wird spielen können, ohne dabei seekrank zu werden.
Oder *Fallout*. Nichts hat Simon so gern gespielt wie *Fallout*. Seit *New Vegas*. Die Wüste Nevadas, irgendwo zwischen 1950 und dem Jahr 2281, die postatomare Ödnis, durch die gelegentlich unbeirrt ein Tumbleweed rollt, wer möchte sein Leben eigentlich nicht in der postatomaren Mojavewüste verbringen, in Gesellschaft von Tumbleweeds, einem leergefegten Horizont, Zivilisationstrümmern, eine exquisite Auswahl von richtig krassen Waffen in den Händen, mit denen es sich gegen richtig ernstzunehmende Feinde zu behaupten gilt? Na ja, die Bewohner von Aleppo vielleicht. Ist schon komisch, daß die eine Hälfte der Menschheit in

Aleppo lebt und versucht, da rauszukommen, und die andere Freizeit und Taschengeld in apokalyptische Sehnsüchte investiert: Fallout, Falling Skies, Walking Dead, Mad Max und so weiter. Das Stephen-King-Buch, dessen Showdown ebenfalls in Vegas stattfindet, hat ihn an *Fallout* erinnert. Vielleicht sollte er, denkt Simon, das halbe Jahr, das der moderne Mensch nach dem Abi sonstwo verbringen muß, nicht im malerischen Slumland seiner Wahl antreten, sondern lieber in Nevada. Nevada scheint einer der wenigen Orte zu sein, die sich die Menschen über Jahrzehnte immer noch leer und sexy vorstellen, denkt Simon und hat längst abgedreht von dem aktuellen Gefecht, in das er eigentlich involviert sein sollte. Um ihn herum nur Sterne und Spiralnebel jetzt. Sein Raumschiff ist ihm eine zweite Haut, und wäre es echt oder wenigstens VR, er würde jederzeit, wie in *Interstellar*, zwanzig Jahre der anderen, relativitätstheoretisch Zurückgebliebenen draufgeben, könnte er auf einem Planeten, dessen Nähe zu einem Schwarzen Loch die Zeit verlangsamte und der aus nichts, rein gar nichts außer Wasser bestünde, landen, um die Welle zu sehen, die den Horizont mit der Wucht eines Alpenmassivs einnimmt. Obwohl er gerade durch *Elite* fliegt, summt er einen der Trademark-Songs von *Fallout*: So bongo, bongo, bongo, he don't wanna leave the Congo, oh no no no no no. Bingo, bangle, bungle, he's so happy in the jungle, he refuse to go. Don't want no penthouse, bathtub, streetcars, taxis, noise in my ear. So, no matter how they coax him, I'll stay right here. *Civilization (Bongo, Bongo, Bongo)* von den Andrews Sisters & Danny Kaye. Muß man auch erst mal bringen, in einem Game. Wie cool ist das denn. Er hat irgendwann mal spaßeshalber «Annihilation» bei Spotify eingegeben, aber da kam eigentlich nur Metal oder Goth-Scheiße raus. Kann man nichts machen, bongo, bongo.

Ruth macht ernst

So also ist das, wenn sich fast zwei Kilometer nahezu senkrechter Fels aus der Welt recken. Es ist schwer begreiflich. Ruth muß den Kopf sehr weit in den Nacken legen, wobei ihre Schultern schmerzen, und sie stolpert, weil sie nicht auf den Weg gucken kann, weil sie nach oben sehen muß. Die Wand steht neben ihr, zu ihrer Rechten, wie ein Gott, wie ein alter Gott, einer von damals, als die Götter noch groß und unbegreiflich waren. Bevor sie Füße wuschen und sich foltern ließen. Oder, um nicht christozentrisch zu sein, zu mißgelaunten Hausmeistern wurden, die sich um die Bartlänge des Menschen und seine Diät scherten. Da hatten sie, die Götter, schon lange aufgehört zu toben und Blitze zu schleudern, die Welten zu verschlingen und derartige Wände in die Gegend zu stellen wie diese hier neben Ruth, diese wahnsinnige Wand, die durch ihre schiere Masse jeden Sauerstoff in ihre Gravitation saugt, so daß für Ruth keiner mehr übrigbleibt. Kann natürlich auch daran liegen, daß, kommt man von Normalnull, 2000 Höhenmeter nicht ganz irrelevant sind. Ruth ist bis Zürich geflogen und bis zur Kleinen Scheidegg gefahren. Ist das bereits Betrug? Aber irgendwo muß man ja anfangen. Was kennt man schon an Bergen, außer dem Everest, aber der ist natürlich für Superhelden oder Blinde oder Einbeinige und das Guinnessbuch, hat eigentlich bereits die erste Alleinerziehende den Everest bestiegen, der erste Sapiosexuelle, der erste Katatoniker?

Ansonsten kennt Ruth dem Namen nach das Matterhorn, den Montblanc, die Eigernordwand. Französisch spricht sie nicht, das Matterhorn stellt sie sich von Postkartenständern, Japanern und Toblerone umzingelt vor, deshalb, weil man ja irgendwo anfangen muß, ist sie jetzt hier. Ein trudelnder Zwergplanet im dämmrigen Gravitationsfeld der Wand. Die Sonne muß wohl mit Aufgehen beschäftigt sein, sie tut das allerdings irgendwo hinter dem Eiger, der einen herrischen Schatten über das ganze Tal bis Grindelwald wirft. Nur wenige sind zu dieser Stunde auf dem Wanderweg unterwegs, und sie waren alle schneller als Ruth, die mit ihren neuen Schuhen ringt, ihren Schultern, die den Rucksack tragen, ihrem Nacken, der sowieso immer weh tut, und nach Luft. Via Hotel-WLAN auf der Kleinen Scheidegg – Datenroaming in der Schweiz ist nur was für Leute mit eigenen kongolesischen Coltanminen – hat sie gegoogelt: 1938 erstbestiegen, drei Tage hat es gedauert, heute liegt der Rekord auf derselben Route bei weniger als zweieinhalb Stunden. Wenn wir nicht aufpassen, werden uns keine Götter und Wände mehr übrigbleiben, denkt Ruth, ist stehengeblieben, die zerknitterte Postkarte aus dem Hotel in Händen, und versucht, in dieser ungeheuerlichen Wucht aus Fels die Routen, in der Postkarte rot, gelb, grün markiert, zu sehen. Manchmal glaubt sie, das zu können, dann wieder scheint der Fels in Bewegung, als sei er aus Wasser. Wenn unsereins davor nicht zurückschreckt, wovor denn dann, denkt Ruth und fragt sich, ob man sein ganzes Leben lang eigentlich nichts anderes tut als zurückschrecken und sich das schön zu verpacken. Sie friert, wenn sie stehenbleibt, merkt sie und merkt daran, daß sie stehengeblieben ist. Sie wünschte, die Sonne würde sie erreichen und wärmen, aber selbst die Sonne wird mit der Eigernordwand nicht so einfach fertig. Ruth ist früh aufgebrochen, früher als das Frühstück, eigentlich undenkbar, Frühstück mag verzichtbar sein, aber ohne Kaffee erschlägt sie normalerweise mit Faustkeilen kleine Kinder. Nur, dachte Ruth, ohne Leid, Opfer, Askese wird wohl nichts zu haben sein. Das scheint zu gelten. Darauf können sich die Religionen ausnahmsweise mal einigen. Ruth hat keinen Gott und noch nicht mal ein Kind, das ein Gott zur Schlachtung einfordern könnte. Sie kann nur früh aufstehen, auf Kaffee verzichten, und auch die Bahnfahrt hinauf aufs Jungfraujoch hat sie sich versagt, nicht des Geldes wegen, sondern weil sie der Ansicht ist, man solle nicht kaufen können, wofür Leute gestorben sind, oder man solle das vielleicht können, aber nicht unbedingt tun. Oder nicht man, sondern vielleicht sie. Wenn man doch nur, denkt Ruth, nicht immer alles geschenkt bekäme. Wir beginnen unser Leben geimpft, wir werden fett zwischendrin, erst wenn wir sterben, merken wir, daß wir nie kämpfen gelernt haben. Wo sind die Götter, die einem etwas verweigern, die einem alles verweigern, die einen, nur weil man sie nach Feuer für seine Kippe fragt, an einen Felsen schmieden. Sie klaubt sich eine Kippe aus der Anoraktasche, raucht und sieht unterdes an fast zwei Kilometern Fels empor, der sich mit seinem Schatten und seiner Präsenz über sie stülpt. Sie wünschte, sie hätte einen gottverdammten Kaffee. Sie hat eine Thermoskanne dabei, aber nicht daran gedacht, sie irgendwo irgendwie füllen zu lassen, sie wird das lernen müssen. Für den Zigarettenstummel prökelt sie das Zellophan von der Schachtel, wickelt ihn dahinein, verstaut ihn in die linke Außennetztasche ihres neuen Rucksackes, in der rechten steckt ihre Wasserflasche, so weit hat sie denn doch gedacht. Man kann hier nichts wegwerfen, noch nicht mal eine Kippe, die Götter würden es nicht goutieren. Dann geht sie weiter, den Blick auf dem Weg, den Blick in der Wand. Die zwei Gruppen, die gleichzeitig mit ihr aufbrachen, sind längst außer Sichtweite, sie wandert allein unterhalb der Wand, und als es plötzlich weit über ihr knallt, bleibt ihr das Herz stehen, kurz, archaischer Reflex, die Zeit bleibt ebenfalls stehen und tändelt für Sekundenbruchteile. Dann sieht Ruth, daß hoch oben, fast zwei Kilometer über ihrem Kopf, ein Mensch direkt aus der Eigernordwand gesprungen zu sein scheint und jetzt in seinem Flughörnchenanzug wie ein Geschoß fast waagerecht in die Weite des Tales fegt.

Clip Kathrin: «Kinder»

Ja, hallo, da bin ich tatsächlich wieder, hätte ich selbst nicht gedacht, daß ich noch mal was aufnehmen würde, das war ehrlich gesagt eher so eine Mutprobe gewesen, wie andere Leute Fallschirmspringen oder Bungee – habt ihr über so was auch mal nachgedacht? Also, ich schon, ich könnte gar nicht genau sagen, wieso. Vielleicht, weil ich es schon in der Schule nicht vom Dreimeterbrett geschafft habe. Und meinen Clip ins Netz zu stellen, das war fast genauso schlimm, vor allem, weil man ja immer von diesen fiesen Shitstorms gegen Leute hört, die sich gar nichts Böses gedacht haben, abends posten sie was, und morgens werden sie auf allen Kontinenten gehaßt. Vor so was hat man natürlich Angst. Normalerweise bin ich nicht viel in Social Media unterwegs, wer ist das schon aus unserer Generation, klar, man ist bei Facebook, aber ehrlich gesagt, mehr als eine bessere Karteileiche bin ich da selten gewesen. Das ist doch, wenn man halbtags arbeitet und ein Kind und einen Haushalt hat, und ich engagiere mich daneben auch noch sozial, bei der hiesigen Tafel, so wie mit dem Fitnessstudio: Man meldet sich an, weil man denkt, man müsse das tun, das sei man sich schuldig, sonst verpasse man was, und letztendlich bleibt einem dann doch keine Zeit. Na, jedenfalls war ich dann ja *so* erstaunt und ganz, ganz happy darüber, wie viele von euch mir wirklich nette Sachen geschrieben haben. Da möchte ich erst mal danke sagen, das hätte ich nie gedacht. Klar, die zwei, drei Beleidigungen, so was kann man wohl nicht vermeiden, aber es war unheimlich schön, wie dann andere von euch diesen Typen gesagt haben, daß das gar nicht geht. Man kann es eben nicht allen recht machen, und außerdem: Das Netz ist doch dermaßen groß, wenn einem was nicht gefällt, soll man es sich halt nicht ansehen, oder? Ach, und wie toll sind eure Geschichten darüber, als ihr euch was getraut habt, was euch echt schwerfiel – oder auch manchmal nicht getraut, also, ich finde euch echt mutig, daß ihr diese Geschichten erzählt. Und lustig, daß gleich mehrere von euch gesagt haben, ich sei tatsächlich wie eine neue Nachbarin, bei der man eingeladen sei – wie schön! Das fehlt uns doch vielleicht allen, eine Nachbarin zu haben, die auch eine Freundin ist. Meine Freundinnen wohnen kreuz und quer über die Stadt verteilt, man sieht sich nicht mehr so oft wie früher, ihr kennt das sicher. Als ihr dann «Nachbarin» sagtet, da hatte ich so Szenen aus amerikanischen Filmen vor Augen, gar keine Szenen aus bestimmten Filmen, sondern eher diese Bilder von kleinen Häusern mit Veranden davor und Fliegengittertüren, die nicht abgeschlossen sind, und gelegentlich besucht man sich spontan und redet ein bißchen, und abends sitzt man ab und zu auf diesen Veranden und redet vielleicht ein bißchen ernsthafter. Ich weiß nicht, wie es euch geht, aber wenn ich mich mit meinen Freundinnen treffe, dann haben wir immer das Gefühl, wir müßten jetzt, weil wir uns ja extra verabredet haben und so selten sehen, über möglichst viel Wichtiges in möglichst kurzer Zeit reden. Ich finde das manchmal anstrengend, weil mir oft scheint, es sei gar nichts Wichtiges passiert, und worüber soll man dann reden, über Politik vielleicht, bloß, dabei sind wir uns ja fast immer einig. Worüber wir schließlich meistens reden, sind unsere Kinder, und danach haben mich auch viele von euch gefragt, sie würden gern mehr hören wollen über Simon. Und ich würde euch allen natürlich wahnsinnig gern mehr über Simon erzählen, na klar! Aber ich bin in der Zwickmühle, wie ich das machen soll, weil, sie haben natürlich das Recht auf ihre Privatsphäre, ich habe zwischenzeitlich sogar gedacht, es war ein totaler Fehler, Simon bei seinem richtigen Namen genannt zu haben, aber nun ist die Katze aus dem Sack. Ich habe halt nicht wirklich damit gerechnet, daß irgend jemand meinen Clip gucken würde, und mir dann auch noch sagen, ich solle weitermachen. Tja, also Simon. Simon weiß nichts davon, daß ich das hier mache, ich hab mich noch nicht getraut, ihm das zu sagen. Und ich habe, ehrlich gesagt, richtig Angst, daß er's zufällig herausfindet. Oder einer seiner Mitschüler, der ihn dann deswegen aufzieht. Ich habe Angst, er könnte mich peinlich finden und sich für mich schämen. Ist es eigentlich normal, daß man vor seinen eigenen Kindern Angst hat, also, manchmal? Geht euch das auch so, oder habe bloß ich nicht alle Tassen im Schrank? Da will man doch, daß die eigenen Kinder so werden wie man selbst, nur viel, viel besser, eine Version 2.0

würde Simon sagen; und wenn sie das sind, hat man Angst, sie könnten auf einen herabschauen, weil man nur eine armselige Version 1.0 ist. Und dabei ist man so stolz auf sie, wenn sie Dinge gut machen. Wenn man sich selbst in ihnen wiedererkennen kann – ich freue mich total, daß Simon liest, ganz freiwillig, obwohl wir ihm natürlich viel vorgelesen haben früher, und Frank freut sich, daß Simon seine Begeisterung für Musik teilt, die beiden gehen sogar manchmal gemeinsam auf Konzerte. Und dann ist man so stolz, wenn sie *besser* sind als man selbst – ich werde nie vergessen, wie furchtlos Simon auf seinem ersten Fahrrad rumeierte, als könne man gar nicht fallen. Oder wie er von *seinem* ersten Dreimeterbrettsprung erzählte, bei dem er anscheinend nicht mal gezögert hat. Da war ich leider nicht dabei. Ist es nicht furchtbar, wie man zuerst immer dabei ist, bei all den großen Momenten, und dann immer seltener, und irgendwann weiß man gar nicht mehr, ob sie gerade ein großes Abenteuer bestanden haben oder nicht? Simon hat uns vor kurzem gebeten, ihm nicht weiter auf Facebook zu folgen, und ich kann das natürlich verstehen. Aber man weiß halt irgendwann nicht mehr, wann sie ihre Siege erringen, man weiß weniger und weniger. Wobei, in seiner Skaterphase war ich ganz froh, daß ich nicht alles wußte, wenn er uns mal Aufnahmen gezeigt hat, wurde mir richtig schlecht, ein Teil von mir hat damals immer auf den Anruf aus dem Krankenhaus gewartet, daß er sich beide Beine gebrochen hat oder schlimmstenfalls querschnittsgelähmt ist. Einmal, er war noch nicht ganz fünfzehn, hat er sich tatsächlich den Unterarm gebrochen, da war ich fast erleichtert, weil der Unfall, vor dem man immer Angst hatte, endlich passiert war – aber eben nur halb so schlimm gewesen ist. Oje, klinge ich gerade wie die ängstliche Glucke, die ich nie sein wollte? Ich hoffe nicht! Wir hätten, Frank und ich, übrigens schon gern ein zweites Kind gehabt, auch damit Simon kein Einzelkind bleibt, aber es hat nicht geklappt, und so richtig habe ich es vielleicht auch nicht forciert. Es ist doch so, man ist dann nach der Geburt erst mal nie mehr allein, man ist eine neue, zweiköpfige Person, untrennbar von dieser kleinen Kreatur, die einen unablässig braucht. So schön das alles ist, ich war erleichtert, als er abgestillt war und ich wieder bloß meine eigene Person sein konnte. Wobei, ganz wird man das als Mutter natürlich nie mehr. Und ich muß gestehen, auch wenn ihr mich für schlimm halten werdet, daß ich manchmal wütend war in den ersten Jahren, wenn Frank nach Hause kam und mir angeregt von einem Wochenendseminar auf einem ach-so-tollen Tagungsschloß in Sonstwo erzählte, und ich hatte gerade zwei Tage auf dem Fußboden gesessen und Klötzchen gebaut. Wenn ihr mich fragt, der erwachsene Mensch kann nur soundso viel Tage Klötzchenbauen, ohne daß man im Kopf daran irre wird. Vielleicht geht das als Großmutter, wenn man alt und geduldig geworden ist, mit den Enkeln tagelang Klötzchen bauen. Habt ihr euch selbst jemals als Großeltern gesehen? Ich kann das, ehrlich gesagt, nach wie vor nicht wirklich, aber vielleicht kommt das noch. Aber wir wollen ja nicht über Großmütter reden, sondern über Kinder. Ich habe da eigentlich extra für euch dieses Gedicht auswendig gelernt, bloß, ich genier mich jetzt, vor der Kamera ein Gedicht aufzusagen. Okay, ein paar Zeilen vielleicht: Eure Kinder sind nicht eure Kinder. Sie sind die Söhne und Töchter der Sehnsucht des Lebens nach sich selber. Ihr dürft ihren Körpern ein Haus geben, aber nicht ihren Seelen, denn ihre Seelen wohnen im Haus von morgen, das ihr nicht besuchen könnt, nicht einmal in euren Träumen. Das ist Khalil Gibran, «Eure Kinder», der Link steht hier unten. Ich finde das sehr schön, aber, ganz ehrlich, wenn ich darüber nachdenke, daß ich niemals das Haus von morgen besuchen kann, nicht mal in meinen Träumen, dann finde ich das auch entsetzlich traurig. Wann genau war der Moment, als wir von der Gästeliste des Hauses von morgen gestrichen worden sind, wißt ihr das? War das, als wir Kinder kriegten, und was ist dann mit denen von euch, die keine haben, habt ihr da noch Zutritt? Oder ist das blöd von mir, mich nach dem Haus von morgen zu sehnen, wo ich doch ein so schönes Haus in der Gegenwart habe? Also, ich würde mich wirklich freuen zu hören, was ihr darüber denkt, und das sag ich jetzt nicht nur so. Ich hoffe, wir hören und sehen uns, bis dann, und danke für euren Besuch!

Jero stirbt nicht

Mit der Eisplatte, mit der verdammten, vielleicht einen Quadratmeter großen Eisplatte, bricht die Welt jäh unter seinen Füßen weg. Gleitet plötzlich die Welt durch Finger und Hände, stehen die Füße, eben noch fest mit den Frontzacken der Steigeisen in dieser Welt verankert, plötzlich in großer Leere, große Leere ist allüberall, selbst der Himmel ist aus seiner Verankerung gerissen, wie die Eisplatte aus dem Fels, wie Jero mitsamt der Eisplatte. Er fällt. Ins Bodenlose. Der Körper reagiert mit Adrenalin, der Geist mit fast so etwas wie Ruhe. Die Zeit läßt sich plötzlich, nicht weniger erstaunt als alle anderen Beteiligten, Zeit. Das Seil reagiert, nach zehn Metern, reagiert mit den weiteren Metern, auf die es gedrillt ist, den Metern Elastizität, die sicherstellen, daß es einem beim Sturz nicht Genick und Wirbelsäule bricht. Jero fällt nicht ins Bodenlose, er fällt in das Seil. Das passiert. Man versucht es zu vermeiden, aber es passiert. Man lernt zu fallen, Sturztraining, und der Körper erinnert sich daran, in den Sekundenbruchteilen sich dehnender Zeit und sich dehnenden Seils, man kann Körpern so vieles beibringen. Und alles kann passieren, die Berge sind wild, unberechenbar, tödlich, auch wenn mehr und mehr Gäste das nicht glauben können und sich in einem Erlebnispark wähnen, vielleicht, weil ihnen nie zuvor etwas Wildes, Unberechenbares, Tödliches begegnet ist. Jero hat sich so schnell wieder gefangen wie das Seil ihn und denkt sofort an Christoph, seinen Gast, der nunmehr über ihm steht und sich vermutlich weit mehr erschrocken hat als Jero selbst. Auch Köpfen kann man so einiges beibringen. Jero hat seinen darauf dressiert, für sich selbst zu sorgen, aber an seinen Gast zu denken. Er hat sich darauf dressiert, an seine eigene Sterblichkeit nicht zu denken, jedenfalls nicht dann, wenn er unterwegs ist. Auf dem Spallagrat, von dem er eben den Abflug gemacht hat, nicht daran zu denken, daß letztes Jahr Noppa hier umgekommen ist. Noppa, Bergsteigerlegende, der dreizehn der vierzehn Achttausender ohne Flaschensauerstoff begangen hat, der am Kangchendzönga einen Schlaganfall erlitten hatte, der mit seinen fünfundfünfzig Jahren immer noch geführt hat, wie letztes Jahr mit zwei Gästen den Biancograt zum Bernina und den Abstieg über den Spallagrat zur Marco-e-Rosa-Hütte, als vermutlich einer seiner Gäste ausrutschte und Noppa dann hundertsechzig senkrechte Meter tiefer tot war. Gastfehler. Es sind fast immer die Gastfehler. In den letzten zwei Jahren sind drei Kollegen an Gastfehlern gestorben. Jedesmal wenn er den Spallagrat geht, und das tut er oft in der Saison, ist doch der Bernina der einzige Viertausender der Ostschweiz und dementsprechend begehrt, denkt Jero nicht an Noppa. Sieht ihn nicht dort unten, wo nach hundertsechzig Metern Leere die sehr harte Wirklichkeit wieder anfängt, zerschmettert liegen. Denkt nicht daran, was sein Kumpel Matteo, Freund von Noppa, über Bergführer zu sagen pflegt: daß es keine Frage des *Ob* sei, sondern des *Wann*. Nicht heute. Jedenfalls nicht heute. Christoph hat ihn am Stand gesichert, alles okay, ruft Jero zu Christoph hoch, Frage und Bestätigung zugleich. Er hat längst wieder Halt am Berg gefunden. Der Berg ist liebend und gleichgültig zugleich. Unter Jero die Leere, sehr viel davon, aber sein Kopf hat mit Leere umgehen gelernt. Falls sein Körper sich weh getan hat, wird Jero das erst merken, wenn das Adrenalin abebbt, er klettert bereits wieder nach oben, dem wahrscheinlich schockstarren Christoph entgegen. Christoph ist vorhin schon sehr müde gewesen. Sie sind den langen Weg über den Biancograt gegangen, auf dem Gipfel haben sie sich die Hände geschüttelt, dann umarmt. Christoph war sehr still, viele jauchzen, einige sind den Tränen nah, viele bemühen sich um Lässigkeit, einige, wie Christoph, sehen still über die Welt. Festsaal der Alpen, so wird die Berninagruppe beworben, es ist etwas dran. Höher als der Bernina wird es hier nicht. Schöner ist die Welt nicht oft. Christoph hat seine Thermoskanne aufgeschraubt und vergessen zu trinken. Das ist immer mein Traum gewesen, sagte er schließlich, ich bin als kleiner Junge mit meinen Eltern in diesem Gebiet Ski gefahren, und nie war irgend etwas größer als der Bernina. Jero hat sich gefreut, er freut sich immer, wenn sich die Gäste freuen. Studiert hat er Kartographie, es ist verpflichtend, vor der Bergführerausbildung einen anderen Beruf erlernt zu haben, vielleicht, damit man einen Plan B hat, wenn man nicht mehr arbeiten kann, vielleicht, damit man erwachsen genug geworden ist, um Verantwortung zu tragen. Aber wer freut sich über selbst die schönste Landkarte derart wie darüber, in 4049 Meter Höhe zu stehen, an dem Punkt, wo die Welt, von nunmehr nichts als Schnee und Eis zusammengehalten, inmitten des Himmels einfach aufhört, an diesem Punkt, zu dem man in den Wintern seiner Kindheit mit Sehnsucht hinaufgesehen hat. Christoph ist keiner dieser Typen, die sich oder ihren Facebooklikern irgendwas beweisen wollen, Christoph hat einfach nur hierhergewollt, wo er jetzt ist, und er ist sehr, sehr müde. Jero hat darauf aufmerksam geachtet. Mit dem Gipfel und der Euphorie ist nicht selten die Kraft dahin. Ein Berg, Binsenweisheit, ist erst bestiegen, wenn man zurück im Tale ist, aber wer kann das schon wissen, der nicht oft auf Berge steigt, der von seinem Berg träumt, jahre- oder jahrzehntelang, und dann dort mit der Fassungslosigkeit ringt, die sich am Ende aller Träume einstellt. Jero weiß es. Noppa ist auf dem Abstieg gestorben. Nachdem Jero Christoph die Abseilstelle runtergelassen hatte, hat er von oben fast zehn Mal nachgefragt, ob Christoph sich am Stand gesichert hat. Christoph hat es bestätigt, fast zehn Mal. Es ist ein guter Stand, zwei Bohrhaken, Eisenkette, der Bernina ist ein vielbegangener Berg und nicht übermäßig schwierig, ZS, *Ziemlich Schwierig*, über den Biancograt, UIAA Skala maximal III. Christoph weiß, wie man sich mit dem Karabiner in einen Stand einhängt, er hat es zigfach getan, er weiß, daß es ihn sichert, er weiß, daß er damit seinen Seilpartner sichert, Jero in diesem Fall. In diesem Fall wäre Jero ins Bodenlose gefallen und hätte Christoph mitgerissen, senkrecht nach unten. Der Kopf hat gelernt, damit klarzukommen, täglich einem neuen, fremden Menschen die eigene Sicherung anzuvertrauen. Zumeist vertraut man mehr seinen Händen, Füßen, Fähigkeiten. Bis einem eine Eisplatte unter den Steigeisen wegbricht und die Welt in explodierender Leere zerstäubt. Nachdem Jero Christoph abgeseilt hatte und sich, zehn Mal sicherlich, hat bestätigen lassen, daß der am Stand gesichert ist, ist er selbst abgeklettert, dann aber noch einmal zur Seite ausgeschert, zu einem anderen Stand rüber, den er checken wollte, zehn Meter Seil draußen, die Eisplatte unter den Frontzacken, dann nicht mehr. Irgendwas beginnt in Jeros rechter Schulter zu pochen, aber der Kopf kann lernen, den Körper zu ignorieren, und er ist längst wieder oben und beruhigt Christoph, der unter der Bräune des heutigen Tages bleich ist und kein bißchen mehr müde. Neben ihm steht ein Kollege mitsamt Gast, eine sichtlich nervöse Frau, die einzige der heutigen Seilschaften, die noch langsamer waren als Christoph und er. Alles okay, sagt Jero, nichts passiert, so was passiert eben mal. Sorry, sagt der Kollege, den Jero vom Sehen, aber nicht vom Namen her kennt, und man sieht ihm an, daß er Jero gern beiseite nehmen würde, nur geht das halt nicht, wenn sich vier Leute gerade am selben Stand sichern, und auch wenn es keine gute Idee ist, nervöse Menschen noch mehr zu verunsichern, kann man es sich andererseits hier oben, Hunderte Meter über der Leere, nicht leisten, irgendwas zu beschönigen. Pädagogik hört irgendwo auf. Hört hier auf. Hier liegt der Tod einen Schritt nach links, falls sich mal jemand gefragt hat, wo der eigentlich liegt. Oder nach rechts. Oder einen nicht eingehängten Karabiner entfernt. Einen Schritt, unter dem Eis, Schnee, Fels sich plötzlich Feierabend zu machen erlauben. Einen müden Gast entfernt, einen abschweifenden Blick oder Gedanken. Die Leere ist hungrig, sie ist das immer. Der Mensch ist sehr klein, wie er hier, in seinen roten und orangefarbenen Funktionsjacken, deren Farbe das Auffinden der Körper gegebenenfalls erleichtert, auf den gewaltigen Rücken der Bestien aus Stein und Eis klebt, so klein, ein Junge, der aus der Skigondel der Diavolezza träte, lange Luftlinien entfernt drüben auf der anderen Festsaalseite, könnte ihn mit bloßem Auge nicht sehen. Sorry, sagt der Kollege, nicht okay, ich muß das sagen, tut mir leid, Christoph; und Jero registriert, im geschulten Teil seines Kopfes, daß der Kollege Christoph umgehend nach seinem Namen gefragt haben muß, er hätte das nicht anders getan, es ist in Krisen von Vorteil, jemanden gezielt mit Namen ansprechen zu können. Manche erstarren einfach in Krisen. Jero hatte schon Gäste, die er in kritischen Situationen hart hat angehen müssen, damit sie aus Hysterie oder Starre rauskamen. Nicht oft, aber es passiert. Alles passiert. Eis bricht aus der Wand, Karabiner werden vergessen, Bergsteigerlegenden sterben am Spallagrat. Andere Leute werden anderswo beim Überqueren irgendeiner Straße überfahren. Jero sieht zum Palü hinüber, alles passiert, raunen seine drei Pfeiler, die schon alles gesehen haben, in synchronem Chor. Christoph, sagt der Kollege, war nicht eingehängt im Stand, ich hab das grad so aus dem Augenwinkel gesehen und ihn beziehungsweise euch gesichert, vielleicht 'ne Sekunde, allerhöchstens, bevor dir die Eisplatte weggebrochen ist. Ich weiß nicht, wie das passiert ist, ich war mir sicher, ich war mir sicher, daß, ich weiß auch nicht, ich kann das gar nicht begreifen, ich war mir so sicher, Christoph stammelt und zittert, sein Gesicht droht in sich zusammenzufallen, und Jero, der sich längst mehr Sorgen darüber macht, wie er den jetzt bis zur Marco e Rosa, wo er dem Kollegen mindestens einen Wein auszugeben gedenkt, beisammenhält, hat Christoph die Hand auf die Schulter gelegt und gesagt, alles in Ordnung, ist ja nichts passiert. Nichts ist passiert. Abendkälte hat begonnen, der späten Sonne zu spotten. Die Luft schmeckt sehr gut. Ein Wind weht von Osten her, schneidend, und singt, man kann es hören, wenn man kurz die Augen schließt, nicht heute, nicht heute.

Simon slummt

Authentizität, denkt Simon, das ist, was wir suchen, Authentizität. Wir sollten Selbsthilfegruppen gründen, authentizitätssuchende Adoleszierende, AA, und wer das nach fünf Astra noch aussprechen kann, hat verloren und ist erwachsen. Er würde es jetzt, nach fünf Astra, wahrlich nicht mehr versuchen, kann aber durchaus noch genießen, wie sich selbst seine Synapsen beim Denken unter jeder sperrigen Silbe krümmen. Verstehen würde es hier, selbst wenn er's von seinen Synapsen auf die Zunge geroutet bekäme, sowieso keiner, schon gar nicht Lele, das Mädchen, dem er schon mindestens fünf Astra gekauft hat. Sie bestellt gerade zwei Mexikaner, auf seine Rechnung, er hat sich heute für den Avatar *Big Spender* entschieden; Lele, die sicherlich anders heißt als ihr bescheuerter Punkername, aber Simon hat nicht gefragt, kann den Kapitalismus denn wohl doch verkraften, wenn er in der Gestalt Simons und dessen Brieftasche daherkommt. Sie sagt irgend etwas, das Simon nicht versteht, es ist irrwitzig laut, die Metalbässe, das Geschrei der Leute, die sich trotz Metalbässen noch etwas zu sagen versuchen. Was, brüllt Simon; Lele brüllt etwas Unverständliches zurück und geht, entweder weg oder zum Klo oder zu den Schmalzbroten. Im Clochard gibt es immer Schmalzbrote, aber Simon ist sich nicht sicher, ob die je einer ißt. Er ist seit einiger Zeit öfter hier, wenn er am Wochenende nach Hamburg fährt. Er mag es ganz gern. Das Clochard ist ein großer Bauch, in dem sich allerlei Unverdauliches sammelt. Es ist warm und dunkel hier und gluckst und knurrt und lebt und riecht schlecht, und Herzschlag oder Peristaltik liefert die Jukebox mit, fast immer am Wochenende, Metalbeats. Wobei Simon nicht auf Metal steht, aber man muß auch nicht immer alles mögen, man muß auch mal was abkönnen. Als zusätzlicher Pluspunkt ist das Clochard 24/7 geöffnet, dreihundertfünfundsechzig Tage im Jahr, und das weiß der Hannoveraner zu schätzen, dessen letzte Bahnverbindung um 22:46 fährt, zu einer Zeit, wo das echte Leben, so vorhanden, gerade erst anfängt, und dessen anderntags erste ein scheißteurer ICE frühestens um 4:56 ist. Er hat sich gelegentlich schon mal auf eine der hiesigen Eckbänke abgelegt und ein oder zwei Stunden gepennt, kann man hier machen. Man bräuchte eine Frau in Hamburg, denkt Simon, sieht auf die zwei Mexikaner, fragt sich, ob er sie trinken sollte, immerhin hat er sie bezahlt, fragt sich, ob Lele zurückkommt, fragt sich, ob es ein Fluch ist, daß er an Frauen mit zweisilbigen L-Namen gerät. Fragt sich, ob Lele eine Wohnung hat, sie riecht nicht so. Er beschließt, zumindest seinen Mexikaner zu trinken, ist 'n Kompromiß, und tut das. Schmeckt würzig, nach Nahrung, und kaum alkoholisch. Fünf Mexikaner sind auch ein Burrito. Ey, säufst du jetzt ohne mich weiter, sagt beziehungsweise schreit gefühlte zehn Sekunden später Lele ihm von der Seite zu, sie ist klein, man sieht sie nicht kommen. Ich dachte, du hättest mich verlassen, und wollte meinen Kummer in Alkohol ertränken, brüllt Simon, Lele wirft den Kopf in den Nacken und lacht, wobei sie sympathisch röhrt, nicht quiekt. Sie ist moppelig, wobei, *proper* wäre vielleicht ein besseres Wort, denkt Simon, der manchmal hofft, bessere Worte würden die Welt besser ordnen; die Haare zotteln ihr in Strähnen vom Kopf und wechseln sich mit geschorenen Partien ab, ohne daß sich darin ein Konzept erkennen ließe. Einige sind mit inzwischen verblichenem Rosa gefärbt gewesen, vor offenbar vielen Wochen. Du bist süß, sagt sie, stellt sich auf die Zehenspitzen, greift in Simons Nackenhaare – er hat derzeit keine Frisur, seine Skaterhaare hatte er kurzfristig einem Undercut geopfert, dessen er sich nach wenigen Monaten schon schämte, momentan ist er irgendwie inbetween Frisurentscheidungen –, zwingt ihn auf Augenhöhe, wofür er auf seinem Barhocker klappmessern muß, küßt ihn. Sie küßt gut und schmeckt nicht schlecht, nach Rauch, Bier und Mexikanern. Sie hat, in Kontrast zu ihrem restlichen Auftritt, schöne Zähne. Zähne, die immer ihren Prekariats-Chic verraten werden, diese Zähne sind im sorgenden Gehege von Zahnspange und Ultraschallzahnbürste aufgewachsen. Sie küßt gut. Dann zerrt sie Simon noch ein bißchen näher und brüllt ihm ins Ohr, ich hab da wen, der könnte uns Koks verkaufen, aber ich hab das Geld nicht, wir bräuchten achtzig, willst du? Wenn's denn der Work-Life-Balance dient, sagt Simon; was, brüllt Lele, aber Simon pult schon sein Portemonnaie mit seinen letzten zwei Fünfzigern aus der Hosentasche. Soll ich wechseln, brüllt er; mach ich schon, brüllt Lele, beißt ihm ins Ohrläppchen, pflückt die zwei Scheinchen aus seiner Hand und verschwindet in der Menge. Simon richtet sich auf, bezweifelt, daß er sie je wiedersieht, bestellt aber, Prinzip Hoffnung, zwei weitere Mexikaner, trinkt ihren ungetrunkenen von vorhin, bezweifelt, daß er sich die Oculus Rift nächstes Jahr noch wird leisten können, wenn er so weitermacht, aber vielleicht ist das ja auch wumpe. Vielleicht sollte er froh sein, hier zu sitzen, in Lärm und Gerüchen nach Mensch und Schmalz, in fünf Jahren wird er statt dessen in einer immer noch nicht ganz unverpixelten Version solch einer Kaschemme mit seinen Freunden aus Shanghai, Singapur und Ulan-Bator sitzen, und riechen wird es nach nichts. Die Jukebox wechselt zu einer Ballade und atmet kurz durch. Okay, got it, sagt Lele, die wieder an seiner Seite aufgetaucht ist, wie ein Hobbit schlängelt sie sich durch die Welt, hier ist your Change, Sir, sie wedelt ihm mit einem Zwanziger zu und greift mit der anderen Hand nach dem frischen Mexikaner, stößt ihn gegen den seinen, guckt ihn auffordernd an. Simon nimmt das Glas von der Bar, sieht ihr in die Augen, sie sind wahrscheinlich grün; prost, sagt sie. Simon trinkt, gleitet von seinem Hocker, faßt Lele um die Taille, hebt sie darauf und küßt sie eigeninitiativ, so ist sie ja denn mal auf Augenhöhe. Heyhey, sagt sie, als Simon aufgehört hat zu küssen; selber, sagt er; selber was, sagt sie. Selber süß, sagt er. Sie lacht mit ihren sehr hübschen Zähnen, dann singt sie, laut genug, um sich gegen die Ballade zu behaupten, ein paar Takte dieses Hits von vor ein paar Jahren, that's me, nothing's sweet about me. Simon bestellt unterdes mit dem Zwanziger, den er aus seiner vorderen Jeanstasche zerknüllt wieder rausfrickelt, zwei weitere Astra. Mexikaner sind Kurze für Leute, die Angst haben vorm Trinken. Hey, ich hab da noch so 'n Besitztum von dir in der Tasche, geh'n wir aufs Klo oder was, sagt Lele und streicht sich Strähnen, von denen einige Dreads sind, andere nicht, aus dem Gesicht, Leute mit grünen Augen sollten keine rosa Haare tragen. Simon zahlt das Bier bei der gelassene Herzlichkeit verströmenden Barfrau, trinkt an einem, reicht das andere Lele, überlegt. Nee, laß uns woanders hingehen. Okay, sagt Lele, wohin denn. Simon überlegt, er ist nicht von hier. Er weiß nicht mal genau, ob Lele von hier ist, er hat nicht gefragt, das aber mal angenommen. Du bist von hier, ja, fragt er; jau, sagt Lele und kippt einen großen Schluck Bier. Sehr gut, sagt Simon, was ist denn euer allernobelstes Hotel? Keine Ahnung, lacht Lele, und Simon beginnt, ihr Lachen zu mögen, seh ich so aus, das Atlantic, schätze ich, da wohnt Udo Lindenberg. Wart mal kurz, sagt er, tut so, als ob er sie küssen wolle, beißt ihr aber statt dessen in die Nase, nur so ein bißchen. Dann schiebt er sich durch sehr viele Lederjacken auf die Terrasse, wo ihn ein feiner Nieselregen mit so was wie Zärtlichkeit begrüßt. Bierbänke und -tische, an einem schläft ein Typ, dem nicht aufgefallen ist, daß es regnet, an einem anderen sitzen drei Leute und schreien einem ranzigen Bärtigen, der sich aus dem Fenster ein Stockwerk darüber lehnt, irgendeine besoffene Konversation zu. Simon googelt das Atlantic, ruft dort an, fragt eine alerte Stimme nach Preis und Verfügbarkeit eines Doppelzimmers. Die alerte Stimme bittet ihn, kurz zu warten, sagt dann, man habe als günstigstes Angebot – er klingt, Simon macht ein mentales Post-it, offensichtlich bereits nach wenigen Worten mindersolvent – nur noch eine Juniorsuite frei, ohne Alsterblick, für 315 Euro. Das hätte sich Simon nun drastischer vorgestellt, er atmet tief durch, es schmeckt nach Regen, nicht nach Schweiß und Schmalz. Nehmen wir, sagt er und bemüht sich, so solvent wie souverän zu klingen, gibt seinen Namen an und sagt, er sei unterwegs. Der Bärtige aus dem ersten Stock, auf seiner Fensterbank lehnend, raspelt eine Story auf das Dreiergrüppchen nieder, von irgendeinem Nachbarn, der gestorben sei. Der Schläfer schläft im Regen. Simon wünscht ihnen allen Glück und sich selbst auch, geht wieder rein, drängt sich zurück an die Bar, wo Lele immer noch sitzt, er nimmt sie an der Hand, holt sie vom Barstuhl und zieht sie mit nach draußen, man kann nicht immer nur Neben-, man muß auch mal Hauptfigur sein. Okay, wohin gehen wir denn, fragt sie, während sie auf der Treppe trunken aneinanderditschen; wart's ab, sagt Simon. Auf der Reeperbahn, die für eine Reeperbahn an einem Samstagabend wegen des Regens vergleichsweise leer ist, winkt er dem nächsten Taxi, vor dem Einsteigen stellt er seine Astraflasche an den Straßenrand, für die Pfandsammler.

Der Concierge zuckt mit keiner Wimper, als sie durch die verlassene Lobby marschieren, Simon hält immer noch Leles Hand, obwohl sie weniger eingeschüchtert wirkt als er. Wahrscheinlich macht das ein wirklich gutes Hotel aus, denkt Simon, daß keiner zuckt, wenn ein Heiopei mit halblangen Haaren, eine Lederjackenpunkerin an der Hand, beide naß, an der Rezeption aufschlägt. Kreditkarte kann er auch nicht bieten, nur EC, geht aber problemlos. Trotz religiöser Halbherzigkeit seiner Eltern ist Simon konfirmiert worden, das dementsprechende Geld nistet immer noch größtenteils auf seinem Konto, von dem er jetzt die Juniorsuite bezahlt und möglicherweise nächstes Jahr die Oculus Rift nicht mehr, und an einen Gott hat er schon damals wohl nicht geglaubt, aber gäbe es einen und gäbe es ein Leben nach dem Tod, würde er gern dort genauso einchecken wie hier – eine geschmeidige Andeutung von Pomp, ein reserviert lächelnder Concierge, der alle offensichtlichen Sünden gezielt übersieht und einem einfach nur mit den Worten *Ich wünsche Ihnen einen schönen Aufenthalt, und lassen Sie uns wissen, wenn wir etwas für Sie tun können*, den Schlüssel zur Juniorwolke aushändigt, auch wenn sie keinen Elysiumsblick hat. Lele hat danke gesagt, bevor Simon es tun konnte, weil er sich hier aber nicht ausmanövrieren lassen will, ergänzt er, ja, eigentlich könnten Sie was für mich tun, könnten Sie uns eine Flasche Champagner aufs Zimmer bestellen. Aber natürlich, lächelt der Concierge, und wenn Sie noch etwas benötigen, steht Ihnen unser Zimmerservice rund um die Uhr zur Verfügung.

Die Juniorsuite hat keinen Blick auf irgendwas, aber draußen ist es eh dunkel, und im Fahrstuhl hat Lele, während sie sich küßten, seinen Mantel aufgeknöpft und ihre Hand in seinen Hosenbund gezwängt; Simon hat zurückgeküßt und sich, mit einem halben Auge, in den verspiegelten Fahrstuhlwänden gesehen und befunden, er mache keinen so schlechten Eindruck. Auf dem Zimmer schüttelte Lele sich die Lederjacke von den Schultern, ließ sie zu Boden fallen und sprang von dannen Richtung Badezimmer, von wo Simon umgehend das Rauschen der Badewannenwasserhähne hörte, kann nicht schaden, dachte er, trotz Augen und Zähnen riecht sie immer noch nicht gut. Er schüttelte sich aus seinem eigenen Mantel, überlegte, wo er ihn hinhängen sollte, ließ ihn dann einfach neben ihrer Jacke liegen, ist das nicht irgendwie Punk? Er hat sich gerade Hoodie und Shirt über den Kopf gekrempelt, als es klopft, Simon öffnet und läßt das Tablett mit Champagner und Kühler und Gläsern aufs Tischchen stellen, läßt öffnen und einschenken, denkt auf den letzten Drücker daran, noch generös das, was von den letzten Astras als Wechselgeld verblieben ist, als Trinkgeld zu geben. Man will sich ja nicht nachsagen lassen, keine Lebensart zu haben. Mit den zwei Schampusgläsern in der Hand geht er ins Badezimmer. Lele ist nackt, ihr Bauch wirft aparte Röllchen, auf denen sich ihre Brüste ausruhen von der Last des Tages, sie sitzt wider Erwarten nicht in der Wanne, die volläuft und auf eine chemikalische Weise gut riecht und Schaum schlägt, sie sitzt daneben auf der Badematte, im Schneidersitz, und hackt und harkt mit ihrer EC-Karte das Koks auf dem Display ihres Phones zu leckeren Linien. Be my guest, sagt sie und strahlt grünäugig, ich hab bloß keinen Schein mehr. Simon reicht ihr das Schampusglas, prökelt in seiner Jeanstasche, als ihm auffällt, daß er den letzten Zehner eben dem Kellner gegeben hat, Mannmannmann, wir haben's ja. Geht schon, sagt Lele, zieh du dich aus, ich mach das. Wie man sich jetzt würdig auszieht, das ist auch noch nicht nachhaltig geklärt. Erst hinsetzen und die Schuhe ausziehen, dann wieder aufstehen? Erst die Hose runterkrempeln, dann hinsetzen? Komisch, daß man das zwar seit Menschengedenken jeden Abend irgendwie macht, aber erst wenn eine nackte moppelige Grünäugige im Schneidersitz im Badezimmer eines Fünfsternehotels vor einem sitzt, wird einem klar, daß man keine Ahnung hat, wie das geht.

Als es dennoch vollbracht ist und Simon ihr gegenübersitzt, die Badematte ist bemerkenswert flauschig am nackten Arsch, hat Lele etwas in ihren Hosentaschen aufgetrieben, was vielleicht ein Flyer oder eine Eintrittskarte gewesen sein mag, und zu einem Röllchen gerollt, das sie ihm zusammen mit dem Koksphone anreicht. Danke für die Einladung, mein Prinz, sagt sie und strahlt. Warte, sagt Simon, nimmt sein eigenes iPhone zur Hand, hält sich mit dem Hotel-WLAN nicht auf, spielt via Spotify *Sweet about me* ab. Anorektischer iPhone-Klang, the Soundtrack of our Lifes, denkt Simon, vor fünfzig Jahren spielten noch zwei Dutzend Symphonieorchester, als Peter O'Toole Akaba nahm, als die Leute wahrscheinlich noch dachten, es würden zu den wortlosen Momenten ihres Lebens zwei Dutzend Symphoniker ihr Bestes geben. Wir hingegen wissen, wir werden zum zarten Scheppern unserer Smartphones einherleben, und selbst wenn wir es gern mal laut und symphonisch hätten, wenigstens über Kopfhörer, wird die Software uns limitieren, weil der Staat, für den wir ewig adoleszent bleiben, entschieden hat, uns sei nicht zu trauen und man müsse uns vor einem Gehörschaden bewahren. Simon bedauert das. Ihm ist gelegentlich symphonisch zumute. Lele lacht, hält ihr Schampusglas in der Hand, wartet, bis er seine Lines gezogen hat, genehmigt sich zunächst die ihren, stößt dann mit ihm an. Nothing's sweet about me. Nothing's sweet about me, bestätigt Simon, trinkt sein Glas, wie sie, auf ex. Es schmeckt angenehm säuerlich gegenüber der synthetischen Süße des Badezusatzes. Everything is sweet about you, sagt Lele, hat sich eine Zigarette angezündet, den Badewasserhahn abgedreht, weil der grobporige Schaum schon über den Rand quellen will, hat die Zigarette zwischen ihre weißen Zähne geklemmt und häckselt an einer neuen Line. Eine noch, nuschelt sie an der Kippe vorbei, dann geh'n wir baden, dann gehen wir ficken. Wenn das so ist, geht Simon die Champagnerflasche mitsamt ihrem Kübel holen und schenkt die Gläser ein weiteres Mal voll.

Ruth geht

Zwei oder drei Tage nach Meiringen fangen die Probleme an. Der Wanderweg unter der Eigernordwand über die Große Scheidegg bis nach Meiringen, das ist Touristenpremiumhighway, danach wird es komplex. Weil Ruth nicht weiß, wohin sie will, aber sich einen Plan schuldet – einen eigenen, nicht einen derjenigen, zu denen extra Wanderführerbüchlein gedruckt sind und die sich im Tourismusbüro mitsamt Unterkünften und Tagesetappen-Gepäcktransport buchen lassen, keinen dieser ganzen vermarketingten Selbstfindungswege, von denen sie jetzt erst hört, der Walserweg, der Transalpinweg, die Europawege, mit E605 und E406 oder so abgekürzt wie Lebensmittelzusätze, und natürlich der Jakobsweg, der offenbar allgegenwärtig ist –, weil das alles Ruth kontraproduktiv erscheint, hat sie entschieden, sie geht nach Osten. Im Osten, im Osten geht die Sonne auf, hat sie gesagt, auf der Großen Scheidegg, als das geomorphologische Drama der Eigernordwand hinter ihr lag und sie sich entscheiden mußte, und weil das gut klang, hat sie es gleich noch mal gesagt, auf einem Felsblock stehend und mit einer Klaus-Kinski-Intonation. Dann hat sie sich hingesetzt, sicher gut eine Stunde lang, in der Hand die Wanderkarte mit ihren delirierenden Höhenlinien. Hat auf die Berge gesehen, hat auf die Karte gestarrt, um allein mit der Kraft ihres Willens die Linien in irgendeine sinnvolle Synchronizität mit all diesen Bergen zu zwingen. Hat aufgegeben, sich eine Zigarette angezündet, nur noch auf die Berge gestarrt, sich mit einer Hand ihren Nacken massierend, mit der anderen Hand rauchend. Ihr könnt mich mal, hat sie dann milde zu den Bergen gesagt, die mit den Graten zuckten, und ist zur Karte zurückgekehrt. Zum Kompaß. Sie hat zwar natürlich auch eine App runtergeladen, sich aber trotzdem einen Kompaß gekauft. Ihr ist nach Kompaß. Eigentlich wäre ihr sogar nach Sextant. Und nach einer Karte, auf der die Linien an den Rändern ins Weiße verblassen, wo bloß noch geschrieben steht: Hier gibt es Drachen. Sie starrte, Karte nach Kompaß ausgerichtet, auf Linien und Berge. Bis sie glaubte, es begriffen zu haben, anzufangen, es zu begreifen. Dann ist sie weitergegangen, nach Osten.

Womit sie jetzt hier steht, nachdem sie sich einen Höhenweg entlanggekämpft hat, von dem sie sich sicher war, es gäbe ihn, er sei auf der Karte verzeichnet, und zu Anfang war er auch durchaus markiert, die letzten eineinhalb Stunden aber hat sie sich durch hartes, hochalpines Gestrüpp geschlagen. Ist sie noch auf dem Weg? Man kann keinen erkennen. Zur Rechten, tief unten, das Tal. Das Tal mit der kommoden Straße hoch zum Grimselpaß, aber Ruth will nicht kommod zum Grimselpaß, sie will nach links, Nordosten, zum Furtwangsattel, wenn man darüber geht, soll man zu einer Hütte kommen, Ruth will zu dieser Hütte, sie hat sich jetzt nicht stundenlang durch dieses miserable Gesträuch gekämpft, um aufzugeben. Immer wenn sie aufgeben wollte, hat sie sich vorgestellt, wie es jetzt wäre, aufzugeben. Sich zurückzuquälen, dann irgendwann wieder dort zu sein, wo sie losgegangen ist, all diese Stunden und Schmerzen umsonst. Nein. Failure ist not an option. Wahrscheinlich, denkt Ruth, gibt es auch irgendwas, was ihr nicht weh tut, man müßte dann aber mal sehr genau drüber nachdenken, was das sein könnte. Ihre Füße präsentieren ein variantenreiches Potpourri an Blasen, von Ruth vor der Meiringer Apotheke mit Compeed-Blasenpflastern mehr oder minder zur Räson gebracht. Ihre Beine, in Shorts, sind zerkratzt, und es ist heiß, wahnsinnig heiß. Wie kann es so hoch oben so wahnsinnig heiß sein? Ruth ist sich nicht ganz sicher, ob sie deswegen nicht umkehrt, weil sie nicht umkehren will, oder ob sie schlicht bezweifelt, genug Kraft für den Rückweg zu haben. Aber wer umkehrt, den fressen ohnehin die Drachen.

Und dann weicht plötzlich der ganze garstige Wuchs zurück, vor meinem eisernen Willen wahrscheinlich, denkt Ruth grimmig, und auf einem hangschrägen Stück Wiese steht ihr ein Ziegenbock gegenüber. Das muß die Alm sein, denkt Ruth, in einem müden Moment des Triumphes, denn auf ihrer Karte ist eine solche eingezeichnet, sie erwartet diese Alm seit Stunden. Moin, sagt sie zu dem Ziegenbock. Sie ist nie so 'ne Tierchenperson gewesen, sie bevorzugt, ehrlich gesagt, ihre Tiere auf Tellern. Der Bock legt den Kopf schräg und antwortet nicht. Ruth erinnert sich an *Vermischtes*-Meldungen über Wanderer, die an vergrätzten Kühen sterben, sie hat bislang schon mehrere Weidezäune geöffnet und hinter sich geschlossen und das Rind stets mit Skepsis beäugt. Von Böcken stand nirgendwo was. Ich komme in Frieden, versichert sie dem Bock und grinst über ihre eigene Stimme, die sie seit Tagen nur selten hört. Abends beim Einchecken in einem Gasthof. Sonst kaum. Ich bin nur auf der Durchreise, bekräftigt sie, geht weiter, dort entlang, wo sie den Weg vermutet, sie späht nach den weiß-rot-weißen Markierungen, der Bock folgt ihr wie ein genügsamer Stalker. Dann die Alm, sie ist da, wo man sie wahrscheinlich nach Karte vermutet, sie ist verlassen, nur der Bock guckt streng, als Ruth aus dem gedankenverloren vor sich hin plätschernden Brunnen trinkt. Guck nicht so, was willst du, soll ich dir einen Drink kaufen, sagt Ruth und fragt sich, warum hier kein Almöhi Dienst hat. Warum die zwei Hütten so gottverlassen sind und ihre Fensterläden geschlossen haben wie Augenlider. Sie würde gern mit jemandem reden, der kein Paarhufer ist. Sie würde gern eine rauchen, hat sich aber mit Nikotinpflastern aus der Meiringer Apotheke so lange bepflastert, bis Nichtrauchen denkbar wurde. Opfer müssen gebracht werden. Luft muß ausreichend geatmet werden. Der Furtwangsattel muß erreicht werden, sie sollte nicht trödeln, die Sonne ist längst auf ihrem Weg nach Westen. Ich würde gerne, sagt Ruth, auf dem Brunnenrand sitzend, der wie zumeist ein ausgehöhlter Baumstamm ist, unsere angeregte Konversation fortsetzen, aber ich muß weiter, nach Osten, du weißt schon. Der Bock legt den Kopf schief, da ist er gut drin. Im Osten geht die Sonne auf, erklärt Ruth ihm, der Bock nickt einverstanden. Unsereins ißt Leute wie dich, das ist dir klar, ja? Der Bock schaut nachdenklich. Okay, gut, daß wir drüber gesprochen haben, Ruth füllt ihre Wasserflasche auf, was nicht unbedingt notwendig ist, sie hat eine derartige Angst, ohne Wasser dazustehen, daß sie sich außer an Brunnen kaum zu trinken getraut. Es ist von heimlicher Schönheit, daß Schweizer Alpenorte immer einen Brunnen zu haben scheinen, das mag putzig oder malerisch wirken, erst für einen Wanderer ergibt es einen Sinn. Keinen Sinn ergibt es wahrscheinlich, aus Angst vor Wassermangel zu dehydrieren, Ruths Herzschlag hämmert in ihrem überhitzten Kopf, und die ersten Schlucke des eiskalten Wassers haben ihr einen scharfen Schmerz durch die Schläfen getrieben; beim Wassermanagement muß offensichtlich noch nachjustiert werden. Das Wasser war nichtsdestoweniger köstlich, wann schon hat man sonst echten Durst. Okay, paß auf dich auf, sagt Ruth zum Bock, der sie nach wie vor ansieht wie eine Frau, die ihre erste ernstliche Unterhaltung seit vier Tagen mit ausgerechnet einer Ziege führen zu müssen glaubt, rappelt sich zusammen und verzieht unter ihrem viel zu schweren Rucksack das Gesicht. Geht dann weiter, auf dem jetzt markanteren Weg, der oberhalb der Alm jegliche Vegetation abschüttelt. Nur der Bock folgt ihr, im Abstand eines höflichen Stalkers, unermüdlich. Bis Ruth die Fassung verliert, auf ungefähr 2100 Höhenmetern, schreit und Steine nach ihm wirft, es sind genug Steine da, eigentlich ist fast nichts mehr da außer Steinen.

Vlog «Auf meiner Veranda», Eintrag: «Ein Freitagabend»

Ja, hallo, ich bin's, Kathrin, eure Nachbarin, und ich nehme mal an, ihr habt an diesem Freitagabend bestimmt was Besseres zu tun und guckt euch das erst am Montag- oder Dienstagabend an; aber ich stelle mir jetzt einfach mal vor, ihr schaut trotzdem spontan bei mir auf der Veranda vorbei. Ihr wißt, meine Tür ist immer nur angelehnt, ihr könnt jederzeit vorbeikommen und müßt auch gar nicht lange bleiben, wenn ihr noch was anders vorhabt, es ist schließlich Freitag, und da sollte man doch irgendwas Tolles unternehmen. Wo mal das Wetter echt gut ist, also zumindest bei mir, es ist ein richtig warmer Sommerabend, die sind ja bei uns im Norden selten, euch im Süden geht es wahrscheinlich anders, oder? Also, erst mal: Danke an euch alle, ich habe in den letzten Wochen so viele nette Nachrichten und Kommentare von euch gekriegt, und Lob für die neue Website, und nein, die hat nicht Simon gemacht, dem hab ich's immer noch nicht gebeichtet, das ist alles von Roland, einem Freund von Frank, der hat eine tolle Agentur, so toll, ich war fast ein bißchen verschüchtert, aber die sind wahnsinnig nett, der Link steht hier unten, falls ihr bei so was mal Hilfe braucht. Aber ich will ja von diesem Freitagabend erzählen. Kennt ihr das auch, gestreßt davon zu sein, wenn irgendwelche Umstände derart ideal sind, daß man sich gezwungen fühlt, sie unbedingt ganz intensiv zu genießen? Mir geht das öfter so. Wenn die Sonne scheint zum Beispiel, nach ewig langen grauen Tagen, wir haben das hier im Norden oft, wochenlang ist der Himmel wie ein Tupperdosendeckel über die Stadt gestülpt, einfach nur grau, ohne Wolken, ohne irgendwas. Manchmal macht man dann selbst im Sommer schon zum Frühstück alle Lichter an, damit es nicht so grau ist. Wenn das über Wochen geht, merkt man es allen Leuten in der Stadt an, alle sind wir müde. Und dann scheint plötzlich die Sonne, und man denkt, man muß das jetzt dringend total ausnutzen und irgendwas ganz Wunderbares unternehmen, bloß weiß man gar nicht, was, und ist irgendwie zu müde, und dann trödelt man rum und wartet eigentlich bloß darauf, daß die Sonne wieder untergeht und einen in Ruhe läßt. Na ja, so ähnlich ging es mir heute abend, ich meine, es ist Freitag, Frank ist zu einem Wochenendseminar weg, Simon ist natürlich mit seinen Freunden unterwegs, ich bin sozusagen eine freie Frau. Ich könnte alles machen, na ja, also natürlich nicht alles, ihr kennt mich ja inzwischen, ich bin eine treue Seele, einen anderen Mann als Frank würde ich nicht angucken. Mit einer meiner Freundinnen ein bißchen um die Häuser ziehen schon, klar, jederzeit, vielleicht habe ich bloß nicht rechtzeitig eine gefragt. Oder vielleicht wollte ich gar nicht wirklich. Meint ihr, das kann sein, oder meint ihr, man wird einfach nur langweilig? Und dann war es plötzlich Freitagabend und warm, und dann denkt man, zumindest sollte man sich mit einem Wein auf die Terrasse setzen und Musik hören oder so, ihr wißt schon, etwas für sich selbst tun. Nur hatte ich überhaupt keine Lust dazu. Fühlt ihr euch auch manchmal schuldig wegen des Gefühls, euer Leben nicht richtig zu leben, weil ihr grad keine Lust dazu habt? Ich hab mir schließlich gesagt, egal, ich setz mich jetzt vor den Fernseher und guck irgendeine Serie, eine derjenigen, von denen alle reden und zu denen ich noch nicht gekommen bin. Ich hab mich für *Game of Thrones* entschieden, das guckt ja nun wirklich jeder, ihr sicher auch, oder? Ich will das seit Jahren nachholen, vielleicht schaff ich's noch, bis demnächst die siebte Staffel anfängt. Simon ist davon dermaßen begeistert, ich hatte schon fast ein schlechtes Gewissen, ich meine, man sollte doch als Mutter wissen, was seine Kinder beschäftigt. Er hat sogar die Bücher gelesen, fast ein Regalmeter dicke Schinken, ich weiß gar nicht, wie er neben der Schule und seinen Freunden dafür die Zeit gefunden hat. Na, jedenfalls, ich guck jetzt *Game of Thrones*, auf englisch, wie Simon, so was machen die Kids heutzutage, also, mich beeindruckt das. Wobei ich mir, habe ich schnell gemerkt, die Untertitel anschalten mußte, um alles mitzukriegen, ich lass die aber auf englisch laufen, man will ja nie aufhören zu lernen, lebenslanges Lernen, wobei man sich schon manchmal fragt, wofür eigentlich, einfach nur so, oder kommt da noch was, wenn doch das Leben gar nicht mehr so lang ist. Fragt ihr euch manchmal, was aus euren Fotos werden wird, wenn ihr sterbt, wir haben noch so viele alte Fotos, Abzüge und Negative, wird Simon das eines Tages alles behalten wollen, ich meine, die Fotos seiner Kindheit vielleicht, aber was ist mit uns, mir und Frank, mit den langweiligen Fotos unserer Reisen, irgendwo im Süden, wir sitzen vor einem Strand, den man wegen des Blitzes nicht sieht, in einem Restaurant und haben den Gast vom Nachbartisch gebeten, ein Foto von uns zu machen, weil wir gerade glücklich sind. Wir sehen auf dem Foto nicht glücklich aus, nur verblitzt. Was ist mit den Fotoalben meiner Mutter, Simons Oma ist gestorben, als er sieben war, das war sicher schlimm für ihn, aber vielleicht weniger schlimm, als wenn er ein paar Jahre älter gewesen wäre. Er hat damals noch zu Gott gebetet, das hat er auch zwei Jahre später getan, als wir Martha, unsere Katze, beerdigt haben, wir hatten schon den Garten und er noch die Vorstellung, Martha sei jetzt im Katzenhimmel. Die Fotos von Martha waren bereits digital, das paßt auf eine klitzekleine Festplatte, aber was ist mit den Alben, was ist mit den Fotos von Frank und mir und meiner Mutter, warum sollte Simon die durch sein Leben schleppen. Was eigentlich passiert mit unseren Fotos, wenn wir tot sind? Wir können sie ja schlecht, wie unsere Katzen, im Garten vergraben. Ach, das sind jetzt, merke ich, dumme Gedanken, die sollte man nicht haben an einem Sommerabend, an dem man eigentlich mit einem Wein auf seiner Veranda sitzen sollte, ein bißchen gute Musik hören und ein paar heitere Worte mit seinen Nachbarn wechseln. Also, ich habe den Wein hier, und *Game of Thrones* mal nach Folge drei unterbrochen, um ein bißchen Zeit mit euch zu verbringen, schön war das, und jetzt gehe ich auch wieder rein und gucke weiter, ist vielleicht gar nicht so schlimm, wenn man seinen Freitagabend nicht im Garten, sondern in Westeros verbringt, oder? Also, habt noch eine schöne Nacht, zieht um die Häuser oder laßt es sein, wenn euch nicht danach zumute ist. Bis demnächst, und, ach ja, ich habe mich total gefreut, daß ihr Spaß daran hattet, als ich letzte Woche für euch zu kochen versucht habe, und danke für all die Rezepte, wenn ich die alle nachkochen will, muß ich zweihundert Jahre alt werden – und so lange würd's vermutlich auch dauern, bis ich richtig gut kochen kann. Aber ihr könnt sie ja anklicken und ausprobieren, ich will selbst dranbleiben, jetzt aber, jetzt bestell ich mir, glaub ich, einfach bloß eine Pizza, das ist, finde ich, doch auch manchmal okay, oder? Also, schaut wieder vorbei, wenn ihr Zeit habt, ihr wißt, die Tür ist immer nur angelehnt.

Jero mit Rasselbande

Rasselbande ist ein schönes und zu selten genutztes Wort. Zumal sie mit Klettergurten, Karabinern und Karsumpel tatsächlich rasseln. Allzu oft möchte man diese Kinderkurse auch wieder nicht machen, man fühlt sich nach drei Tagen doch ein bißchen abgenutzt, aber zwischendrin ist es immer wieder ein Heidenspaß. Sie klettern, zumeist, wie die Eichhörnchen, sie haben noch nicht gelernt, Angst zu haben, sich für sterblich zu halten, sie haben noch nicht gelernt, Freude im Zaum zu halten, sie gehen einfach nur ab wie Schmidts Katze beziehungsweise, wie ein anderer Stammgast, über siebzig, aber ein harter Hund, unlängst so schön sagte, wie Katz' Schmidtse. Sicher gibt es irgendwo auch die Überbehüteten, aber die landen mutmaßlich eher im Yoga- als im Kletterkurs. Nicht wenige klettern wie angeboren, als sei es, denkt Jero, in uns drin, intuitiv, genetisch, das Klettern, wie das Laufen, als verlernten wir es erst später. Kinder klettern oft besser als Erwachsene, bei vielen seiner erwachsenen Gäste tut es nahezu weh zuzuschauen, wie sie ihre Körper entgegen jeglicher Effizienz, Logik, Ergonomie, Gravitation bewegen. Anfang letzter Woche hatte er eine Frau im Klettergarten Morteratsch, sie verstanden sich ganz gut, sie brauchte allerdings endlos für eine Route, es war kaum mitanzusehen. Aufgegeben hat sie nicht, und sie hat den ganzen Tag keine Pause gewollt. Wie du kletterst, sagte Jero, das ist wie Krieg. Aber so sollte, hat Jero ihr nicht gesagt, das nicht sein, Klettern ist nicht Krieg, es ist Tanz. Oder, wenn man jünger ist, wie seine Kids hier, ein Spiel, ein natürliches Spiel junger Säugetiere. Einige sind durchaus ängstlich oder gänzlich ungeübt in ihren Körpern, und wenn die anderen an ihnen vorbeiwieseln, kommt zumeist Scham hinzu. Jero gibt sich sehr viel Mühe mit denen, die sich fürchten, den anderen muß er nicht mehr als Ratschläge und Seil geben. Er hat noch nicht entschieden, ob er Kinder will oder nicht, kommt wahrscheinlich auf die Frau an, seine Freunde haben Frauen, die nicht weniger besessen klettern, Ski fahren, snowboarden als sie selbst. Kinder hat, wenn Jero darüber nachdenkt, eigentlich fast keiner. Er selbst hat sich noch nicht entschieden und bislang keine Frau, die er fragen könnte. Man wird sehen. Derweil hat er Freude an der Rasselbande, wie sie die Routen hinaufwimmeln wie die Termiten, hat Freude daran, wie die zwei, drei Angsthasen über sich hinauswachsen, wird auch nicht unbeträchtliche Freude daran haben, wenn er sie übermorgen wieder los ist.

Jürg Beltrane – Motivationsbooster: Training

(Dashboard-Kamera, auf Innenraum gerichtet. Beltrane im Halbprofil von rechts, gelegentlich in die Kamera gestikulierend, leichte Untersicht. Zu erahnen im Rückfenster zähfließender Lkw-Verkehr auf der rechten Fahrspur, an dem Beltrane stetig vorbeizieht.)
Hallohallihallo, heyhey, unser Motivationsbooster von heute: «Training». Sei mal ehrlich, gehörst du auch zu den Leuten, ich bin ja immer wieder erstaunt, wie viele es davon gibt, die glauben, sie machen was Neues, und dann gehen sie sofort ab wie eine Rakete? So, du gehst dich im Fitnessstudio einschreiben, und morgen gewinnst du den Marathon? Ja klar, erinnerst du dich, wie du Laufen gelernt hast, kam dir da die Idee, Laufen wäre cool, und du bist aufgestanden und losgelaufen? Oder Sprechen, wurde dir langweilig, wie Mutti immer Ma-ma-Pa-pa wiederholt hat, und du hast dann einfach mal ein Gespräch angefangen? Fahrradfahren, Schwimmen, Lesen, einmal zugeguckt, dann ab die Post? Was für ein SCHWACHSINN, aber wie viele Erwachsene diesen Schwachsinn leben, da ist man immer wieder total baff. Hat schon meine Oma gewußt, Übung macht den Meister, und wenn du erwartest, daß es da irgendeinen Schalter gibt, wo du nur KNIPS machen mußt, und ZACK ist der Erfolg da, dann vergiß es, dann bist du bequem, und mit Bequemlichkeit schaffst du's nirgendwohin außer von deinem Bett in deinen Sessel. Alles braucht TRAINING, TRAINING, TRAINING. Geschenkt kriegst du nichts, wie die Amerikaner sagen, there is no such thing as a free lunch. Nur wenn du trainierst, konsequent bleibst, dann kommst du voran, in deinem Leben, in deinem Erfolg. Du mußt DURCH-

HALTEN, das heißt, du mußt da DURCH, durch die Frustration, hier bei uns in den Bergen nennen sie das SCHLÜSSELSTELLE, da, wo es eng wird, erst dann kommt der Punkt, wo du irgendwann plötzlich merkst, WOW, ich kann das, ich hab den FLOW, aber das geht halt nicht von heut auf übermorgen, und wenn es dir schwerfällt mit dem Training, hol dir Coaching, guck in die Links unten, und bleib dran, bleib dran, danke fürs Teilen des Videoclips, bye-bye.

Simon lernt

Simon lernt, eine Klausur morgen, nur leider, je ernster die Noten werden, für sein Leben, das MINT-Studienfach und seine Chancen, von Elon mit offenen Armen auf die *Big Fuckin Rocket* eingeladen zu werden, die wahrscheinlich nicht halb so kraß wäre wie die VR-Version von *Elite*, um so nonchalanter beginnt er die Dinge zu sehen. Er hat inzwischen Erfahrung darin, wieviel Wissen er sich abends implementieren, morgens ausstülpen, nachmittags vergessen kann. Derzeit geht es um den Ersten Weltkrieg. Im Ersten Weltkrieg hat Peter O'Toole Akaba genommen, aber das kommt im Lehrbuch nicht vor, Frankreich kommt vor und Rußland. Er ist nicht genervter als sonst, als seine Mutter an die Tür klopft und fragt, ob sie störe. Nicht mehr als sonst, denkt er, und sagt, gar nicht. Er schwingt sich auf seinem IKEA-Schreibtischstuhl herum, seine Mutter rankt sich am Türrahmen entlang wie ein kränkelnder Efeu. Ich stör dich doch, sagt sie, zeigt mit einem zaghaften Zweig gen Laptop und Bücher auf seinem Schreibtisch. Kein Problem, sagt er. Ihre

Ohrläppchen fangen langsam an auszuleiern, wegen der etwas zu großen Ohrringe, die sie täglich trägt; obwohl sie ja nun seit gut drei Jahren, oder sind es schon vier, nicht mehr arbeitet, rüscht sie sich jeden Morgen so auf, als täte sie das noch. Zwischen den Ohrläppchen lächelt sie. Sagt, ich muß dir was beichten. Simon wippt in seinem Stuhl, nur ein bißchen, der ist nicht mehr der Jüngste, seine Mutter auch nicht, beiden merkt man es an. Sie sagt nichts, deswegen sagt Simon, ist schon okay, und hofft mal, daß es das ist. Hofft, daß es nicht Krebs ist. Oder Scheidung. Hofft, daß sie keinen Freund braucht. Mir ist das total peinlich, sagt sie, dann kichert sie wie ein Efeu im Endstadium, Simon möchte sich krümmen, aber der ergonomisch geformte Stuhl verhindert das; ich hab, sagt sie und vermag es, all die Peinlichkeit der Jugend mit der des Alters vereint zu personifizieren, also ich hab jetzt einen eigenen Vlog, und ich will dir das lieber selbst sagen, bevor's dir irgendeiner deiner Freunde zufällig erzählt. Irgendeiner seiner Freunde hat Simon das schon vor gut zehn Tagen erzählt, die Clips hat er sich nicht angesehen, nur über die offensichtliche Resonanz gestaunt; den Spott seiner Klasse – Menopausen-Bibi nannte es jemand – abgewettert, den Umschwung zu verkniffengesichtigem Respekt nur wenige Tage später ebenso, Klicks sind Klicks, Likes sind Likes, wer will das nicht, für was auch immer, für unsere jeweils bloße Existenz. Wow, ist doch toll, sagt Simon. Sie sagt nichts, er sagt nichts, der Stuhl hat schon vor einem halben Jahr begonnen, leise zu quietschen, wenn man wippt. Findest du, sagt sie; klar, sagt er und hört mit dem Wippen auf, weil ihn das Geräusch entnervt. Sie lächelt den Boden seines Zimmers entlang, lächelt sorgsam um ihn und seinen Stuhl herum, sagt dann, du willst dir das bestimmt nicht angucken, das kann ich total verstehen, aber falls doch, das ist www.auf-meiner-veranda.de, und auch wenn du das bestimmt total peinlich findest, ich hab schon fast zehntausend Follower. Sie verwechselt wahrscheinlich Zugriffe mit Followern, aber das ist das kleinste der Probleme. Wow, sagt Simon, ist doch toll. Findest du, sagt sie; klar, sagt er und nichts weiter. Dann beginnt sie zu weinen, da wäre Simon jetzt lieber nicht dabei, man sucht es sich aber nicht aus, er steht auf, der Stuhl seufzt erleichtert, nimmt sie in den Arm, sie wird täglich kleiner, sie ist weich, sie wird täglich amorpher, sie hört vergleichsweise schnell mit dem Weinen wieder auf, er tätschelt ihren Rücken und fühlt den Verschluß ihres BHs. Er wünschte öfters, obwohl er sie liebt, er müsse sie nicht anfassen. Entschuldigung, sagt sie; no sweat, sagt er. Ist doch toll, sagt er. Ja, sagt sie, dann kichert sie, wie ein Efeu raschelt. Tut mir leid. Ist okay, sagt er, ist total okay. Danke, sagt sie. Er würde diese Umarmung gerne loswerden, notfalls chirurgisch, sie nicht. Dann endlich löst sie sich doch, ich würde ja gerne wollen, sagt sie, sieht zu ihm auf mit mascarageädertem Gesicht, daß du stolz auf mich bist, aber wahrscheinlich bin ich dir bloß peinlich, oder? Nein, bist du nicht, Mom, ich bin immer stolz auf dich, sagt Simon und krümmt sich unter seinen Worten wie der Schreibtischstuhl unter seinem Gewicht. Ich hab dich, sagt seine Mutter, nimmt ihre Arme endlich woandershin, sehr lieb. Ich dich auch, sagt Simon, ich dich auch. Danke, sagt sie, und: Tut mir leid. Voll okay, sagt er. Du mußt lernen, sagt sie, ich will dich nicht weiter stören; klar, sagt er. Falls du irgendwann Zeit und Lust hast, ich würde gern mal Omas ganze Fotoalben aus dem Keller durchgehen und entscheiden, ob wir die behalten wollen. Klar, sagt er, machen wir. Okay, sagt seine

Mutter, hängt sich noch minutenlang am Türrahmen fest, sagt, okay, ich will dich nicht weiter stören. Okay, sagt er, sie schließt die Tür hinter sich, als wäre die aus Eierschalen. Sein Schreibtischstuhl empfängt ihn mit nahezu wollüstigem Stöhnen. Ein Produkt der Sirius Cybernetics Corporation möglicherweise. In stillem Einvernehmen mit seinem Stuhl verharrt Simon noch einen Moment, dann schwingt er sich quietschend herum und widmet sich wieder dem anderen Krieg.

Ruth lernt

Ruth steht auf einer weiteren Alm, sieht zu den Bergen hinauf, die sich immer noch endlos über ihr recken, sie ist endlich auf der verdammten Scheißalm hier, und der verdammte Furtwangsattel ist immer noch so viel höher. Fast sechshundert Meter sowie ein langes angebliches Rindertal und alles mögliche entfernt. In ihrem Rücken, im Westen, gähnt provokant die irrwitzig heiße Sonne und denkt übers Untergehen nach. Die Alm ist nicht weniger verlassen als die von vorhin, als die von vor sehr vielen Stunden, die Hitze zieht ein Gewitter in Erwägung, Ruth einen Tränenausbruch, außer daß sie nicht weint. Sie hat beim Tod ihrer Mutter nicht geweint und beim Tod ihres Vaters auch nicht. Sie wird jetzt gewiß nicht darüber weinen, daß sie es nicht auf den dämlichen Furtwangsattel schaffen kann. Es klingt ja nach nichts. Nicht nach einer Nordwand. Ein Furtwang klingt nach einem Herkunftsort, für den man die dort Gebürtigen bemitleiden muß, ein Sattel klingt nach niedlichen und leicht doofen Ponys. Es klingt läppisch. Nicht nach dieser verlassenen

Alm, hoch über der Baumgrenze, nicht nach all dem Stein und Schnee weiter oben, die ihr eine lange Nase drehen. Nicht nach den langen Schatten, von der Sonne, die sich für Ruths Sorgen und Nöte nicht interessiert, mit Hilfe der Gipfel großzügig über Fels und Geröll geworfen, als gäbe sie noch eine Lokalrunde aus, bevor sie dann wirklich mal gehen muß. Ruth müßte zum Furtwangsattel, und dann müßte sie noch, vermutlich, laut Karte, durch ein Trifttälli bis zur Dingsbumshütte, und das ist vermutlich nicht zu machen. Nicht vor Einbruch der Dunkelheit. Oberhalb der Alm beginnt der Schnee. Oberhalb sterben die Touristen an ihrer eigenen Dummheit. Ruth will bevorzugt niemals sterben, aber wenn schon, dann bitte nicht an der eigenen Dummheit. Sie hat sich auf eine Bank an der Holzwand einer der Almhütten sacken lassen, Schweiß aus dem Gesicht gewischt, die Sonnenbrille abgesetzt, sich einen Ziegenbock gewünscht, der mit ihr redet. Ihr einen Rat gibt. Sie braucht einen Rat, sie kennt sich mit so was nicht aus. Über der Baumgrenze ist die Landschaft eine konsequente Verweigerung von Landschaft, ist gar nichts mehr außer Stein, der sich selbst genügt, der es gewohnt ist, sich seit Jahrtausenden anzuschweigen, sich ein bißchen, über Jahrmillionen, zu recken, zu erodieren, Schnee und Eis hinzunehmen wie einen Sweater, den man sich anzieht und abwirft, ohne darüber nachzudenken. Ein wenig Grün, Flechten und harte Gräser, ist geduldet, warum nicht, man kann es sich jederzeit abschminken, man kann alles, was häßlich und lästig ist, mit Schnee und Eis überziehen wie mit einem Peeling, das die Jahrtausende abwäscht, zurück wird nichts bleiben als diese porentiefe Reinheit in geschmack- und geruchloser Luft, zwischen Gipfeln und ihren lässigen Abendschatten, die sich um gar nichts scheren und immer ungenierter in die Senken fläzen, als allerletztes scheren sie sich um Ruth, warum sollten sie auch. Ruth ist durchgeschwitzt, ringt nach Luft, Schatten schlägt mit Kälte nach ihr wie mit einer Gerte. Weiter oben der beschissene Furtwangsattel. Weiter oben Schnee. Weit unten die Straße, auf der Autos und Postbusse nach Osten fahren. Sehr weit unten. Alles, was sie jetzt runterginge, würde sie morgen wieder hochgehen müssen. Wenn sie nicht den Postbus nähme. Über ihr sechshundert Höhenmeter und Schnee und Drachen. In der sinkenden Sonne plustern die Drachen ihre ledrigen Flügel. Sie feiern des Abends im Trifttälli ihre exklusiven Partys. Morgen, sagt Ruth schließlich heiser, sie kriegt nach wie vor nicht ausreichend Luft, morgen. Sie glaubt sich das selbst nicht, und in ihrem Rücken lachen alle Berge und Sättel und Drachen. Morgen, sagt Ruth, fast zu Tränen gekränkt, stemmt sich mit den Wanderstöcken auf ihre schmerzenden Beine, folgt dann dem Pfad bergab, der sie nach Guttannen bringen sollte, wie ihre Karte behauptet, und dreht sich nicht mal für das Murmeltier um, das ihr hinterherpfeift, als sei es ein Italiener und sie immer noch eine begehrenswerte Frau.

Vlog «Auf meiner Veranda», Eintrag: «Älterwerden»

Hallo, meine lieben Nachbarn, schön, daß ihr da seid, und Heidewitzka, ihr habt mir so viele Nachrichten geschickt! Ich freu mich riesig über jede eurer Fragen und Geschichten; verzeiht mir, wenn ich mit den Antworten nicht hinterherkomme, das ist ja immer noch alles neu für mich, und natürlich fehlt irgendwann schlicht die Zeit, wenn man nebenbei, jetzt sag ich schon nebenbei, halbtags arbeitet und sich sozial engagiert, für diejenigen von euch, die neu hier sind, ich mach bei unserer hiesigen Tafel mit. Und dann der Haushalt und Simon – wobei, der ist inzwischen so selbständig, manchmal habe ich das Gefühl, ich seh ihn kaum noch, vor allem am Wochenende, da übernachtet er quasi dauernd bei seinen Freunden. Und weil so viele von euch nachfragen: Doch, inzwischen habe ich ihm von meiner kleinen Veranda hier erzählt, und er meint, er fände es toll. Also, daß er's sich ansieht, das glaub ich zwar nicht, und so richtig toll findet er's wahrscheinlich auch nicht, wie sie halt sind in dem Alter, aber er hat mich ermutigt, er ist eben der großartigste Sohn der Welt! Hey, nein, ich weiß, eure Söhne sind genauso großartig, aber so empfindet man als Mutter doch, oder? Jetzt würd ich am liebsten ein Smiley-Emoji mitsprechen, aber das denkt ihr euch dazu, ja? Also, mit Simon ist alles okay, wobei es sicher komisch ist für ihn, wenn die eigene Mutter so viel mehr Klicks und Likes und Follower hat als man selbst. Das ist wahrscheinlich, als ob Mutti besser Skateboard fährt, Smiley, ihr wißt. Roland sagt ja, ich solle auch Twitter machen, Roland ist der, dessen Agentur mir diese wunderbare Site gebaut hat, unten ist der Link. Aber ich weiß nicht, neben der Veranda und Facebook zusätzlich Twitter, das wird mir zuviel, dann bin ich irgendwann nur noch am Reden und hab gar keine Zeit mehr, euch zuzuhören, und das finde ich ja viel interessanter. Jetzt laßt uns erst mal klönen, so sagt man im Norden beziehungsweise sagte man, ich glaube nicht, daß Simon und seine Freunde noch so reden. Ich finde das schade, aber wahrscheinlich ist das eines dieser Anzeichen des Älterwerdens. Daß man plötzlich bedauert, wenn Dinge nicht mehr sind, wie sie mal waren.

Also, ich meine jetzt bestimmt nicht diese alten Monsterfernseher oder so, aber wenn schöne Worte wie «Klönschnack» verschwinden, das ist schon schade, oder? Für euch im Süden muß ich das erklären, also, «klönen» ist, sich ganz entspannt zu unterhalten; «schnacken» ist eher lustiges Geschwätz. Jetzt fällt mir gerade ein, es gibt in alten Bauernhäusern sogar Klöntüren, das sind welche, bei denen sich obere und untere Hälfte getrennt öffnen, ich glaube, der Gedanke dabei ist, daß man die obere Hälfte öffnet und sich auf der unteren Hälfte rauslehnt und so mit den vorbeikommenden Nachbarn Gespräche führt, Klönschnacks halt. Und das ist ja fast derselbe Gedanke wie der mit der Veranda, oder? Aber ich schweife schon wieder ab, ich wollte übers Älterwerden reden, obwohl das natürlich ein ganz schreckliches Thema ist, über das man eigentlich gar nicht reden will. Mir fällt als erstes spontan dazu ein, wie furchtbar ich es fand, als Catelyn Stark in *Game of Thrones* gestorben ist – ach ja, weil danach auch viele gefragt haben, ich bin jetzt mit der dritten Staffel durch, wenn ich mal Serien gucke, bin ich ein ganz schrecklicher Binge-Watcher, gibt es irgend jemanden von euch, der das kann, ein, zwei Folgen gucken und übermorgen erst weiter? Also, ich bin leider total undiszipliniert, ich sag mir zwar immer, nach dieser Folge ist gut, ich muß schließlich morgen früh aufstehen, ich arbeite ja immer noch halbtags, aber dann denke ich, ach, eine Folge, eine klitzekleine Folge nur, und selbst wenn mir die Augen zufallen, kann ich mich nicht losreißen. Ich finde es übrigens lustig, wie wir uns über Serien unterhalten. Als wären sie ein gemeinsamer Urlaubsort oder eine sehr aufregende Nachbarschaft und die Helden gemeinsame enge Freunde. Ob sich vor fünfhundert Jahren die Hannoveraner Bierbrauer genauso über Sagengestalten, Siegfried vielleicht, unterhalten haben wie wir heutzutage über Jon Snow? Oder lauter Griechen vor Tausenden von Jahren auf der Akropolis saßen und darüber redeten, ob Herkules in der nächsten Folge den Augiasstall ausgemistet kriegt? Als kleines Mädchen war ich ganz verrückt nach Märchen und Sagen, und später hab ich Simon welche vorgelesen, ich finde, das muß man kennenlernen als junger Mensch. Wobei wir natürlich auch Harry Potter gelesen haben, und als er unbedingt seine X-Men-Filme sehen wollte, sind wir mit ihm zusammen ins Kino gegangen. Aber ich war bei Catelyn Stark stehengeblieben, und was ich darüber sagen wollte: Ich fand es *so* gemein. Da gibt es endlich mal eine starke Frau, die nicht unter Dreißig ist, und jetzt ist sie tot. Ich habe deswegen momentan gar nicht richtig Lust auf Staffel vier. Und selbst eine Frau wie Catelyn Stark ist, wenn man's genau überlegt, doch hauptsächlich eine Mutter, die Mutter des Helden. Bis sie dann tot ist. Wenn wir erst mal Mütter sind – also von Kindern, nicht, wie Daenerys, von Drachen – und älter als dreißig, gibt's für uns keine Abenteuer mehr, ich glaub auch nicht, wobei ich mich so genau an die Filme nicht mehr erinnere, daß es bei Simons X-Men eine X-Frau über Dreißig gegeben hätte. Wir älteren Frauen kriegen nur noch Filme, die von älterwerdenden Frauen handeln. Die haben dann Häuser mit Veranden und Fliegengittertüren, aber keine Drachen mehr. Na ja, immerhin gibt es bei *Game of Thrones* ganz ungewöhnlich viele tolle Frauen. Sogar eine nicht so modelmäßige wie Brienne. Ist es nicht fies, daß sie sonst nicht nur alle so jung sind, sondern auch immer so hübsch? Wer von uns war denn, selbst als er jung war, derart hübsch? Und wißt ihr, aber das bleibt unter uns, was ich am allerfiesesten finde am Älterwerden?

Wenn man Filme guckte und immer so ein bißchen in die Helden verschossen war, dann waren die zuerst immer sehr viel älter als man selbst, und man wartete darauf, alt genug für seine Helden zu werden. Und dann war man irgendwann in deren Alter und dachte, ja, nun paßt es. Und dann wurde man noch älter, und die Helden blieben jung, und man begann zu überlegen, ob man ihnen schon zu alt wäre. Und jetzt, wenn Catelyn Stark stirbt, fällt einem auf, daß man sich doch ein bißchen in Robb Stark verguckt hatte und daß der im Alter des eigenen Sohnes ist. Oje. Smiley. Das waren wohl eher alberne als kluge Gedanken zum Älterwerden, ich hoffe, ihr seid mir deshalb nicht böse, aber wenn man bei dem Thema zu ernst wird, wird man bloß traurig, oder? Und ich bin doch eigentlich überhaupt kein trauriger Mensch. Oh, da fällt mir ein, es haben mir ja viele von euch gesagt, wie gut ich aussähe, das finde ich total süß von euch, mal ehrlich, wir brauchen doch alle gelegentlich Komplimente, oder? Weil ihr gefragt habt, also, die Tunika, die ich im letzten Clip anhatte, und diese Jacke hier ebenfalls, die kommen von *Wunderfrau*, das ist so ein kleines Label aus Hamburg, eine Freundin von Roland macht das, den Link findet ihr unten, und ich muß sagen, ich kaufe Klamotten normalerweise nicht gern im Internet, da sieht an den Models alles so phantastisch lässig aus, bloß zu Hause steht man dann mit dem Teil vorm Spiegel wie eine Wanderdüne unter einer Bauplane. Aber *Wunderfrau* ist wirklich anders, schaut euch den Link mal an. Außerdem paßt der Name doch gut zu unserem kleinen Klönschnack über Superhelden, oder? Also, schön, daß ihr da wart, schaut jederzeit wieder vorbei, und vielleicht, vielleicht zeig ich euch mal meinen kleinen Drachen, den ich in der Speisekammer verstecke, gleich im

Regal hinter dem Apple Pie, aber pssst, sagt's nicht weiter. Macht's gut, ihr Superheldinnen da draußen, bis zum nächsten Mal!

Jero schraubt eine Route und schneidet Lauch

Eigentlich hat keiner Zeit, in der Saison hat nie jemand Zeit, die Zeitinseln liegen im Spätfrühling, nach der Skisaison, und im November, vor der Skisaison. Dann fahren sie oft nach Süden, zum Klettern, nach Finale Ligure oder nach Griechenland, im letzten Spätfrühling war er mit Matteo auf Korsika. Aber jetzt haben sich Andrin und Jero trotz Sommersaison zwei Tage frei genommen und gestern diese Route geschraubt, auf die sie schon seit zwei Jahren Bock hatten. Unter der Woche, die Vorhersage war mäßig, dementsprechend das Kundenaufkommen gering, das Wetter aber hat sich gehalten. Sie haben die Route eingerichtet, eine sehr coole Route, es ist ein verdammt gutes Gefühl, eine Route über den Berg zu legen wie ein Künstler einen kühnen Pinselstrich über eine Leinwand. Nicht umsonst signiert man Routen, tauft sie mit einem Namen wie ein Schiff. Statt Pinsel und Palette hat man allerdings, schwerer wiegend, Hilti und Haken im Rucksack. Es kostet Geld, das eigene, aber der Spaß ist es wert. Mit dem Material, das weiß man, ebnet man einen Weg, den es zuvor nicht gegeben hat, hinterläßt man einen Weg für viele zukünftige Namenlose, die man nie sehen und kennen wird, die vielleicht auch nur ein schwaches Echo der Freude erleben, die Andrin und er in dieser Route geteilt haben, aber wer weiß. Freude ist nicht quantifizierbar. Vielleicht hinterlassen sie mit ihren Bohrhaken irgend jemandem eine noch größere Freude, als Jero und Andrin sie empfanden. Wer weiß. Dafür lohnt sich das verschraubte Geld. Jero war mit Heini befreundet gewesen, dem Hüttenwart der Jenatschhütte, eigentlich eine Skitourenecke, im Sommer käme er dort als Bergführer nicht vorbei; gäbe es nicht seine Wanderfamilie, Jero hätte Heini nie an einem derart ruhigen Abend kennengelernt. Keine anderen Gäste außer der Familie, die früh ins Bett mußte, weil die Kinder müde und überdreht von der langen Wanderung waren. Ab Julierpaß über die Fuorcla d'Agnel, Abstieg durch eine marskarge und dennoch in verwirrenden Farben, ocker, weiß, blaßbeige und tiefrot, irisierende Felslandschaft, eine Gegend, von der es nicht verwunderte, wenn über ihr, wie auf einem CGI-Planeten, zwei Sonnen aufgingen – irgendwie so versuchte er, dem mauligen der beiden Söhne das Ganze schmackhaft zu machen. Am türkisfarbenen See vorbei, in dem, so Jero zu den Kindern, möglicherweise ein Ungeheuer lebt; den sich endlos, für Zwölfjährige, hinziehenden Weg am steilen, bröseligen Hang unterhalb des Piz Picuogl entlang. Als die Familie gefüttert und im Matratzenlager verstaut war, blieb Jero mit Heini in dessen Küche sitzen, sie tranken zwei Flaschen Wein, mindestens, Jero drehte sich ein paar Zigaretten von Heinis Tabak, sie redeten über Jeros Job und von Heinis Weg. Heini, so erfuhr Jero, arbeitete seit fünf oder sechs Jahren an einem neuen Weg. Über die Fuorcla da Flix. Natürlich kann man ohne Wege über die Berge gehen, Jero selbst mag keine Wege, sogar wenn es welche gibt, bemerkt er oft, daß er, wenn es nur geht, auch mit Kunden, zwar auf dem Weg startet, aber eher früher als später unbewußt deviiert, mäandert, sich einen Auf- oder Abstieg sucht, der ihm besser erscheint, schöner, unbegangener. Aber das ist sein Ding, anderswo gibt es immer eine Familie, die auf einen Weg angewiesen ist. Die auf der Fuorcla, dem Paß, in ein Gruppenfoto strahlt, Seite an Seite mit zwei weiteren ergriffenen Wanderern über das marshafte Tal sieht, das sie sich soeben erobert haben, als seien sie auf einem Planeten mit wesentlich mehr als einer Sonne gelandet. Wege sind ein Wunder. Jero verstand die vollendete Schönheit dessen, von dem Heini erzählte. Seinem Weg. Dem Weg, den er seit Jahren über einen zuvor weglosen Paß anlegte. Sowenig Jero persönlich Wege mag, so sehr weiß er um ihre fundamentale Bedeutung. Er ist inmitten der Alpen geboren, die schon der gute alte Ötzi überquerte, inmitten von Römerstraßen und Säumerpfaden, und er ignoriert die Wege auch nur dann, wenn er die Zeit dazu hat; muß er dringend spätabends noch zu einer Hütte, ist er mehr als froh über einen Weg für sein Mountainbike oder seine müden Beine. Er hatte Heinis Weg gesehen, unten am Gletschersee des Vadret d'Agnel, der auch immer kleiner wird, wie alle Gletscher; der Weg war viel besser und klarer als der offizielle zur Jenatschhütte und mit liebevollen Steinmännchen markiert. Heini erzählte von seinem Weg wie von einem Kind, und erzählte, daß er schleichend erblinde, eine Krankheit, deren Namen Jero vergessen hat, eine unheilbare Krankheit. Heini erzählte davon, daß sein Weg fast fertig sei, und dieser Gedanke sei kein schöner, sondern ein trauriger. Als wäre ein Kind erwachsen geworden und zöge fort. Sie waren leicht betrunken, als sie schließlich zu Bett gingen, und im nächsten Sommer nahm Jero sich zwei Tage frei, um Heini zu besuchen, von der Alp Flix aus über die Fuorcla und dann Heinis Weg hinab. Es ist ein wunderschöner Weg, wie selbst ein Wegverächter wie Jero zugeben muß.

Ein Weg über einen Paß, wo zuvor nichts außer Marsgestein gewesen ist, über dem jederzeit mehrere Sonnen aufzugehen drohen, ein Weg jenseits jeder Almen und Vegetation, einer dieser triumphierenden Wege, die der Mensch dort anlegt, wo er nichts zu suchen hat, und vorwiegend eben deswegen. Jero konnte den Weg vorbehaltlos bewundern, wie eine schöne Route, nur daß nicht viele Leute fünf oder sechs Jahre mit einer schönen Route verbringen. Einige schon, klar. Aber letztlich führt eine Route nirgendwohin, während Heinis Weg von der Alp Flix ins Val Bever führt. Sie haben auch an dem Abend, obgleich Heini ein gutes Dutzend Gäste hatte, Wein getrunken und geraucht, Jero wollte ihn fragen, was er tun wird, wenn er zu blind geworden ist für seine Hütte, tat es dann nicht, denn sie hatten den Weg zu befeiern. Im nächsten Winter starb Heini kurz vor Weihnachten in einer Lawine an diesem Piz-Picuogl-Hang, als er die Hütte für die Weihnachtsskitourengäste klarmachen wollte. Jero ist im darauffolgenden Sommer an einem Nachmittag noch einmal von der Alp Flix zur Fuorcla Flix aufgestiegen und hat mit Epoxy ein kleines graviertes Schildchen an einen der Felsen oben auf dem Paß geklebt: Heini-Neukom-Weg. Es ist nicht fair, daß Routen Namen bekommen und Wege zumeist nicht. Die gestrige Route haben Andrin und er *Squornshöllisch Delta* benannt. Ein großer Spaß. Eine große Erleichterung, mal einen Tag mit jemandem unterwegs zu sein, auf den man nicht aufpassen muß. Der kein Schutzbefohlener ist, sondern Kumpel und Partner auf Augenhöhe. Nach einem letzten Blick auf ihre Route, die schöne, haben sie sich vom Acker gemacht, den letzten Sessellift im Nachbarort knapp noch erwischt, sind zur SAC-Hütte weitergelaufen, haben dort allerhand Bier getrunken, zur Feier des Tages, und von der Route erzählt, heute schneiden sie Lauch. Seit drei Jahren bewirtschaften Kollege Sebastian und seine Frau Annika diese Hütte, Sebastian führt nur noch im Winter, im Sommer kocht er Gerstensuppe, dafür braucht's Lauch. Sebastian haßt Gerstensuppe, Annika haßt Lauchschneiden, die beiden brauchen Hilfe, denkt Jero und grinst, während er den Lauch akkurat in kleinste Stückchen schnibbelt, mit der Sorgfalt, mit der er fast alles tut.

Simon nimmt Akaba

Es ist, so sein iPhone, nach dem er widerwillig langt, schon fast 15 Uhr, und eigentlich nicht einleuchtend, weswegen man aufwachen sollte, müßte man nicht pissen. Simon nimmt das Phone und geht pissen und hofft inständig darauf, nicht unterwegs in eine soziale Interaktion zu stolpern, es geht aber gut, er kommt ungeschoren davon, sie sind anderweitig beschäftigt, wahrscheinlich vor ihren Rechnern. Aufs Mittagessen hat seine Mutter vorhin gottlob nicht bestanden, Simons Interesse hätte geringer nicht sein können. 06:20 ist planmäßige Ankunftszeit des ICE, mit der heute bloß zwanzigminütigen Verspätung war er um halb acht im Bett und noch keine seiner familiären Bezugspersonen wach, gottlob. Simon klaubt seine Aspirin Complex aus dem Badezimmerschränkchen, feine Sache, das Aspirin darin ist uninteressant, das Pseudoephedrin ist der Bringer, Gruß an Walter White. Nicht, daß man mit Aspirin Complex eine Party schmeißen könnte, so nun auch wieder nicht, aber um diesen höllischen Kater zu kurieren, taugt es besser, als sich der Uneingeweihte vorzustellen vermag. Simon verrührt mit dem Kopf seiner Zahnbürste eine großzügige Dosis im Zahnputzbecher und läßt sie dabei spaßeshalber ein bißchen vibrieren. Just for kicks. Er hat, besieht er sich im Spiegel, noch nicht mal Augenringe, dabei hätte er sich letzte Nacht eigentlich welche verdient haben sollen. Well, here's to you, Misses Robinson, toastet er sich schließlich mit dem Zahnputzbecher zu, seinem Gesicht, das nach nichts Bestimmtem aussieht, nicht mal nach einer gloriosen Nacht, aber vielleicht kommt das noch, kommt mit MINT und Elon und nimmer endenden Universen mit immer neuen Planeten. Oder halt nicht. Auch wenn er sich lustig zu machen pflegt über MINT und Elons *Big Fuckin Rocket*, irgendwelche Leute machen das wirklich, darf man nicht vergessen. Bauen *Big Fuckin Rockets* und glauben, damit eines Tages zum Mars zu fliegen. Sind aber wahrscheinlich, denkt Simon und fletscht seine Zähne dem Spiegel entgegen, der erschrocken zurückzuckt, keine Hannoveraner. Wir Hannoveraner spielen Gamben oder Fußball, sagt er und versucht dabei staatsmännisch auszusehen. Seine Mutter hat ihn letzten Monat mit Stadtgeschichte zugetextet und ihm erklärt, was eine Gambe ist, gottlob, ein Wissen, ohne das er nicht hätte in die Grube fahren mögen. Und wo kommt jetzt dieses Wort *gottlob* eigentlich her, das sich unlängst wie ein Virus zwischen seine Synapsen gespeist zu haben scheint, hat er das von seinen Eltern oder irgendwo gelesen? Man weiß es nicht, man steckt ja nicht drin. Sagt er zu seinem Spiegelbild, das wesentlich munterer aussieht als er selbst, stellt seine Aspirin-Complex-Packung zurück ins Badezimmerschränkchen, streift mit einem Blick die Medikationen seiner Mutter, die er irgendwann mal durchgegoogelt hat, dann aber hat er's gar nicht so genau wissen wollen. Eine Party jedenfalls ließe sich damit schon eher schmeißen. Simon entscheidet, er braucht Nahrung. Mit möglichst vielen Kalorien und möglichst wenig sozialer Interaktion. Der gestrig angetrunkene Mantel ist aufgetragen, die ein oder andere ehrliche Kalorie wäre hilfreich. In der Küche steht das vor zirka zwei Stunden abgewetterte Mittagessen in einer Kasserolle herum und stellt vermutlich eine Art Auflauf dar. Seit die Freaks seine Mutter mit Rezepten bombardieren, ist die Kost, muß Simon zugeben, fraglos besser geworden. Er häuft eine gesunde Portion davon in die Mikrowelle, läßt sie rotieren, nimmt sich unterdes eine Flasche Mineralwasser aus dem Kühlschrank und trinkt sie zur Hälfte leer, weckt das iPhone und löscht routinemäßig die Nummer des gestrigen Girls, das macht er immer, bei allen, und zwar sofort, bevor es ihm leid tut, was öfters der Fall ist. Seinerseits nennt er prinzipiell falsche Nummern, wenn überhaupt. Pling, sagt die Mikrowelle, danke, sagt Simon, er ist wohlerzogen. Mit Teller und Flasche geht er unbehelligt in sein Zimmer zurück, er hat schon öfters gedacht, sie bräuchten einen Hund, dann hätten seine Eltern ein gemeinsames Hobby und wären auch sonntags außer Haus beschäftigt. Hinter seiner sorgsam geschlossenen Tür läßt er sich aufs Bett fallen, bemerkt, er hat eine Gabel vergessen, ist zu faul, wieder aufzustehen, bohrt seine Finger ins Auflaufzeugs, verbrennt sich mordsmäßig. Shit, nuschelt Simon an seinen Fingern vorbei, die er sich zur Schmerzlinderung in den Mund gesteckt hat. Er stellt den Teller neben das Bett, saugt an den Fingern und überlegt, was er jetzt mit sich anfangen soll. Hier wäre er ungern, so weit ist das klar, aber wohin jetzt? Zum Zocken ist er zu platt, was gucken wird's werden, aber was, *Breaking Bad* hat er erst unlängst wieder geguckt, von *Black Mirror* gibt's nichts Neues, er landet schließlich, den aufgeklappten Laptop bäuchlings vor Augen, bei *Lawrence von Arabien*, dem Film seiner Kindheit. Katerbedingte Regression. Hey, könnte schlimmer sein, andere seiner Peergroup haben vielleicht damals Jar Jar Binks oder Nemo sein wollen. Seine Mutter mag ihn zwar, als er noch klein war, bildungsbeflissen mit klassischen Sagen zugelesen haben, bis die Ohren bluteten, aber halt auch vor Lawrence gesetzt. Sie hat das ebenso mit anderen kinematographischen Bildungsaufträgen versucht, Simon hat es stets ebenso gnädig wie geduldig zur Kenntnis genommen, nur ist nichts je so gewesen wie damals in der Wüste. Als der Horizont in unendlicher Weite flimmerte, von hunderttausend fassungslosen Symphonikern begeigt, und Peter O'Toole, nachdem er Akaba genommen hatte, in seinen arabischen Gewändern dieses Offizierskasino betrat, auf einer Limonade für seinen räudigen kleinen Freund bestand und dem zeternden Anglosnob sagte, ohne ihn anzusehen: Wir haben Akaba genommen. Heutzutage kann man das nicht mehr gucken. Heutzutage ist es lächerlich, wie der glattgeschminkte, wohlondulierte Peter O'Toole aus der Wüste zu kommen behauptet, wenn er sich doch offensichtlich keine zwei Meter von der Stylistin fortbewegt hat, wo wir doch neulich erst in *Mad Max: Fury Road* gesehen haben, wie man aussähe, käme man aus der Wüste. Beziehungsweise wie zeitgenössische Maskenbildner sich das vorstellen. Simon trinkt die restliche Wasserflasche leer, Nachdurst, nicht Wüstendurst. Heutzutage kann man das eigentlich nicht mehr gucken, nur daß Simon es doch tut, weil ihm etwas Besseres grad nicht einfällt an diesem Sonntagnachmittag, während er ungeduldig darauf wartet, daß der Auflauf kalt genug wird, um ihn sich mit den Fingern einzufahren, und weil er darüber nicht so richtig auf irgendwas achtet, ist er versehentlich dann doch wieder zehn Jahre alt, ist in der Wüste, die flimmert und allgegenwärtig ist, er reitet durch die Nefud, leckt sich die Finger sauber und nimmt Akaba. Er wird später im Kasino, zitternd und am Ende seiner Kräfte, aber mit schier übermenschlicher Beherrschung davon berichten.

Ruth disponiert um

Und wieder steht sie hier. Auf dieser Scheißalm. Deren geschlossene Fensterläden gestern gegen das grelle Sonnenlicht zu blinzeln schienen, die sich jetzt feige wegduckt in dem Regen, der just in Schnee überzugehen gedenkt. Ruth hat mehr als vier Stunden hier hoch gebraucht, und es hat von der ersten Minute an, als sie in der Dämmerung, zu früh für jeglichen Kaffee, den Gasthof *Bären* verließ, geregnet. Man wird an Regen nicht sterben, hat sie gedacht und sich erst nach fast einer Stunde widerwillig den Regenponcho übergestülpt. Man kann wahrscheinlich doch daran sterben, dachte sie zwei Stunden später, als der Poncho ihr durchweicht an jeder Kontur ihres Körpers klebte und der Regen sich einen Weg durch jede Lücke und Pore ihrer teuren Funktionskleidung gebahnt hatte. Jetzt sitzt sie auf der Bank vor dieser gottverdammten Hütte, zieht sich erst den linken, dann den rechten Schuh aus, die Socken vom Fuß, wringt sie aus, es plätschert regelrecht, darüber ist sie beinahe schon wieder belustigt. Furtwangsattel, dort oben. Es ist sowieso zu kalt zum Pausieren. Der Weg ist gut erkennbar, hier wächst nichts mehr, das ihn verwuchern könnte. Ruth folgt dem Weg, immer nach oben, und alles an ihr und in ihrem

Rucksack fühlt sich nach zuviel Gravitation an. Alles ist Blei, und der Regen groovt sich ein, wird ausgelassener und minütlich weißer. Dort unten, denkt Ruth und sieht nicht zurück, dort unten ist diese überholzte Gaststube, diese geheizte, und der Postbus hält direkt vor der Tür. Dort unten wachsen Fingernägel und Haare. Dort oben, wo sie nicht hinsieht, weil Wind und Schnee an Augen und Kapuze reißen, dort wohnen Drachen. Nach einem gefühlten Tag, der nur eine gute Stunde war, wie ihre Uhr behauptet, hört der Weg auf, und ein Schneefeld erstreckt sich vor Ruth. Ein steiles Schneefeld. Warum ist hier eigentlich alles so wahnsinnig steil, denkt Ruth, was war eigentlich so verkehrt am Wattenmeer, mit dem Gedanken schafft sie es, sich ein Grinsen abzuringen. Sie sieht über das Schneefeld, dann duckt sie sich, um im Windschutz des Ponchos ihre Karte anzusehen. Ihre Augen brennen. Sie versucht mit Ingrimm, die Höhenlinien in der Landschaft wiederzuerkennen, der Kompaß, seit vorhin dauerhaft in ihrer rechten Hosentasche, synchronisiert die Karte mit der Welt. Die Karte steckt in einem Ziploc-Beutel, von der *Bären*-Wirtin erschnorrt. Die Karte ist trocken, Ruth nicht, und sie kann nicht lange verharren, es ist grausam kalt. Ruth richtet sich auf, der Wind reißt an ihrem Poncho, will sie wegsegeln, ins Tal wahrscheinlich, er knattert hysterisch. Ruth weiß nicht, was für ein Schnee das ist, der sich vor ihr zum Furtwangsattel – den sie fast sicher zu definieren vermeint – erstreckt. Sie ist mit so was nicht aufgewachsen. Was sie kennt, sind Gezeiten. Ebbe und Flut, ein verläßlich indifferentes Meer. Ob dieser Schnee ein Gletscher ist, ob er Spalten hat, ob er einfach nur Schnee ist oder Schnee, der eine Karriere als Lawine plant, sie weiß es nicht. Sie kann auch nicht denken, solange der mittlerweile wohl

Sturm ihr den Scheißponcho in die Fresse schlägt. Wenn sie, denkt sie, erst am äußeren Rand des Schneefeldes hoch- und dann am oberen entlanggeht, dann müßten Lawinen oder Spalten sie eigentlich nicht interessieren, oder, fragt Ruth sich und bejaht und macht sich auf den Weg, mit jedem Schritt sinkt sie tief ein, mit jedem Schritt ist sie einen Schritt höher. Nach weniger als zwanzig Minuten zerrt sie sich den wildgewordenen Poncho vom Leib, knüllt ihn zusammen und schiebt ihn unter die Rucksackklappe. Nasser läßt es sich eh nicht mehr werden. Der Schnee rast jetzt waagerecht, der Schnee hat die Gipfel geschluckt und die Täler, übriggelassen hat er nur Ruth, nur Ruth und den Paß. Mit jedem dritten Schritt bricht Ruth durch eine trügerische Eiskruste und sinkt bis zum Oberschenkel ein. Ihre Wanderstöcke sinken noch tiefer. Ihre Knie schreien Zeter und Mordio, ihre Hände in den durchnäßten Handschuhen sind gefühllos geworden. Gefühllos ist auch der Schnee, der über die Welt schmirgelt und nichts als Leere hinterläßt. Weißes Rauschen. Wer umkehrt, den fressen die Drachen. Jeder dritte Schritt ist ein quälendes Elend, knietief, hüfttief, so kommt keiner voran, denkt Ruth, macht dennoch einen weiteren Schritt und einen weiteren. Dem Paß entgegen, dem verdammten Paß, sie beginnt zu singen, sie singt die *Bittersweet Symphony*, die sie wohl zuletzt beim Tod ihres Vaters gesungen hat, Ruth singt so schlecht, wie sie weint, eigentlich nie, sie singt so schlecht, daß alles Leben umgehend verdorrte, allerdings, hier gibt es längst kein Leben mehr; oberhalb der Baumgrenze, denkt Ruth, sollte ich gefahrlos singen können, und sie tut das, dem waagerechten Schnee Chuzpe entgegensingend, den nächsten Schritt der Schneedecke abringend, dem Paß entgegen, der sich niemals erreichen lassen wird, außer wenn man plötzlich doch, wider jede Wahrscheinlichkeit, die letzten nur noch felsigen, vom Sturm reingefegten Meter erklommen hat, keuchend, jeder Atemzug vom Sturm mißgönnt. Sich dann dort hinkauert, hinter einen Felsen, der ungenügenden Windschatten gibt. Oben auf dem Paß. Über das Trifttälli blickt, das vermutliche, das nichts als eine undurchdringliche Wand aus Schnee und rigipsdichter Wolke ist. Hier gibt es keine Wege mehr, hier enden alle Linien in Weiß, here be dragons. Ruth kauert, versucht ihre Hände, unter die Achseln geklemmt, zur Mitarbeit zu bewegen, zittert, lacht, lacht sehr laut. Der Schnee scheint es ihr nicht übelzunehmen, vielleicht aber bemerkt er sie auch schlicht nicht im geringsten. Das, denkt Ruth, ist wahrscheinlich. Sie hat jetzt wohl länger hier gehockt, als sie sollte, darüber nachgedacht, wie sie durch dieses Tälli zu der Hütte kommen könnte, die wahrscheinlich nur etwa eine Stunde entfernt ist, darüber nachgedacht, ob das machbar wäre und wie, mit ihren fast gefühllosen Händen das iPhone mit seiner GPS-Karten-App aus dem Rucksack geklaubt und, als das Display schwarz blieb, über verringerte Akkuleistung bei Kälte nachgedacht. Über so vieles hat sie nachgedacht, daß sie, als sie aufsteht und der Wind sie wie eine körpergroße Ohrfeige trifft, sich nur mit Mühe an sich selbst erinnert. Du dämliches Dummstück, sagt Ruth laut, jede Silbe ihr umgehend durch Sturm und Schnee von den Lippen gerissen, du hirnloser Vollfreak, wir gehen jetzt mal nach Hause, und Ruth geht nach Hause, in ihren eigenen Fußstapfen, das ist ein bißchen weniger mühsam als vorhin, aber nicht viel. Die Welt peitschender Schnee und schemenhafte Felsen. I'll take you down the only road I've ever been down; you know the one that takes you to the places where all the veins meet, yeah. Irgendwann, und daran fällt Ruth auf, daß dieses übersolide Schneetreiben sich in Regen aufzulösen beginnt, sieht sie unter sich wieder die Alm, und besser noch, sie sieht zwei Gestalten dort unten. Oh, gut, denkt Ruth, sie wird jetzt Freunde brauchen, alsbald, in ungefähr dreißig, vierzig Minuten, länger sollte der Abstieg nicht dauern. Als sie das denkt, wird ihr klar, daß sie es schaffen wird. Wird ihr klar, daß sie möglicherweise in Gefahr und in ihrem Leben nie so vollendet glücklich gewesen ist wie in den letzten ein, zwei Stunden. Vielleicht ist Glück nur die Abwesenheit von allem anderen. I'm a million different people from one day to the next I can change, behauptet Ruth dem waagerechten Regen ins Gesicht, dann geht sie bergab, ohne den Schmerzen in ihren Knien Aufmerksamkeit zu schenken. Steht wie eine nasse Katze vor dem mittlerweile geöffneten Fensterladen der Almhütte und schäkert mit den Hirten, weil sie jetzt wirklich Freunde braucht und grimmig gewillt ist, sich welche zu machen. Bis sie auf einen Drink hereingebeten wird, der zur Hälfte aus Obstschnaps, zur anderen aus Heißwasser plus einem Teelöffel Instantkaffee besteht, und etwas Besseres hat die Welt nie erfunden. Das und Dächer, denkt Ruth, die Finger, die mit dem Charme von fünfzehn Nagelpistolen auftauen, dicht an die heiße Tasse geschmiegt, wer immer das Dach erfunden hat, wir haben ihm viel zu verdanken. Das Dach wird von uns allen Dachbesitzern schwerst unterschätzt. Nach drei oder vier dieser Drinks gehen sie gemeinsam ins Tal, der ältere der beiden Hirten knipst unterwegs Blüten vom niedrigschwelligen Gewächs am Wegesrand, Alpenrosen, erklärt er Ruth auf ihre Nachfrage, für meine Frau. Es hört nicht auf zu regnen, 's ist aber schön, im Regen nicht allein zu sein, geteilter Regen ist halber Regen. Als sie nach einer guten Stunde auf den Fahrweg stoßen, den Ruth heute früh allein und trotzig unter ihrem Poncho hinaufgestapft ist, steht dort, o Wunder, ein Auto. Ruths Spielregel, die sie sich etwa vorgestern erfunden hat, lautet: Jeder Meter zu Fuß, und sie ist mehr als begeistert darüber, sie umgehend zu brechen. Die Hirten laden sie auf den Rücksitz und wonnevoll kurze Minuten später vor dem *Bären* ab. Willkommen, steht auf der Türmatte, Ruths Schritte quietschen, in ihren Schuhen steht das Wasser; I'm a million different people from one day to the next I can change, sagt sie nicht zu der Frau hinter der Bar in der Gaststube, eine Rezeption hat der *Bären* nicht, sie sagt statt dessen, da bin ich wieder, ich hoffe, Sie haben noch ein Zimmer für mich. Wo kommen Sie denn jetzt her, sagt die Frau; von oben, sagt Ruth, kann sich nicht erinnern, wann sie je so verdammt glücklich gewesen ist, und tropft. Sie kriegen Ihr Zimmer von gestern, sagt die Frau, gibt Ruth den Schlüssel, und wenn Sie wollen, wir haben den Heizungsraum, wo man was trocknen kann. Ruth will. Ist eigentlich schwer zu übersehen. Das wäre toll, sagt sie und verbeißt sich das Lachen. Folgt der Frau in den Heizungsraum, zieht Schuhe aus, wringt Strümpfe aus, hängt Jacken hin, geht aufs Zimmer, duscht sehr heiß, Nägel in Händen und Füßen, eilt in den Gastraum, um noch ein Abendessen zu bekommen, Kohlehydrate, Ruth braucht Kohlehydrate. Erst nach dem Essen wird ihr wieder richtig warm. Die Kalorie ist eine Maßeinheit der Wärme, die wenigsten machen sich das klar.

Vor dem Frühstück, auf das Ruth am nächsten Morgen nicht verzichtet, geht sie ihren Rucksackinhalt durch, den sie gestern trotz Müdigkeit noch übers Zimmer zum Trocknen ausgebreitet hat. Es ist zu viel, sie kann nicht alles tragen, wir tragen zu viel, wir sind eine Million Verschiedene und könnten uns ändern, von einem Tag auf den nächsten, hätten wir nicht so viel zu tragen. Ruth läßt die Shorts da, die Thermoskanne, die Ersatzhose, es wird und kann künftig keine Ersatzhose mehr geben, eine Hose muß genügen, wenn sie naß wird, muß sich ein Heizungskeller finden oder ein Dach, unter dem sie am Leibe trocknen wird. Opfer müssen gebracht werden. From one day to the next I can change, denkt Ruth, läßt ihr Deo da, ihr Duschgel, zwei von vier T-Shirts, drei von sieben Slips, zwei von fünf Paar Socken, eins der beiden Bücher, drei der vier Energieriegel, die sie gestern zu essen vergaß, als sie Energie bitter nötig gehabt hätte. Bei ihren Turnschuhen zögert sie, wiegt sie in den Händen, sie scheinen nicht schwer zu sein, aber das scheinen sie nur dann nicht, wenn man sie in Händen hält, im Rucksack summieren sie sich, bilden Allianzen mit all dem anderen, das man für nicht schwer und für unentbehrlich hält. Wie seine Thermoskanne, seine Zweithose und sein Deodorant. Schuhe werden überschätzt, entscheidet Ruth und verabschiedet sich, es wird mit den Flipflops gehen müssen. Sie hätte statt dessen, denkt sie, gern ein GPS, vielleicht hätte ein GPS sie gestern über dieses verdammte Tälli gebracht. Ein GPS kann so viel nicht wiegen. Barfüßig geht sie in den Heizungskeller hinunter, zieht sich die Socken und ihre immer noch feuchten Lederschuhe an, zieht sich den Poncho über den Kopf, geht in den feinen Landregen hinaus, der sich im Tal seßhaft eingerichtet hat, und folgt dem Wanderweg, der bescheiden rechts der Straße hoch zum Grimselpaß verläuft.

Vlog «Auf meiner Veranda», Eintrag: «So tun als ob»

Ja, hallo, wie schön, daß ihr vorbeischaut – ich hab euch gar nicht erwartet, aber hey, für euch habe ich immer Zeit! Nein, das ist natürlich albern, wir wissen, wir haben alle viel zu tun, und die Veranda ist nicht real, aber ist es nicht schön, so zu tun als ob? Das sagt man als Erwachsener ja nicht mehr, und ich hab keine Ahnung, ob unsere Kinder das noch sagen, «so tun als ob». Spielen sie noch Forscher, während sie durch die Rhododendren im Garten kriechen, auf der Suche nach Panthern oder einem Inka-Grab, backen sie noch leckeren Sandkastenkuchen, reiten sie auf ausgedachten Pferden in Schlachten, während sie ein Stöckchen als Schwert schwingen? Ich kann mich, ehrlich gesagt, nicht mehr erinnern, wie alt ich war, als ich damit aufgehört habe, so zu tun als ob, aber mich würd wahnsinnig interessieren, was ihr damals gewesen seid. Wart ihr Dschungelforscher oder Ritter oder Prinzessinnen? Klar, ich war ab und zu Prinzessin, waren wir Mädchen das nicht alle, oh, apropos, ihr habt wahrscheinlich gemerkt, ich hab meinen Schmuckstyle geändert! Schmuck war mir immer wichtig, das ist doch das, was wir im Leben behalten von damals, als wir taten, als seien wir Prinzessinnen, oder? Jedenfalls, ich fand plötzlich meinen Schmuck zu trutschig, irgendwie zu schwer. Das, was ich jetzt trage, habe ich neu entdeckt, ist von *Downtown Darling,* unten könnt ihr den Link sehen. Nicht so prinzessinnenhaft, ein bißchen tougher, aber ich finde, das paßt viel besser zu mir, am liebsten habe ich nämlich, glaube ich, so getan, als wär ich Tom Sawyer oder Ronja Räubertochter. Wir hatten natürlich alle Astrid-Lindgren-Bücher für Simon gekauft, aber ich fürchte, so richtig gemocht hat er keines. Und ich weiß eigentlich nicht, ob er so-tun-als-ob gespielt hat und wer er dabei war. Vielleicht aber muß so was einfach privat bleiben. In unseren Ferien auf Usedom sind wir übrigens mal auf so einen Mittelaltermarkt geraten, wir fanden es entsetzlich peinlich, selbst Simon. Inzwischen denke ich, vielleicht sind diese Leute viel cooler als wir, die haben nie vergessen, wie man so tut als ob. Aber ein bißchen hat uns das trotz allem nie verlassen, meint ihr nicht? Wenn wir Filme gucken oder Bücher lesen, ist das nicht dasselbe in Gedanken? Und Simons Computerspiele sind doch auch nichts anderes. Ich hab natürlich versucht, da ein Auge drauf zu haben, man hört ja so viel, wie Kinder wegen Ballerspielen verrohen, aber mich immer bemüht, eine coole Mom zu sein, nicht hysterisch, ich meine, wir haben schließlich selbst Ballerspiele gespielt, Cowboys gegen Indianer, Sheriffs gegen Bankräuberbande, und ich war furchtbar frustriert, weil meine Eltern mir keinen Spielzeugrevolver kaufen wollten, es war doch total doof, die Bankräuberbande mit einem Stöckchen in der Hand jagen zu müssen und dabei pengpeng zu sagen. Tja, und wenn man dann ein eigenes Kind hat, will man plötzlich auch auf keinen Fall Waffen im Kinderzimmer, man ist schon komisch, oder? Wobei es das früher natürlich nicht gab, diese schrecklichen Schulmassaker. Ob sie heute noch Cowboy und Indianer spielen? Wahrscheinlich nicht, an Halloween jedenfalls sehe ich keine Cowboys und Indianer. Sie sind ziemlich oft Superhelden, da erkenne ich aber bloß Superman und Spiderman und Batman, Frank weiß das besser, der hat als Junge all die Hefte gelesen. Superheld war Simon auch, und Jedi natürlich, das war wenigstens kein schwieriges Kostüm, ich bin nämlich im Nähen und Basteln überhaupt nicht besser als beim Kochen, und was man so kauft, das ist ja meistens gräßlich lieblos, bei uns in der Nachbarschaft achten die Mütter schon darauf, daß ihre Kinder nicht mit diesem Billigzeug aus der Drogerie rumlaufen. Gut erinnere ich noch, als er damals unbedingt Lawrence von Arabien sein wollte – auch ein prima Kostüm, man braucht hauptsächlich alte Laken – und dann ganz enttäuscht war, als man ihn bloß für irgendeinen Scheich hielt. Ich finde übrigens Halloween toll. Ich weiß, das ist nicht so populär, es schimpfen ja alle drauf, Kommerz und USA-Import und gar keine richtige Tradition, aber ich finde das egal, wenn es Spaß macht. Ich hab mich als Kind liebend gern verkleidet, man kann in Verkleidung viel besser so tun als ob, diesen Spaß kann man den Kindern doch gönnen. Ich jedenfalls habe unheimlich viel Spaß daran, wenn's klingelt und man sich fragt, wer da wohl gleich vor der Tür steht, kleine Gruselmonster oder ernsthafte Superhelden oder eine ganz wilde Mischung aus beidem. Ihr könnt ja schon mal überlegen, als was ihr an Halloween bei mir vorbeischauen wollt, nächsten Herbst verkleiden wir uns alle als das, was wir wirklich sein wollen, und dann tun wir so, als wären wir's, ja? So, ich geh jetzt mal so tun, als ob ich eine perfekte Hausfrau wäre, und stürz mich ins Abendessenkochen. Bis bald, ihr Jedis und Cowboys und Prinzessinnen da draußen, ich freu mich auf euren nächsten Besuch, alles Liebe!

Und dann wird plötzlich alles leicht und schwerelos. Wer hätte das gedacht. Jero nicht, alle Vorzeichen standen heute früh auf schlecht. Sein Gast, Rike, eine nur mäßig sportliche Frau Anfang Vierzig, sah beim Frühstück so aus, als habe sie in den kurzen Nachtstunden kein Auge zugetan, das Wetter ist ebenfalls mäßig sowie zunehmend windig, auf dem Gipfel liegt eine Wolke wie eine fette Katze auf einem sehr gemütlichen Ofen. An der ersten leichten Kletterstelle hinter der Hütte schien Rike bereits weder Luft zu kriegen noch zu wissen, was sie mit ihren Händen und Füßen tun sollte, und im Licht seiner Stirnlampe war ihr Gesicht trotz der eisigen Nachtkälte schweißüberströmt. Da liegt kein Segen drauf, dachte Jero, der Rike zwar von ein paar Tourenskitagen aus dem Winter kennt, bei denen ihm ihre hemmungslose Begeisterung gefallen hat, aber noch auf keiner Hochtour mit ihr war, und für sie, weiß er, ist es erst die zweite ihres Lebens. Das Finsteraarhorn war sein Vorschlag. Kein schwieriger, aber ein sehr schöner Berg. Und heute, mit nur zwei weiteren Seilschaften in der Route, fast leer, ein seltenes Glück. Nur schade, dachte er eben noch, als die beiden anderen Seilschaften umgehend an ihm und der zittrigen Rike vorbeigezogen waren, daß da kein Segen drauf liegt – und dann tut es das plötzlich doch, und alles wird leicht und schwerelos. Auf dem Gletscher, in diesem Rhythmus, von dem man nicht sagen kann, daß sie ihn finden, es ist eher so, als finde der Rhythmus sie. Jero hat seinen wunderbaren Oldschool-Pickel mit Holzschaft und schwerem Edelstahlkopf dabei; den steilen, steinhart gefrorenen Hang hinauf schwingt Jero den Pickel bei jedem Schritt und hinterläßt eine kleine Kerbe im Hang. Und der Hang ist bedeckt mit einer Schicht großer Eiskristalle. Und mit jedem Schwung macht der Pickelkopf ein hohes, singendes Geräusch und fallen die Eiskristalle in ätherischem Klingeln hangabwärts. Funkeln dabei im Licht der Stirnlampen oder des gelegentlich durch die Wolken nach dem Rechten schauenden Mondes oder des ersten Dämmerns, oder vielleicht funkeln sie bloß aus sich selbst heraus, wie Plankton, vielleicht funkeln sie aus schierer Freude am Funkeln und kichern dabei klimpernd, wer weiß das schon. Ich, singt der Pickel, ich, ich, ich, rhythmisch bei jedem Schritt, mit hohem, sirrendem Sang, aber ich verrat's nicht, nicht, nicht. Nach nur wenigen Minuten fühlt Jero Rikes Gewicht am Seil hinter sich nicht mehr – wobei natürlich nicht von physischem Gewicht die Rede ist, man zieht niemanden den Berg hoch, aber man merkt, durch ein unsichtbares, empathisches Seil verbunden, wann jemand eine Last ist und wann er sich selbst zu tragen vermag. Rike setzt ihre Steigeisen in seine Kerben, und wenn er sich zu ihr umdreht, um regelmäßig zu fragen: alles gut?, sieht er in ein anstrengungslos entrücktes Grinsen, ihr Atem keucht nicht, flockt nur mit stillen Wölkchen in den Wind, als lausche sie konzentriert dem Gesang des Pickels und der Kristalle nach, um ja nicht auch nur durch den kleinsten Laut die wichtigste Stelle zu verpassen. Das will man nicht. Auch Jero will das nicht und geht weiter, der abgeflaute Wind scheint es nicht zu wollen und der Tag nicht, der sich weigert, durch Anbruch zu stören, die Zeit verharrt in einem Zwischenblau zwischen Nacht und Tag, in dem die Kristalle klimpern in funkelnden Kaskaden und der Pickel singt, singt, singt.

Auf dem Hugisattel muß sich Rike, so sagt sie, erst mal aus der Trance schütteln, und Jero mahnt routiniert zum Trinken, obwohl sie nicht aussieht, als bräuchte sie irgend etwas; hier überholen sie die rastenden drei Rheinländer, mit denen Rike kurz frotzelt. Die haben sie offenbar gestern auf der Finsteraarhornhütte gefoppt, sie würde es nie auf den Gipfel schaffen, Rike foppt jetzt zurück und weist die drei Rheinländer darauf hin, daß sie gestern noch vier Rheinländer waren, aber es käme offenbar bei dergleichen Expeditionen nicht jeder durch. Jero lächelt und verstaut seine Marschteeflasche, dann beginnen sie, über den Grat zu klettern, der nicht schwierig ist, aber ausgesetzt. Rike hat ihn gewarnt, sie habe Höhenangst auf Graten. Er schätzt es, wenn seine Gäste ihre Schwächen kennen und vorwarnen, Frauen sind darin besser, weniger Machismo, dafür trauen sich Frauen oft weniger zu, als sie könnten. Es ist eine der richtig guten Seiten seines Jobs, Leuten zu zeigen, zu was sie fähig sind, jenseits der Grenzen, die sie zu haben glauben. Ihr fassungsloses Staunen zu sehen, wenn sie diese Grenzen überschreiten. Es ist so vieles gut an diesem Job, jeden Tag draußen zu sein, zu tun, was man liebt, an jedem dieser Tage, der niemals einem anderen gleicht, an jedem Tag konzentriert und einhundertprozentig lebendig. Jero hat durchaus auch die Kartographie geliebt, die Konzentration und Präzision, unter der sich wildes Land dem eigenen Durchdenken ergibt. Wie sich andererseits aus einer schönen Karte in der Vorstellung Landschaften formen, sich mit jeder Höhenlinie, jeder Signatur, jedem subtilen Farbverlauf offenbaren. Einerseits möchte man überallhin reisen, jede erdenkliche Karte sich in Welt verwandeln sehen, andererseits liegt so unendlich viel Welt direkt vor der Haustür, ein Leben reicht nicht aus. Weder die schönste, sich durch filligrane Schraffuren nach Dreidimensionalität sehnende Karte noch gar Google Earth wird je die vierte Dimension fassen können, die Zeit, in der alles scheinbar topographisch Festgenagelte jederzeit vollkommen anders ist. Oft schon ist Jero auf dem Finsteraarhorn gewesen, niemals war der Berg derselbe, immer schön, ja, auf mannigfaltige Weise, nie zuvor aber sang alles, der Gletscher, die Luft, der Pickel, bei jedem seiner Schritte ein derart sublimes Lied, von dem man niemals wissen wird, wovon es handelt, von allem wahrscheinlich, denkt Jero. Rike hat es auch gehört, mutmaßlich lauter als er, sie ist nicht, wie Jero, abgelenkt gewesen von der Verantwortung, die es für einen anderen zu tragen gilt, sie hat nur gehen und lauschen müssen. Auf dem Grat, nicht schwierig, aber ausgesetzt, bricht das Übermaß an Intensität in einem Strom von Lachen und Flüchen aus ihr heraus, ausgelassene Schmähungen begleiten jede haarige Stelle, über die sie sich trotzig rüberwurstelt, jeden Blick in den Abgrund, der ihr sichtlich etwas ausmacht; nicht dein Ernst, empört sie sich, no fuckin way, und kommt problemlos voran. Jero grinst und bedauert zutiefst die Wolke, die sich vom Gipfel so wenig weggerührt hat, wie es eine alte, dicke Katze von einem warmen Ofen täte, er hätte Rike den Blick von dort oben so gegönnt, so erhofft für sie. Kurz unterhalb des Gipfels überholen sie die zweite Seilschaft, ein junges Pärchen, und das, obwohl Rike, wie sie ihn ungefähr hundertfünfzigmal hat wissen lassen, langsam ist. Dann sind sie oben, wie, das ist es schon? fragt Rike verdutzt. Jero schüttelt ihr die Hand, dann umarmen sie einander, und der harte Wind, der seit dem Grat wieder an ihnen reißt, hat ein Einsehen, zerrt die Wolke beiseite, damit Rike sehen darf, wie direkt vor ihren Füßen die Welt nach Nordosten abreißt und erst einen drastisch vertikalen knappen Kilometer tiefer wieder beginnt. Es verfehlt seinen Eindruck nicht. Jero gibt dem Wind High five, obwohl der sich so tief und schneidend und eisig zwischen alle Schichten gräbt, daß man nach fünf Minuten schlottert und nach zehn Minuten alles auf Alarm steht. Die Welt aber ist im Einklang, die Wolke kehrt auf ihren gemütlichen Gipfelplatz zurück, sagt, nun ist aber gut, und Jero steigt mit Rike ab, die entgegen allen Befürchtungen auf dem Aufstieg keine Energie verloren, sondern eher welche gewonnen zu haben scheint. Auf dem Hugisattel hüpft sie vor ihm herum und bettelt, noch mal, noch mal! Das kann's doch nicht schon gewesen sein! Sie bemüht sich um Kindergartenintonation und den Blick eines frisch ausgegrabenen Maulwurfs. Jero ist belustigt und entscheidet in diesem Moment, er wird es nun doch versuchen, noch über den Gletscher bis zur Gamslücke zu kommen, was er Rike als Möglichkeit erklärt hat, ebenso wie aber das Problem, daß es am späteren Vormittag nicht mehr machbar sein würde, zu warm, die Oberfläche des Gletschers zu tief angetaut. Aber warum es nicht versuchen, wenig an seinem Job macht so viel Freude, wie Freude zu machen, und sie werden es schaffen, der Gletscher ist durchaus noch verhandelbar, Rike aufgekratzt mit anscheinend unermüdlicher Energie, selbst als sie, Stunden später, über die Gamslücke und den Studergletscher auf der Oberaarjochhütte angelangt sind, eine Panache auf der Terrasse in unerwarteter Nachmittagssonne trinken und sich Jero dringend ein oder zwei Stündchen schlafen legen müßte, ist sie offensichtlich, sich großäugig in Gletschern und Gipfeln verlierend, viel zu wach für alles. Als sie mit ihren Gläsern anstoßen und Rike sich drei dutzendmal bedankt hat, sagt sie, sie sei sich sicher, sein Pickel sei eine geschmiedete Elbenklinge und sie habe kaum je etwas Schöneres und Betörenderes, so sagte sie, erlebt als diese Fuge in der Zeit, von der sie nicht sagen könne, wie lange es gedauert habe, als die Elbenklinge sang und die Kristalle mit funkelnden Kaskaden ins Dämmerlicht klimperten. Jero weiß sehr genau, wie lang es gedauert hat, aber verrät es ihr nicht, Jero weiß alles sehr genau, denn er trägt die Verantwortung und muß in jeder noch so singenden Sekunde damit rechnen, daß sein Gast aus der funkelnden Elbenklingenkerbe gleitet, seine Steigeisenzacken ins Hosenbein hakt und abschmiert, inmitten eines klimpernden Kometenschweifs aus Eiskristallen im Nirgendwolicht zwischen Tag und Nacht, ihn aus dem Hang reißt, in dem Moment, der jederzeit in den Kulissen lauert, auf den Sekundenbruchteil, wo die Zeit alles nachzuholen willig wäre, was sie in ihren Fugen vertrödelte, auf den Sekundenbruchteil, in dem jederzeit alles zusammenbrechen kann wie eine filigrane Kristallstruktur und alles enden, einige hundert Meter tiefer. Nichtsdestoweniger ist das Seil, das andere, unsichtbare, das empathische Seil, keine Einbahnstraße, es sendet zurück, Müdigkeit, Unsicherheit, Angst ebenso wie im besseren Falle Sicherheit, Freude und Euphorie. Das ist sehr viel wert. Nicht immer ist Jeros Pickel gewillt, so zu singen wie an diesem Morgen, aber Jeros Ohren sind eingestimmt auf dessen Lied, sein rhythmisches Mantra, er singt: nicht heute, nicht heute, nicht heute, mit jedem Schritt, er hat es, Jero konnte es hören, heut früh nicht mit Frage-, sondern mit Ausrufezeichen gesungen, während die Kristallkaskaden kokett niemals, niemals, niemals, no fuckin way kicherten.

(Handykamera am Stick, Beltrane von rechts aus leichter Untersicht aufgenommen, kurzatmig wegen offenbar zügigen Gehens. Hintergrund Stahl-Glas-Architektur, man muß an Messehallen oder Flughäfen denken.)
Leute, hallohallihallo, unser Motivationsbooster heute: «Risiko». O Mann, wie ich das nicht mehr hören kann, ist das Geschäft auch sicher, ist kein Risiko dabei, da gehen bei mir aber inzwischen so was von sofort die Schotten runter, was ist denn bitte schön sicher? Sicher ist, daß wir irgendwann tot sind, aber sonst gar nichts. Ich sitz hier am Steuer, ist das sicher, nein, ist nicht sicher, da kann ich mich totfahren. Putz ich Fenster, ist das sicher, nein, ich kann aus dem Fenster fallen. Verlaß ich mein Haus nicht mehr, ist das wenigstens sicher, nein, ich werd fett und krieg Diabetes. Und selbst beim Mittagessen kann ich an ’ner Fischgräte ersticken. NICHTS ist SICHER, bloß gibt’s leider, leider diese Leute, die SICHERHEIT wollen, möglichst nicht ihren Hintern bewegen, aber irgendwie ganz schnell reich werden. Und diese Leute sitzen dann da, sitting ducks, sagt der Engländer, und warten, das ist das RISKANTESTE von allem. Bewegliche Ziele, sage ich, sind schwerer zu treffen, geh ins Risiko, gib Vollgas. Schau mal, mit nur einem einzigen Einkommen, wie riskant ist das denn. Irgendwas passiert, du wirst gekündigt, Kunden fallen aus, und dann kannst du vielleicht noch zu Vater Staat gehen und rumheulen, daß der für dich sorgt, aber mir wär das zu blöd, ich verlaß mich lieber auf mich selbst und schaff mir passive Einkommensströme. Nur kennt sich halt keiner damit aus, mit passiven Einkommensströ-

men, sieh dir mal den Link unten an, und überhaupt mit Risiko, das ist doch das Problem, keiner hat es uns beigebracht, unsere Eltern nicht, unsere Lehrer nicht, unsere ganze Gesellschaft weiß doch nicht mehr, was das ist, RISIKO – HALLO, aufwachen! DAS LEBEN IST RISIKO, das Risiko hört erst zwei Meter unter der Erde auf. Bis dahin UMARME das Risiko, entdecke den Spaß dabei, beweg deinen Hintern und genieße deine Erfolge, das wünsch ich dir, take care, bye-bye.

Simon climbt

Schweißnasse Hände: Wir klettern mit einer Oculus Rift vor den Augen in schwindelerregende Höhen – ohne Netz und doppelten Boden. Crytek rühmt sich, mit «The Climb» das erste VR-Rock-Climbing-Spiel der Welt zu entwickeln.

Fuhren wir in Cryteks VR-Demo «Back to Dinosaur Island 2» noch mit relativ sicheren Seilwinden eine Felswand entlang, um auf einem Bergplateau die Umgebung nach Dinosauriern zu scannen, geht es im Free-Climbing-Titel «The Climb» bodenständiger zu. Wobei … eigentlich nicht, denn auf den Boden der Tatsachen sollte man nicht hinabstürzen – egal, ob in den Alpen um Schloß Neuschwanstein oder in der vietnamesischen Bucht von Halong. Letztere ist von einigen steilen Felsen umgeben, und einen davon galt es, auf der Game Developers Conference in San Francisco zu erklimmen.

Die Steuerung des Spiels für das Oculus-Rift-Headset ist eingängig: Mit den Augen suchen wir die Felswände nach Griffen für unsere Klettertour ab, dann lassen wir eine Taste los und drücken sie erneut, um mit der Hand von einem Griff zum nächsten zu wechseln. Teilweise müssen wir uns dazu auch nach oben recken beziehungsweise nach links oder rechts lehnen, denn es geht in «The Climb» dreidimensional zu – und gelegentlich auch um die Ecke.

Nachdem wir das Klettermanöver mit einer Hand gemacht haben, müssen wir mit der anderen Hand nachfassen. Das ist wichtig, denn hängen wir zu lange an nur einer einzigen, erlahmt unsere Kraft beziehungsweise unsere Ausdauer: Wir rutschen ab und stürzen gnadenlos nach unten. Freundlicherweise blendet das Spiel vor dem Aufschlag aus und plaziert uns am letzten passierten Speicherpunkt, als wäre nichts gewesen. Vor kräftezehrenden Aktionen wie weiten Griffen oder Sprüngen empfiehlt es sich dennoch, einen Moment innezuhalten, um so die Ausdauervorräte etwas aufzufüllen.

Gelegentlich setzt sich der Klettersteig jenseits unserer Armreichweite fort. Was nun? Ganz einfach: Wir drehen den Kopf beziehungsweise Oberkörper vorsichtig zur Seite oder gar nach hinten, schauen mutig auf unser Ziel, lassen beide Hände los und drücken im Moment des Fallens augenblicklich auf die Sprungtaste, um danach wieder die Grifftasten zu drücken. Gelingt der Sprung, fangen wir uns mit einem Ächzen am ausgewählten Griff und würden uns gerne den Schweiß von der Stirn wischen – doch wir brauchen beide Hände, um uns am Sims festzuhalten.

Selbst bei geübten Kletterern tropft mit der Zeit nicht nur der Schweiß von der Stirn. Auch die Hände werden feucht, was eine sichere Landung nach einem Sprung beziehungsweise kühne Greifaktionen erschwert. Im Spiel benetzen wir sie deshalb regelmäßig mit etwas Magnesiumkarbonat, bei Kletterexperten auch englisch Chalk genannt. Im richtigen Leben hilft uns das leider nicht weiter – wir greifen hier noch etwas stärker um das Gamepad.

Haben wir uns einmal verklettert oder sind die Griffe durch Pflanzen oder einen ungünstigen Blickwinkel verdeckt, lassen sich per Tastendruck empfohlene Routen anzeigen. Die müssen nicht immer die kürzesten sein – doch Klettereinsteiger freuen sich über diese Tips. Alte Hasen, die den Berg im Wettlauf gegen die Zeit erklimmen, sind vermutlich schon etwas geübter und kennen ihn wie ihre Westentasche.

Unterwegs passieren wir immer wieder Felshaken, die physikalisch korrekt von der Wand herabbaumeln. Sie speichern unseren Fortschritt, damit wir bei einem Absturz nicht wieder ganz von vorne beginnen müssen. Nach etwa zehn Minuten haben wir etwa zwei Drittel der Strecke geschafft und sind auf einer Holzplattform angekommen, auf der wir etwas verschnaufen und von der aus wir die Bucht bestaunen können. Leider mißt sie gerade einmal zwei, drei Quadratmeter – für den nicht ganz schwindelfreien Autor dieser Zeilen geht es deshalb weiter hinauf.

Das Ziel vor Augen verjüngt sich der Felsen ein wenig. Immer häufiger müssen wir halsbrecherische 90-Grad-Wendungen meistern und uns gegen Ende gleich zwei Mal beidhändig emporschnellen. Dann haben wir es endlich geschafft! Zur Belohnung lockt die Aussicht über die ganze Bucht, doch die Plattform ganz oben ist nur minimal größer als die vorherige … und besitzt ebenfalls kein Geländer.

Auch wenn wir uns beim Aufstieg selten nach hinten gedreht haben: Sowohl in der Ferne als auch direkt vor unseren Augen wird die Umgebung feinst aufgelöst dargestellt – der Cryengine 5 sei's gedankt. Werden in herkömmlichen Spielen bei kurzen Distanzen zu Gebäudewänden oder Mauern oft grobpixelige Texturen sichtbar, gibt sich «The Climb» hier keine Blöße. Obendrein dürfen die abenteuerlichen Touren am frühen Morgen, tagsüber und bei Nacht stattfinden – je später die Stunde, desto geübter sollte man sein, damit man die Griffe noch erkennen kann.

Steilere Abkürzungen, Überhänge und mehr Sprünge erwarten Experten, die es nach einer neuen Bestzeit gelüstet, mit der sie vor ihren Freunden prahlen können. Wie die sich auf den Bergen geschlagen haben, sieht man mit Hilfe von Ghost-Kletterern: Während man selbst den Gipfel erklimmt, wird die «aufgezeichnete» Kraxelei eines Freundes dargestellt. Nach Angaben der Entwickler sollen Top-Kletterer neben Erfolgen auch neue Ausrüstungsgegenstände bekommen.

«The Climb» ist das derzeit beste VR-Spiel: Es nutzt die Fähigkeiten der neuen Technologie, eine dreidimensionale Umgebung mit Höhen und Tiefen darzustellen, sieht phantastisch aus und macht auch noch länger als eine Viertelstunde Spaß. Und wenn einmal die Oculus-Touch-Controller auf dem Markt sind, wird das Spiel mit Sicherheit noch eine Spur realistischer.

Apropos Realismus: Der Naturtrip ist nichts für schwache Nerven. Wer im richtigen Leben nicht ganz schwindelfrei ist, dem wird auch in der virtuellen Welt eher mulmig als jemandem, der in seiner Freizeit gerne Antennenmasten auf Hochhäusern besteigt. Und das, obwohl man ja eigentlich nur die Hände bewegt, mit den Füßen aber die ganze Zeit auf dem heimischen Boden der Tatsachen steht.

Preis und Erscheinungstermin des Oculus-Rift-Titels sind noch nicht bekannt, wohl aber die Hardware-Anforderungen. Schon ab einer moderaten i5-4590-CPU, einer GPU der GTX-970-Klasse sowie 8 GByte RAM darf man die Kletterhandschuhe anziehen. Und vielleicht hat «The Climb» ja auch therapeutische Wirkungen: Wer sich häufiger den schwindelerregenden Situationen des Spiels aussetzt, verliert womöglich mit der Zeit seine Höhenangst.[*]

* Text von Roland Austinat, Original unter https://www.pcgameshardware.de/The-Climb-Spiel-56445/Specials/angespielt-1190327/

Simon hat sich, nicht ohne Mühen, auf eine Fan-Präsentation getrickst, nachdem er diesen «Angespielt»-Bericht auf *www.pcgameshardware.de* gelesen hatte, und hat nun, im nachhinein, dem wenig hinzuzufügen. Yep, so isses. Nur noch abgefahrener jetzt mit Touch Controler. Außer daß ihn Klettern eigentlich nie interessiert hat, interessant war eigentlich ja nur der Hype und vielleicht der Effekt, an entkörperten Händen zu hängen und trotzdem eine magenumstülpende Höhenangst in einem unsichtbaren Körper irgendwo anders zu empfinden. Nicht unkraß. Der Sinn aber, warum einem über Neuschwanstein oder Vietnam schlecht werden soll, wenn man das auch im leeren Raum zwischen noch nicht erdachten, gerade erst angeahnten Planeten, die vielleicht noch nie jemand je betrat, um alle nur denkbaren Achsen des Alls rotierend, abfeiern kann, erschließt sich ihm nicht. Welchen Grund gäbe es, sich mit Neuschwanstein aufzuhalten, wenn es dort draußen Welten gibt, in Zero G und mit weit mehr als nur einer armseligen Sonne, die über der Krümmung eines fremden planetaren Horizontes aufgeht und des Nachts ein großzügiges Ensemble von Monden bescheint. Wer wollte nicht Neufuckinschwanstein weit, weit hinter sich lassen. Please don't slow me down when I'm going too fast, wäre er geneigt, die Strokes zu zitieren.

Ruth lernt mehr und geht weiter

Erst auf dem Grimselpaß wird ihr klar, sie ist viel zu früh dran im Jahr, jedenfalls in diesem. Die kommode Paßstraße zwängt sich zwischen immer noch zwei Meter hohen

Schneewänden hindurch und ist, sagte ihr die Grimselpaßdamsel, die Ruth auf der Terrasse einen Kaffee und eine Gerstensuppe gebracht hat, erst seit etwa zwei Wochen überhaupt wieder geöffnet. Anfang Juli, das macht man sich so nicht klar. Das kann man, hat man sich erst vor etwa zwei Tagen durch eine sadistische Hitze gequält, nicht wirklich verstehen. Seit Mittag hat der Landregen aufgehört, Ruth ist erstaunlich schnell wieder getrocknet, so gänzlich unfunktional sind die sauteuren Funktionsklamotten vielleicht doch nicht. Ihr wird trotzdem vermutlich innerhalb von zwanzig Minuten kalt werden, Ruth inhaliert den Kaffee, wünscht sich eine Zigarette dazu, ohrfeigt diesen Gedanken und nimmt sich stattdessen einen Zahnstocher aus dem Salz-Pfeffer-Zahnstocher-Spender-cum-Speisekartenhalter, der gußeisern und windfest auf dem Terrassentisch steht, kaut darauf herum. Trocknet wohlig, Trockenheit, gemeinhin unterschätzt von allen Leuten, die niemals naß waren. Der Autolärm stört, als säße man in einer netten Kneipe, in der nicht zu laut, aber unignorierbar ein schlechter Radiosender liefe, dennoch ist es schön, ebenso wie die Dorfbrunnen, daß auf Pässen Hospize stehen. Überbleibsel einer Welt, in der wir uns mit Mühen bewegten, denkt Ruth, als wir noch zu Fuß gingen, durstig waren oder unsere Pferde tränkten, als wir noch keine Bonusmeilen sammelten, sondern jeder Meter so beschwerlich war, wie es neuerdings die ihren sind. Als wir auf Paßhöhen noch Obdach brauchten. Das Hospiz ist auf harsche Art hübsch, wie es sich aus den Schneeverwehungen stemmt, es hört, so wie es aussieht, den Autoverkehr gar nicht, es reckt sich mit seinem graugesteinigen Mauerwerk und den provokant rotgeschminkten Fensterläden aus seinem Weltenübergang und interessiert sich, vermutet Ruth, für die Straße so wenig wie für die Jahreszeiten. Ruth geht es anders, sie beginnt zu frieren, zahlt die Gerstensuppe, sobald sie serviert ist, hat sie weggeschlürft, bevor sie erkaltet, macht sich dann auf den Weg, schultert ihren Rucksack, der so viel leichter ist, ist wie 'ne Droge, denkt Ruth und denkt darüber nach, was sie noch zurücklassen könnte. Geht dann weiter, dem nächsten, dem Furkapaß entgegen, auf dem ihre Karte, die immer mehr Freund wird, immer mehr spröder Liebhaber, der sich stetigem Werben und Schmeicheln denn doch ergibt, ein weiteres Hospiz oder einen Gasthof oder so was verzeichnet. Ruth hat die Legende lesen gelernt und erkennt das Symbol für «Einsamer Berggasthof».

Sie steht einige anstrengende Stunden später davor, vor dem einsamen Berggasthof, dessen Baujahr relativ nah an dem ihren liegen mag und der ungefähr zur Zeit ihrer Einschulung für immer geschlossen hat. Hinter den vergilbten Gardinen der Terrasse preist ein Reklameschild vergessene Eiscrememarken an für Kinder, die längst eigene Kinder haben. Daneben rauschen, links von Ruth, Autos vorbei, die mit sich selbst beschäftigt sind, man glaubt recht schnell, hält man sich an die Jeder-Meter-zu-Fuß-Spielregel, nicht mehr daran, daß Menschen darin sitzen. Ruth sinkt vor dem Eiscremeschild, aus dem ihr ein bleiches Markenmaskottchen entgegengrient, lachend in die Knie, kramt die Karte aus der rechten Tasche ihrer Cargo-Trekkinghose, weiß aber schon vorher, denn sie sieht ständig auf ihre Karte, ein Ersatz vielleicht für die Zigarettenpause, daß knapp dreihundert Höhenmeter weiter oben eine Hütte, die Sidelenhütte, liegt. Ruth hat inzwischen mitgeschnitten, daß sie etwa eine Stunde für dreihundert Höhenmeter braucht, hat mitgeschnitten, daß Höhenmeter hier in dieser Welt, die aus Höhe und Schnee und Schwierigkeiten besteht, viel relevanter sind als Distanzen, hat mitgeschnitten, daß man sich auf Hütten anmeldet. Mit der Handyladung aus dem *Bären* ruft sie die Sidelenhütte an, hat eine freundliche Frau am Telefon, die sich auf Ruth freut und ihr sagt, vom Furkapaß sei in dieser Saison noch keiner gekommen. Eineinhalb Stunden, sagt Ruth, ein Unsicherheitsaufschlag ihrerseits. Sie wird fast drei brauchen. Im diffusen Licht geht sie vom Furkapaß an einer tristen Garnisonssiedlung vorbei, wechselt ein paar Worte mit einer Siedlerin, die erzählt, hier siedele kein Militär mehr, sondern die Wissenschaft, sie selbst sei Geologin und grüße die Sidelenhütte. Ruth nimmt die Grüße entgegen, wandert aus dieser Gebrauchssiedlung hinaus, die sich mit der ehrlichen Häßlichkeit einer allerersten Marsstation an den Fuß des Hanges klammert, wandert hoch, weiter, steckt in erst wadenhohem, dann kniehohem, dann oberschenkelhohem Schnee. Na toll. Sie hätte auch, weiß Ruth, vom Paß in die nächste Ortschaft trampen können, so welk ist sie noch nicht, daß sie nicht jemand mitnähme, aber da ist die Spielregel, die es einzuhalten gilt, und da ihre Spielregel niemand anderem gehört als ihr, obliegt es eben auch ihr, sich daran zu halten, was wäre die Spielregel sonst wert. Keine Hirten mehr. Jeder Meter zu Fuß. Jeder Meter gestaltet sich oberschenkelhoch und als dezidiert kein Spaß. Außer daß dann doch jenseits des Spaßes der Spaß erst anfängt. Ringsum senkt sich Abenddämmerung, die Ruth ignoriert, damit sie ihr keine Angst macht. Als sie die Hütte sieht, geht von Ruth eine Druckwelle des Triumphes aus, die alle umstehenden Berge leicht erschauern läßt. Zwanzig Minuten, schätzt sie, dann ist sie da, zieht ihr linkes Bein aus dem

Schneeloch, in dem es steckt, versenkt es fast hüfttief in den Schneesumpf vor ihr, und braucht fast fünfzig. Um die Hütte ist in den dachrinnenhohen Schnee ein kleiner gangbarer Graben gegraben, und Ruth stolpert in ihn mit einem Triumph hinein, den selbst noch gut dreißig Kilometer weiter die Eigernordwand in ihren Fundamenten spürt.

Eigentlich ist bislang nur der Weg vom Sidelenbach frei, der ist auch kürzer, du bist die erste dieses Jahr, wiederholt die bezaubernde Hüttenwirtin, die den Weg vom Furkapaß gekommen ist; hab ich gemerkt, sagt Ruth, ganz und gänzlich in Fleisch und Nudeln vertieft und damit so beschäftigt, daß sie kaum Konversation betreiben kann. Die Nacht, die ihr bis eben gerade noch so höchstbedrohlich auf den Fersen gewesen ist, an jedem ihrer mühseligen Schritte geleckt, ihr kalt in den Nacken gebissen hat, diese Nacht ist einfach draußen geblieben, als Ruth die Hüttentür hinter sich schloß. Hier drinnen ist es warm und licht, wie fabelhaft ist das denn. Den Respekt der Hüttenwirtin genießt Ruth noch mehr als ihren Apfelkompott; auf deren Frage, wohin sie denn morgen ginge, antwortet Ruth: Nach Osten.

Vlog/YouTube-Channel «Auf meiner Veranda», Eintrag: «Warten»

Hey, meine lieben Nachbarn, schön, daß ihr wieder da seid, ich hab euch vermißt! Ich weiß nicht, ob ihr genauso sehnsüchtig auf unseren nächsten Klönschnack gewartet habt wie ich, obwohl, viele von euch schreiben mir das, und ich wünschte, ich hätte noch mehr Zeit, ich muß aber ja, wie ihr wißt, arbeiten und so. Ich geb aber gern zu, daß ich währenddessen immer öfter nur darauf warte, zurück zu euch auf unsere Veranda zu kommen. Und dann hab ich darüber nachgedacht, ob man nicht immerzu wartet. Ob man nicht, wenn man klein ist, drauf wartet, daß man endlich groß und ein echter Dschungelforscher ist und nicht mehr nur so tun muß als ob, und dann ist man plötzlich groß, bloß ein Dschungelforscher ist man nicht geworden. Man wartet darauf, zum ersten Mal geküßt zu werden, und weil das dann *so* toll nicht war, wartet man darauf, daß man endlich *gut* geküßt wird. Und bald dann darauf, daß der Job nach der Beförderung, auf die man wartet, besser wird, und man wartet jeden Morgen auf das Ergebnis des Schwangerschaftstests und dann auf das Ultraschallbild und daß man sein Kind das erste Mal treten fühlt, weil alle Freundinnen einem doch gesagt haben, was für ein toller Moment das wäre, und dann wartet man auf die Wehen und hat Angst davor und wartet eigentlich schon vorher darauf, daß dieses gräßliche Elend mit der Geburt vorbei ist, und danach wartet man darauf, daß der Dammschnitt verheilt und die Rückbildungsgymnastik Wirkung zeigt, und dann auch schon, schwups, darauf, ob er Samstagnacht irgendwann nach Hause kommt. Man wartet auf die nächste Staffel von *Game of Thrones*, und das dauert echt, mal unter uns, ganz gemein lange, Smiley. Und wenn man nachts nicht schläft, wartet man darauf, daß die Sonne aufgeht, man sieht auf seinen Wecker, bis man aufstehen und die Rolläden hochfahren kann, und manchmal, selbst im Sommer, hängt der Himmel so tief und solide über der Stadt wie ein Tupperdosendeckel, man muß erst mal alle Lampen anknipsen und darauf warten, daß es hell wird, was es ab und zu einfach nicht tut. Ich habe manchmal das Gefühl, alles dermaßen in Grund und Boden gewartet zu haben, daß gar nichts mehr übrigbleibt, auf das sich noch warten ließe. Wißt ihr noch, wie wir damals auf die Bescherung an Weihnachten gewartet haben, das Warten war fies, der Tag war, jedenfalls in meiner Erinnerung, so lang, als hätte die Zeit ganz stur einfach aufgehört. Aber die Bescherung hat schließlich immer stattgefunden. Und man hat das immer gewußt. Ich wünschte mir, das ginge mir heute noch genauso. Glauben zu können, daß ich nicht immer nur ins Leere hineinwarte. Irgendwann weiß man ja gar nicht mehr, worauf man eigentlich wartet. Oder, hey, worauf wartet ihr? Wartet ihr geduldiger als ich, dann laßt es mich wissen! Und wenn jemand darauf wartet, daß ich euch erzähle, welche tolle neue Hautpflegeserie ich benutze, das ist *Nutrition Supreme*, den Link findet ihr unten, weil das Warten aufs Faltigwerden, das können wir uns nun wirklich ersparen. Ach, ich bin heute vielleicht nicht in so superguter Form, aber hey, so ist das, wenn man bei seiner Nachbarin, deren Tür immer offensteht, spontan vorbeischneit, mal ist sie besser drauf, mal ein klein wenig müde, so ist es doch, oder? Also, ich jedenfalls warte darauf, daß ihr mir schreibt, worauf ihr so gewartet habt, ob es sich gelohnt hat oder umsonst war. Bis bald, laßt es euch gutgehen und mich nicht zu lange warten, ja?

Jero wartet

Es läßt sich nichts daran ändern, es ist, wie es ist. Das Wetter, die Bedingungen. Der Berg. Alles das ist gewaltig und unseren Begehrlichkeiten entzogen. Viele begreifen es nicht, Gregor schon, Gregor ist stark und kompetent am Berg, er ist mit einem dreitägigen Zeitfenster und viel Hoffnung auf den Bumillerpfeiler angereist, und das wird wohl, auch wenn es Jero wahnsinnig leid tut, nichts werden. Wolken hängen über allen Gipfeln des Engadins, Wolken wüten wie schlechtgelaunte Dreijährige über Palü und Bernina, Regen fällt im Tal und weiter oben viel zuviel Schnee. Jero wartet mit Gregor gegen das Wetter an, sie treiben sich zwei Tage lang in der erweiterten Umgebung herum, versuchen sich an ein bißchen Spaßkletterei auf viel zu nassem Fels, warten auf Wetterbesserung, die nicht eintreten wird, trinken an Tag zwei abends ein paar Biere, Gregor ein paar mehr; nächstes Jahr, sagt Gregor zu ihm und stößt mit Jero an, nächstes Jahr der Bumillerpfeiler. Jero, er ist mit Gregor im vierten Sommer unterwegs, weiß, wie wenig Zeit der hat, wie heilig es ihm ist, sich die zu nehmen. Aber Gregor ist stark, Profi, er weiß, wie es ist, weiß, wann der Bumillerpfeiler machbar ist und wann nicht. In diesen Tagen keinesfalls, er weiß das nicht weniger als Jero, dem es trotzdem leid tut. Er ist gern mit Gregor unterwegs, der nahezu so kompetent ist wie ein Kollege. Aber man kann halt nichts machen, außer Warten und Hoffen und abends Bier im Sporthotel trinken. Außer am nächsten Morgen zu versuchen, unter den Wolken wegzufahren, das Bergell hinunter nach Italien, für ein bißchen Trostkletterei dort an immer noch zu nassem Fels, und dann zu warten, aufs nächste Jahr.

Simon wartet

Es gibt, außer Tausenden Science-fiction-Storys, wohl auch ernstzunehmende quantenphysikalische Gedankenspiele, die ein angehender MINT-Student sicherlich begriffen hätte, nach denen ein Paralleluniversum, dem unseren fast zum Verwechseln ähnlich, nur durch eine dünne Membran getrennt, direkt neben uns stattfände, eines oder auch Myriaden Paralleluniversen, jedes nur durch eine minimale oder auch gravierende Parameterentscheidung von uns entfernt. Hitler als Kind an Mumps gestorben. Die Kubakrise eskaliert. Daddy vor der eigenen Zeugung auf Mutti eingeschlafen. Lauter solche Parameter eben. Wenn er das richtig verstanden hat. Simon ist, vermutet er, weniger ein angehender MINT-Student als ein schnöder Schulschwänzer mit bevorstehenden gravierenden Erklärungsnöten, aber das ist ihm derzeit egal. Unvermutet, er hat keine quasimagisch-technologischen Portale gebraucht und niemanden, der ihm die Wahl zwischen roter und blauer Pille offeriert, ist er einzig und allein mit Hilfe der Bahncard, die ihm seine Mutter als Ablaß aus ihrem neuen Web-Reibach spendiert hat, und eines stinknormalen ICE direkt durch eine dieser Membranen geglitten. Einer fast täuschend echt wirkenden S-Bahn-Station *Reeperbahn* entstiegen und auf der autofreien Variante einer Reeperbahn am Vormittag gelandet, spaziert er nunmehr durch eine Parallelversion von St. Pauli. Eine völlig unwahrscheinliche. Offenbar fahren, bestätigt der akustische Scan, in relevantem Umkreis nirgends irgendwelche Autos. Eine Stadt ohne Autos klingt wie eine zombieapokalyptische Stadt. Nach gar nichts, außer nach nervösem Abwarten. Und nach Helikoptern. Simon wandelt auf den wohlbekannten Straßen, Hein-Hoyer, Clemens-Schultz, Paul-Roosen, die Straßen hier haben immer schon Doppelnamen wie alte Grünenpolitikerinnen getragen, dann entlang der Wohlwillstraße Richtung Schanze, und noch irgend etwas ist fundamental anders, es dauert tatsächlich, bis Simon darauf kommt. Nicht nur, daß keine Autos fahren, es parken auch keine an den Straßenrändern. Es sind Straßen, die von ihren Chefs verlassen wurden, Straßen, die warten. Von den Kneipen und kleinen Geschäften links und rechts dieser ausgekärcherten Straßen haben nur vereinzelte geöffnet, die anderen sind entweder mit Spanplatten vernagelt oder haben als Abwehrzauber – angeblich, so weiß Simon von Twitter, kostet jedes zwanzig Euro Schutzgeld – in die Fenster eines dieser Plakate geklebt, die da lauten: No G20, Please Spare My Store. Gedruckter Kniefall vor den kommenden Herren der Stadt. Die dunklen Scheiben mit ihren Bittplakaten, die Ladenfronten, die sich Spanplatten übers Gesicht gezogen haben und gern Ohren hätten, in die sie sich Finger stecken könnten, um den Lärm der Hubschrauber, die über alldem kreisen, nicht hören zu müssen, sie warten. Die Hubschrauber, es sind selten weniger als drei, warten nicht minder. Ziehen Kreise wie Geier über Aas. Diese Straßen, an denen rechts und links keine Autos mehr parken, weil jeder, nachdem er seine Fensterfront vernagelt oder mit Bittplakaten beklebt hatte, sein Auto entweder umgeparkt hat oder damit, seine Kinder und Habseligkeiten im Gepäck, möglichst weit weggefahren ist, sind verblüffend breit. Selbst die kleinen Seitenstraßen, auf denen man nunmehr ganz naturgemäß mittig geht, dehnen sich in agoraphobischer Agonie. Es ist, konstatiert Simon, berauschend. Einige Leute huschen vorbei, als suchten sie Schutz vor dem aufziehenden Supersturm, andere schlendern, Bierdosen in der Hand, einher. Gute Idee, die Kioske sind das einzige, was noch verläßlich geöffnet hat, Simon kauft sich im nächsten Kiosk ein Astra, tritt wieder vor die Tür, die Hubschrauber sind wie ein Tinnitus. Ansonsten ist alles von geisterhafter Stille, vielleicht sind sie dazu da, denkt Simon, diese Stille, an der wir irre werden würden, zu füllen, er nimmt einen Schluck aus seinem Flaschenastra, es ist Donnerstagmorgen, die gute alte Reeperbahnregelung, daß auf St. Pauli am Wochenende keine Flaschen verkauft werden, weil die Leute einander damit die Fressen zerschlagen, ist noch nicht in Kraft, aber es sieht, ehrlich gesagt, nicht so aus, als träte hier in absehbarer Zeit irgendwas in Kraft. Es sieht eher so aus, daß man bedauert, sein Tumbleweed nicht dabeizuhaben. Am Paulinenplatz ändert Simon den Kurs, zur Budapester Straße hinüber, vier- oder sechsspurig, wer weiß es jetzt noch so genau, wo kein Auto mehr fährt und keines am Straßenrand parkt und der Asphalt, sehr einsamer Asphalt, unter einer lächerlich überzogenen Hitze glüht. So heiß wird es bei uns im Norden nicht, sagt Simon, muß sich um postatomares Wetter handeln, er geht, auch wenn es ihn Überwindung kostet, auf dem Mittelstreifen entlang, und alle Fahrspuren, die rechten wie die linken, schmelzen feige zur Seite weg und warten. Warten auf den Krieg, der kommt. Jaja, nicken die spanplattenvernagelten Fensterfronten. Dochdoch, entgegnen die Helikopterrotoren. Ich weiß, sagt Simon. Ein Rennradfahrer stiebt ihm entgegen, wischt vorbei, verschwindet in der Hitze hinter ihm. Simon läßt sich mitten auf der Straße niedersinken, reitet den Mittelstreifen, trinkt sein Bier, wartet gemeinsam mit der parallelen Stadt, die sich alles anderen entledigt hat außer der Hitze, über ihm das Geräusch der Hubschrauber, unablässig.

Nicht gangbar, sagt die bezaubernde Hüttenwirtin zu ihr beziehungsweise zu dem Wanderweg nach Osten, der sich auf ihrer Karte so einleuchtend und rotmarkiert südlich einer schroffschraffierten Bergkette hinzieht, als sei das so gedacht, nicht anders, als Hamburger Straßen auf Karten oder Google Maps markiert und vorhanden sind. Unmöglich, sagt die Hüttenwirtin; ach, sagt Ruth. Man ist so was ja nicht gewohnt. Daß der Ring zwei oder die Ost-West-Straße temporär praktisch nicht existierten, hat bislang nicht mal der Verkehrsfunk je behauptet. Du kannst den Sidelenbach-Weg nehmen, den ich und das Pärchen, das letzte Nacht hier war, hochgekommen sind, sie zeigt Ruth den Weg auf der Karte, er führt zu der Paßstraße zurück, von der sich Ruth gestern drei Stunden hochgekämpft hat, er führt fast genau nach Süden. Das ist Mist, sagt Ruth, ich will nach Osten. Okay, sagt die Hüttenwirtin, und Ruth stutzt vergnügt darüber, daß sie ernst genommen wird, du kannst wahrscheinlich durch die Bielenlücke gehen, normalerweise ist das zu instabil und bröckelig, aber jetzt mit dem ganzen Schnee wird's schon gehen. Okay, sagt Ruth. Sie ist nicht hier, um zu zweifeln. Wer zweifelt, wird von Drachen gefressen oder nimmt den Postbus. Sie erkennt, die Karte in Händen, vor der Tür über die Schneegrabenwand spähend, die Bielenlücke, läßt sich das aber von der Hüttenwirtin noch mal bestätigen. Eine schmale Kerbe, steil, sehr steil, die einen Durchschlupf auf die nördliche Seite dieser Bergkette verspricht, deren südliche Hänge ihren Wanderweg unter Schnee und Lawinengefahr derzeit ad acta gelegt haben. Hinter der Lücke gibt es laut Ruths Karte keinerlei

Wege, nur Felsen und Firne und, mit an Sicherheit grenzender Wahrscheinlichkeit, Drachen. Mit an Sicherheit grenzender Wahrscheinlichkeit hat der alternde Tourist dort nichts zu suchen. Weil Ruth aber wahrscheinlich Nichts sucht, sagt sie: Na denn, und beginnt ostwärts zu stapfen. Durch denselben quälenden Tiefschnee wie gestern, nur daß es nach einer Weile zudem sehr steil wird. Und dann noch steiler. Es ist nicht zu machen. Es muß zu machen sein. Jeder Schritt knietief. Ruth sieht nicht nach oben, das machte sie fertig, oben ist zu weit weg, sie sucht nach einem langsamen Rhythmus, Eins-Mississippi, sagt sie lautlos, macht dazu einen Schritt, Zwei-Mississippi, nächster Schritt, Drei-Mississippi, so zählen, vermeint sie zu wissen, Amerikaner ihre Sekunden, wo wir gedehnt ein-und-zwanzig zählen. Ruth gefällt der Mississippi, Vier-Mississippi, besser, schönes Wort, super Fluß, Fünf-Mississippi, beeindruckend viele Doppelkonsonanten, Sechs-Mississippi. Huckleberry Finn, ein Vagabund wie Ruth. Sie verspricht sich nach zwanzig Mississippis eine kurze Atempause, ist dann stolz, bis fünfundzwanzig durchgehalten zu haben. Hält, atmet, geht weiter. Fragt sich nach elf oder fünfzehn Fünfundzwanzigersets, warum sie sich den Scheiß antut. Nichts Besseres zu tun, Zeit und Geld übrig, keucht sie, über ihre Wanderstöcke gebeugt, die in diesem Schneeverhau größere Teller bräuchten. Das Geld hat sie von ihrer Mutter geerbt, die nach sechsjähriger Demenzkarriere in ihrem Pflegebett verendet war, wimmernd; die Zeit hat sie, seit sie das Geld nahm, den Job schmiß und ihren Fingernägeln beim Wachsen zuzusehen begann. Ihr könntet auch unter Palmen wachsen, faucht sie ihren Händen zu, beginnt dann von vorn, Eins-Mississippi. Aus dem übernächsten Mississippi-Delta reißt sie ein gellender Jauchzer von rechts.

Ruth erschrickt, mit Menschen rechnet sie schon seit ein paar Tagen nicht mehr. Auf der Gratkette, an deren anderer Seite in wenigen Wochen ein lieblicher Wanderweg aus dem Eis tauen wird, den sie gern gegangen wäre, klettern drei jugendliche Silhouetten, mit Seil verbunden, eine steht just auf einer felsigen Spitze und hat in die Welt gejauchzt. Bastard, denkt Ruth, richtet sich auf, nimmt die Schultern zurück und bemerkt, daß sie nicht weiß, wann Nacken und Schultern aufgehört haben zu schmerzen. Wahrscheinlich haben die nur das Handtuch geworfen, weil alles andere so weh tut. Sie grinst und hat plötzlich ziemlich gute Laune. Was hat sie eigentlich getan, als sie so jung war wie die da oben, was tut sie jetzt hier, mit Mitte Fünfzig, eingeklemmt in der Bielenlücke. Eins-Mississippi denken, Zwei-Mississippi denken, jeder Mississippi ein Schritt, sich bis Fünfundzwanzig zwingen, dann kurz verschnaufen. Dann von vorn. Bis sie, man hat zwischenzeitlich keine Sekunde mehr daran geglaubt, oben steht, in der Bielenlücke, dem schmalen Paß zwischen Fels und Eis, dort, wo alle Mississippis konvergieren, the place where all the veins meet, yeah, vor ihr ein Geschenk, ein ungemein großes: die Welt dahinter. Reißt ihre felsigen Arme auf zu einer atemberaubenden Arena. Ungeheuerliche Gipfel zur Linken, nein, nicht links, Norden, korrigiert sich Ruth, stets trainierend, die zackigen Jungmenschengrate südlich, von Norden strömt ein Gletscher ihr entgegen, mit all der schrundigen Ruhe, aus der ein Gletscher sich gemeinhin nicht bringen läßt. Vor ihr ein Schneefeld, das sich hinab erstreckt in den Schoß dieser maßlosen Umarmung aus Gebirge. Schau einer an, keucht Ruth und muß sich erst mal setzen. Wünscht sich eine Zigarette, hat aber keine, hätte auch gern einen Schluck heißen Marschtee, der morgens in den Hütten verteilt wird, hat aber auch keine Thermoskanne mehr, und das einzige, was besser ist als ein Schluck heißer Tee, ist, keine Thermoskanne schleppen zu müssen. Sie setzt sich also einfach nur hin und sättigt sich an dem, was sie sieht, das ist mehr als genug. Man könnte sich fragen, womit man es verdient hat. Ruth könnte nicht sagen, womit. Sie hat keine Kinder unter Schmerzen geboren, ihr Vater starb kurz und bündig fern von ihr, ihre Mutter nicht in ihren Armen, sondern in einem Gitterbett auf einer Demenzstation. So war das. Das liegt hinter ihr, vor ihr liegt ein Abhang aus Schnee, im Norden der Gletscher, von Gipfeln und Graten überragt, die am Himmel, dem wolkenlosen, mit ihren ungepflegten, schwärzlichen Zähnen nagen. Weiter westlich heißen die Berge *Dent*, hier heißen sie *Horn*, weiter östlich werden sie beginnen *Piz* zu heißen. Hauptsache, wir geben ihnen Namen, denkt Ruth, wir müssen allem Namen geben, sonst macht es uns kirre, sonst werden wir verrückt daran. Wenn sie sich hier so umsieht, klingt Verrücktwerden nach einer durchaus angemessenen Option. Vor ihr nichts als makelloser Schnee, in den Talkessel hinabgleitend, der so tut, als sei er von Menschen nie begangen worden. Man sollte sich über Gefahren Gedanken machen, man kann es aber auch lassen, man kann einfach mal den Hang hinunterstieben, mit großen Schritten, die nur so weit einsinken, daß es die geschundenen Knie abfedert, dabei schneller werden, weil sich die harscheste Welt vor einem mit Verbeugung weitet, man kann dabei singen, weil einen ja hier keiner hört, und es gehört einem, für eine Ewigkeit oder auch nur Mississippiminuten, alles, einfach alles. Ruth breitet die Arme aus, wäre die Luft hier oben nicht so dünn, so kalt, sie würde wahrscheinlich tragen. This is the place where all the veins meet. Yeah. Sie jauchzt, es läßt sich nicht vermeiden. Vom Talkessel wird sie anhand ihrer Karte einen eigenen Weg zur Albert-Heim-Hütte finden und darauf sehr stolz sein, wird in der Hütte, die wie ein Leuchtturm auf einem Kliff inmitten all dieser Brandung thront, aber nicht lange bleiben, sondern nur einen Kaffee trinken, einen kleinen Klönschnack mit den Betreibern halten, die in diesem Jahr noch kaum Gäste hatten, sich dann verabschieden, weil sie weiterwill, nach Osten.

Vlog/YouTube-Channel «Auf meiner Veranda», Eintrag: «Kreativität»

Hallo, ihr Lieben, schön, daß ihr wieder da seid, ich bin gerade ganz aufgeregt, ich muß gleich damit rausplatzen – Sandrine von *Awesome Books* hat mich angesprochen, die machen Bücher on demand, und zwar total schöne und edle, nicht so einen Billigkram, und nicht so was wie diese Fotobücher, die man mit mordsmäßig viel Mühe selbst zusammenzimmert, aber irgendwie sieht es immer ein bißchen ungekonnt und kindergartenhaft aus, ihr wißt schon, was ich meine, ja? Also, Sandrine ist auch eine von uns Nachbarinnen hier, und sie hat mich gefragt, ob wir nicht gemeinsam ein Kochbuch machen wollen, und gemeinsam heißt jetzt bestimmt nicht: ich und Sandrine, sondern wir, ihr und ich. Wo ihr mir doch so viele wunderbare Rezepte geschickt habt! Ich finde die Idee großartig, Sandrine sagt, ich wäre dann die Herausgeberin, und mir ist auch ein Titel eingefallen: «Ein Dinner auf unserer Veranda» – wie findet ihr das? Ich finde es toll! Stellt ihr euch da nicht auch vor, wir hätten an einem warmen Sommerabend ein paar Tische auf der Veranda zusammengestellt, kunterbunt Tischdecken darübergeworfen, und jeder von euch hätte in einer großen Schüssel sein Lieblingsgericht mitgebracht, und dann säßen wir beisammen und klönten, tränken Wein – oh, ich habe da eine supergute Empfehlung für euch, ein Geheimtip, ein kleiner Winzer aus dem Badischen, Weingut Vierlinden, den Link findet ihr unten, ich gönn mir davon neuerdings gern abends ein Gläschen –, probierten alle eure Köstlichkeiten durch, und im Garten zirpten die Grillen – wär das nicht fabelhaft? Sandrine findet das auch, und sie hat versprochen, ein Buch zu machen, das genau dieses Flair hat, also kein versnobtes Hochglanzding, sondern etwas, das zu uns, zu euch und mir, paßt. Wie findet ihr das? Also, wenn ihr darauf genauso viel Lust habt wie ich, dann schickt doch noch mal euer Lieblingsrezept, ihr müßt das leider neu schicken, als offizielle Einsendung, das ist so eine rechtliche Frage, und zwar am besten direkt an Sandrines Adresse, die findet ihr unten, und dann wird in dem Buch euer Name bei eurem Rezept stehen, das wäre doch auch als Geschenk etwas ganz Besonderes! Sandrine sagt, sie stellt sich als Preis zweiundzwanzig bis fünfundzwanzig Euro vor, das ist echt nicht die Welt, oder? Also, wenn ihr Lust habt, ich würde mich freuen, wenn ihr mitmacht. Ich will natürlich selbst unbedingt mit einem Rezept dabei sein, aber ich genier mich ein bißchen, ich weiß gar nicht, was ich da bringen sollte … vielleicht etwas Albernes, Spiegelei oder so, Smiley. Oder einen Aperitif-Cocktail. Oder ich klau einfach ein Rezept von euch, nein, nur Spaß. Oje, jetzt hab ich schon ewig von dem Buchprojekt erzählt, aber ich bin halt so begeistert. Und deshalb habe ich mir gedacht, ich nenne den Eintrag «Kreativität», denn das ist schon, wie ich finde, ein sehr kreatives Projekt, und überhaupt sind *Awesome Books* sehr kreativ, selbst wenn ihr keine Lust auf Kochen habt, die haben noch viel mehr ganz außergewöhnliche Titel, ich kann euch wirklich empfehlen, mal auf den Webshop zu schauen. Aber ob ich persönlich so furchtbar kreativ bin, ich weiß nicht. Ich habe, ehrlich gesagt, immer gedacht: nicht besonders. Und man schämt sich dessen ja inzwischen fast, oder? Hat man nicht das Gefühl, man sollte, genauso, wie man ins Fitnessstudio gehen und auf seine Ernährung achten sollte, auch kreativ sein? Zumindest als Hobby? Nun hab ich euch ja bereits gebeichtet, daß ich beim Nähen und Basteln überhaupt kein Genie bin, mir war es, als Simon noch an Halloween zum Süßes-oder-Saures-Streifzug ging, immer etwas peinlich, wenn die Mütter aus der Nachbarschaft diese aufwendigen Kostüme hergestellt hatten oder wenn an Weihnachten unglaublich perfekte selbstgemachte Weihnachtsdekorationen in den Fenstern hängen. Wobei, dekorieren liegt mir, glaube ich, schon, ich meine, viele von euch haben mir geschrieben, wie gemütlich es bei mir ist. Ist euch eigentlich der neue Teppich aufgefallen? Der ist von *Rugged Rugs*, Link unten, ist der nicht schön? Der alte war okay, aber halt von IKEA, und obwohl IKEA viele hübsche Sachen hat, ist es ja doch etwas doof, wenn in allen Häusern und Wohnungen das gleiche steht wie bei einem selbst daheim. Die Tochter einer Freundin erzählte mal, innerhalb ihres Wohnhauses hätten zwei Parteien, ihre WG und ein junges Pärchen, die Wohnungen getauscht, sie hätten den Umzug gemeinsam gemacht und dabei die genau gleichen IKEA-Möbel von oben nach unten und von unten nach oben getragen, so daß sie sich irgendwann fragten, wo eigentlich der Punkt läge. Ich meine, man will doch, daß die eigene Wohnung zeigt, wie einzigartig man ist, die Umzugsstory klingt nach einer dieser schlechten Filmszenen, wo zwei Frauen zu einem Ball das gleiche Kleid tragen. Also, ich denke seither, ich muß mal peu à peu alles IKEA rausschmeißen. Der Teppich ist ein schöner Anfang, oder? Aber so was zählt nicht richtig als Kreativität, fürchte ich. Ihr macht bestimmt *richtig* kreative Sachen, malt tolle Bilder, näht aufregende Kleider oder macht wunderschöne Fotos – ich würd mich freuen, wenn ihr uns hier im Forum eure Kunstwerke zeigt, ich glaube, das würden wir alle gern sehen! Ich habe ja immer gedacht, mir fehle nur die Zeit, und wenn Simon aus dem Gröbsten raus wäre, würde ich ein kreatives Hobby finden, das mir richtig läge, aber bislang ist mir das irgendwie noch nicht passiert. Smiley. Deshalb würde ich mich auch über ein paar Zuschriften von Leuten freuen, die genauso unsicher und unkreativ sind wie ich, und dann unterhalten wir uns darüber, wie toll wir trotzdem sind, ja? Quasi als Selbsthilfegruppe? Vielleicht kann mir Roland dafür ein Extraforum einrichten, und da kommt nur rein, wer am Eingang zwei linke Hände vorzeigen kann, ha. Also, ich wünsch euch einen kreativen Abend, egal, ob ihr noch die Sixtinische Kapelle bemalt oder bloß auf eurem IKEA-Sofa ein gutes Buch lest – guckt euch die A*wesome Books* mal an! –, ich liebe euch alle, schön, daß ihr da wart!

Jero stirbt nicht II

Ist immer ein bißchen eigen, mit einem Gast auf einer Tour unterwegs zu sein, die man selbst zum ersten Mal macht, besonders auf einer wenig begangenen wie dieser. Doch der Gast, Nick, ist ein Freund eines Freundes, wenig bergerfahren, aber quasi Familie, mit dem kann man so was schon mal machen. Zumal Nick Einsamkeit viel mehr zu schätzen weiß als die überrannten Trophy-Berge und Jero seit langem neugierig auf diesen Grat war – seine Aspirantengruppe hat den damals in der Ausbildung gemacht, er konnte wegen einer Verletzung nicht dabeisein. Nach dem Vier-Uhr-Frühstück, zu dem es für Jero Müsli und für Nick Käsebrot gab, begleitet von Klagen über den koffeinarmen Instantkaffee, sind sie zu einem Bilderbuchsonnenaufgang von der Coazhütte über den Gletscher zum Gipfel des Chapütschin aufgestiegen, entspannt, unschwierig, etwas langsam vielleicht. Die Morgensonne küßte den Gipfel, sie machten ein Selfie miteinander, soweit ein Spaziergang, der Spaß beginnt hier. Ein sehr langer Grat, über den Piz dal Lej Alv, die Crasta dal Lej Sgrischus, bis, Richtzeit insgesamt ab Hütte acht bis zehn Stunden, zum Gipfel des Corvatsch. Und hoffentlich noch rechtzeitig zu einer Gondel ins Tal. Die Gratkletterei gestaltet sich wenig schwierig, maximal III. Grad, aufwärts klettert stets Jero, abwärts Nick voraus, so ist Nick jeweils von oben gesichert. Der Bohrhaken ist hier ein höchst rares Gewächs, aber die Schwierigkeiten sind überschaubar. Es macht Spaß, den gangbaren Weg suchen zu müssen, es macht Spaß, zu sehen, wie er sich doch immer wieder ergibt und entfaltet. Kein Mensch ist hier unterwegs, Jero wäre auch baß erstaunt gewesen. Zur Rechten, tausend Meter tiefer, liegt der Gletschersee des nach Norden hinaus beständig lieblicher werdenden Rosegtals – Nick, mit dem er sich erst auf der Hütte traf, weil Jero spät dran war und sowieso schneller, beschwerte sich, sein Bergführer habe ihn bei der Konfrontation mit der tödlichsten aller alpinen Gefahren, dem Süßspeisenbüfett des Roseger Ausflugslokals, ganz allein gelassen;

Jero wußte, wovon die Rede ist, der Wanderweg zur Coazhütte hinauf führt buchstäblich über die Terrasse des Restaurants und an diesem berüchtigt opulenten Büfett vorbei, er versprach, Nick dort das nächste Mal ans kurze Seil zu nehmen. Nick kommt gut klar auf dem Grat, nur schneller könnte er sein. Denn die Sonne lacht, bloß möglicherweise lacht sie hämisch. Die Wettervorhersage hat einen Umschwung nicht ausgeschlossen, aber Jero hat entschieden, es zu riskieren. Er mag Nick, er mag, wie Nick, der von den Bergen träumende Flachländer, abgeht wie Katz' Schmidtse, und je mehr man jemanden mag, desto mehr möchte man ihm ermöglichen. Zudem gibt es sowohl nach dem Lej Alv als auch nach der Crasta jeweils eine Fuorcla, von der im Notfall ein Abstieg möglich sein sollte. Wolken tändeln von Osten heran, bleiben an den massigen Gipfeln und Graten von Roseg, Scerscen, Bernina und Piz Morteratsch hängen, überlegen lange, wuchten sich schließlich doch träge über die Gipfelkette, während zur Linken, einen Kilometer tiefer, im Fextal noch die Sonne scheint und auf den kleinen Seen glitzert. Als die Wolken den Osten verschluckt haben, sind Jero und Nick sowohl am Lej-Alv-Gipfel, dem sie nur eine fünfminütige Reverenz erwiesen haben, als auch an der Fuorcla längst vorbei und weiter auf dem Grat unterwegs; das ist der Moment, wo es zum ersten Mal donnert. Fern, aus dem Südosten, der Himmel ist nicht gewitterschwarz, sondern von einem opalen, unwirklichen Weiß, in dem sich die Welt wie in einer sanften Säure aufgelöst hat. Hauerha, kommentiert Nick das Donnern, Jeros Systeme schalten, ohne daß man es ihm anmerkt, auf Alarm. Es folgt kein Blitz und kein weiterer Donner, dann doch, aber erst nach fünfzehn Minuten. Dann ein Blitz, weit weg, nur ein kurzes Pulsieren im Weiß schräg hinter ihnen. Kein Donner dazu. Suboptimal ist es trotzdem und die Fuorcla dal Lej Sgrischus noch einen Gipfel weit entfernt, Jero drückt sanft aufs Tempo, gänzlich behaglich ist ihm nicht. Noch vor dem Gipfel ein weiterer Blitzschein aus dem mittlerweile dunkelweißen Nirgendwo, zwei weitere Donnergrollen, dann nichts mehr. In der Fuorcla schließlich stehen sie zwar immer noch im Wolkenlimbus, aber der letzte Blitz oder Donner ist lang her. Jero erwägt trotzdem den Abstieg, Nick ist brav und quengelt nicht. Jero überlegt, wie und wo hier die sinnstiftende Abseilstelle wäre, sie sind ohnehin spät dran, Nick ist, trotz seines Bemühens, langsam und zuweilen aufreizend vorsichtig. Müde hingegen ist er nicht. Es ist heller geworden. Es ist offensichtlich, wie sehr Nick sich freuen würde weiterzugehen. Jero würde sich auch freuen. Das einzige, vor dem ich ernstlich Angst habe, erklärt Jero Nick, sind Gewitter. Ein einziges Mal hatte er Elmsfeuer am Pickel, das hat ihm gereicht. Sie gehen weiter. Überwinden ein paar kniffligere Kletterstellen, an denen sich Felstürme rüde über den Grat lagern, spreizen, in bösartigen Winkeln, den Weg verweigern wollen; das aber ist ja die Schönheit daran, die Schwachstellen zu sehen im Aufbau ihrer Panzerungen, den Weg zu finden, der dann so einfach ist, daß Nick, wenn er sich Jero hinterhergeschlängelt hat, nur staunt, wie das funktionieren konnte. Eine knappe Stunde später werfen ihnen unsichtbare Wesen aus dem irisierenden Weiß, das sie längst völlig umfangen hat, Hagelkörner zu, von einer Zärtlichkeit wie Wattebäusche, ein irreales, unsinniges Phänomen; Nick, sobald er oben am Stand ist, von dem Jero ihn sichert, breitet die Arme aus, an denen der Wattebauschhagel nippt, verzieht sein Gesicht in amüsiertem Erstaunen und fragt: Wie bitte? Jero grinst und zuckt die Schultern. Sie haben, eine weitere Stunde später, gerade einen dieser Gratabschnitte passiert, die sich wie die Rückenplatten eines Stegosaurus ins heiter-milchige Pastell des Nebels recken, und gehen auf einem Geröllsattel entlang, der nicht aufregender ist als ein durchschnittlicher Wanderweg, als der Blitz oder wohl eher die elektrische Entladung, sonst ließe sich davon nicht mehr erzählen, sie trifft; nie zuvor war je die Redewendung *aus heiterem Himmel* so angemessen.

Jero kann zum Debriefing wenig beitragen, er fühlte einen harten Schlag, kam erst nach wenigen Sekunden, am Boden liegend, wieder zu sich, zerrte, noch kauernd, den Pickel vom Rucksack, warf ihn beiseite – so, daß er nicht abrutschen würde –, wies Nick, der seinen Wanderstock schon weggeworfen hatte, an, das auch mit seinem Pickel zu tun, dann warteten sie, Nick schockiert lachend, *Ach-du-Scheiße* sagend und *Mein-lieber-Herr-Gesangsverein*, ein Ausdruck, den Jero noch nicht kannte und am Rande zur Kenntnis nahm, während er ins trügerisch lichte Weiß starrte, das anmutete, als könne es kein Wässerchen trüben, das sich zu keinem Donner hinreißen ließ und keinem erkennbaren Blitz. Nach zehn Minuten gingen sie weiter, Nick hatte inzwischen zwei Dutzend Mal gefragt, ob Jero okay wäre, während der ersten fünf Nachfragen schien sein Schädel noch zerspringen zu wollen, dann ebbte es ab. Dann konnte er sich Nicks Version der Dinge erzählen lassen, es sei ihm plötzlich, so Nick, sein Wanderstock blauweiß glühend und mit einem mordsmäßigen elektrischen Schlag aus der Hand gesprungen, auch das Seil zwischen ihnen, naß, habe blauweiß gebrizzelt, er habe Jero zu Boden gehen sehen, aber gedacht, er habe sich auf den Boden geworfen, um dem Blitz kein Ziel zu geben. Ob er Kopfschmerztabletten brauche oder ob Nick sonst etwas tun könne, fragte er, Jero verneinte und konnte nach zehn Minuten weitergehen, denn es wird alsbald Abend werden, man darf das nicht vergessen, nie. Nach weiteren zwanzig Minuten waren die Kopfschmerzen nur noch eine schwach pochende Erinnerung und der Weg nicht mehr übermäßig anspruchsvoll, ein Schneegrat, ein kleiner Abstieg über eine vereiste Flanke, auf den Frontzacken treppab, Jero drückte aufs Tempo, Nick gab sich Mühe, die nicht genügte, sie verpassen die letzte Corvatschgondel um zehn Minuten.

Eine verlassene Bergstation, auf Eis und Fels hingekotzt, kann schon zehn Minuten, nachdem die Angestellten des Restaurants, die Souvenirshopverkäufer, die Köche und Putzkräfte die letzte Gondel ins Tal genommen haben, aussehen, als hätte sie sich seit langem in der Postapokalypse eingerichtet. Die letzten hundert Meter führen über ein Stück Gletscher, das mit schmutzigen Plastikplanen bedeckt ist, um es für die Skiläufer vor dem Wegtauen zu retten, von da geht es eine Gittertreppe hinauf zu Restaurant, Aussichtsplattform und der vor zehn Minuten abgefahrenen Gondel. Jero könnte die Krise kriegen, daß diese Scheißgondel weg ist und sie jetzt, in der einbrechenden Dämmerung, noch 1600 Höhenmeter absteigen müssen, aber zum einen würde das nicht helfen, und zum anderen gehört es zu seinem Job, auch in der Krise keine Krise zu kriegen. Entlang des in Plastik verpackten Gletschers und trist abgeschmirgelter Pisten, die wie Schorf an den Hängen kleben, suchen sie sich ihren Weg bergab. Jeros Vermutungen sind dabei kaum hilfreicher als die Nicks, der Gott sei Dank immer noch alert und gutgelaunt ist, Jero hat diesen Scheißberg noch nie zu Fuß runterlatschen müssen und hofft inständig darauf, das auch nie wieder zu tun. Irgendwann treffen sie, sehr viel weiter unten, zwischen Liften und Pisten und Baggern, die mehr Lifte und Pisten für den Winter bauen, auf Wanderwege, entscheiden sich für einen, folgen ihm in stundenlangen Serpentinen, die keinen einzigen Höhenmeter zu verlieren scheinen, es wird dunkel, Jero schläft fast im Gehen ein. Als sie endlich die Talstation erreichen, sind sie sechzehn Stunden unterwegs gewesen, und der letzte Bus ist vor drei Stunden, abgestimmt auf die Ankunft der letzten Gondel, gefahren. Rundum verdunkelte Beton-Ensembles, die erst zur Skisaison wieder das Licht anknipsen und die Pforten öffnen werden. Wir müssen in der Todeszone der Corvatsch-Talstation an Auszehrung sterben, ruft Nick theatralisch; was für ein sinnloser, tragischer Tod, bestätigt Jero, so habe ich mir das nicht vorgestellt, niemals. Er telefoniert mit einer Freundin aus der Gegend, die aber keine Zeit hat, sie abzuholen; Nick ruft schließlich ein sauteures Taxi und gleich danach die Pizzeria in Pontresina an, damit sie dort trotz fortgeschrittener Stunde noch ein Abendessen kriegen. Eben noch hätte Jero geschworen, er brauche keines, jetzt merkt er, daß er seit dem Müsli vor sechzehn Stunden nur ein bißchen Studentenfutter gegessen hat, und Pizza erscheint ihm als eine verdammt gute Idee. Zehn Tage später wird Nick ihn anrufen, Jero auf einer Hütte im Wallis sein und der Anruf ihm eher ungelegen kommen, Nick, hörbar betrunken und fassungslos, wird sagen, er habe unaufhörlich daran denken müssen, was geschehen wäre, wenn dieser Blitz sie nicht auf dem nahezu ebenen Wegstück getroffen hätte, sondern an einer der Kletterstellen, an denen, so Nick, er nicht glaube Jero jederzeit ausreichend gesichert zu haben. Man sichert dort, in der stetigen Vorwärtsbewegung in relativ einfachem

Gelände, zumeist nur mit einer Seilschlaufe um eine Felsecke, sowohl sich als somit auch den Partner. Es ist ein Gelände, in dem sich Jero bewegt wie andere im Straßenverkehr, was Nick, der sich eher nicht an jedem Zebrastreifen sichert, wohl kaum verstehen kann. Aber Jero sieht, was Nick sieht, was er mit seiner von Alkohol und Emotionen fransigen Stimme skizziert: Jero auf einem dieser Türme, fünf, zehn, fünfzehn Meter über ihm, manchmal ohne Zwischensicherung, nur unten von Nick mit einer Schlinge über einer Felsecke gesichert, der kein TÜV Nichtbrüchigkeit attestiert hat. Er sieht den Blitz aus heiterem Himmel. Es war kein Blitz, sonst redeten sie hier nicht am Telefon darüber, aber der Himmel war heiter, in einem lichten, pastellfarbigen Weichzeichner, aus dem normalerweise Einhörner galoppieren und Elfen Wattehagel werfen. Du bringst mir nicht streng genug bei, dich zu sichern, sagt Nicks Stimme am Telefon und klingt gequält, auch Jero ist ein bißchen gequält, er will ins Bett, er hat morgen früh Gipfel und Gäste. Doch, tu ich, so gut, wie's nur geht, widerspricht er, beruhigt Nick und geht dann, wahrscheinlich im Gegensatz zu Nick, gut schlafen. Es geht nur, was geht. Alles passiert oder auch nicht. Und lightning never strikes twice.

Jürg Beltrane – Motivationsbooster: Warten

(Dashboard-Kamera: Landstraße, rechts und links Agrarflächen in diffusem Morgennebel.)

Hallohallihallo, hallo, ihr alle, Motivationsbooster heute: «Warten». Wartest du, auf was wartest du, auf besseres Wetter, auf die Frau oder den Mann deines Lebens, auf die Beförderung, auf die Bezahlung deiner Rechnungen, wartest du auf irgendeine große Chance, wartest du auf deine Rente – HALLO, wach mal auf, deine Uhr tickt, also ich habe mich entschieden, fast gar nicht mehr zu warten, außer auf den Zug, auf den Flieger, klar, das kann ich nicht beeinflussen, aber sonst, da warte ich NICHT MEHR, ich mach Termine, wenn wer nicht pünktlich kommt, tja, sein Pech, ich lass mir doch nicht von irgendwem meine kostbare Lebenszeit stehlen. Meine Rechnungen werden IMMER im Voraus bezahlt, egal ob für Coaching, Seminare oder Produkte, das ist ja eigentlich ganz einfach, aber wie viele Geschäftsleute hat das schon fertiggemacht, die saublöde Warterei auf die Bezahlung. Und das gilt auch für den persönlichen, privaten Bereich, wer bin ich denn, auf irgendwelche Lahmärsche zu warten, ohne mich, und wenn du jetzt sagst, in meiner Branche geht das aber nicht, dann sage ich SCHWACHSINN, das hat nichts mit der Branche zu tun, sondern NUR mit dir, mit deinem Mindset, ob du dich entscheidest, nicht mehr zu warten, und da möchte ich dir nur raten, nimm die Dinge endlich in die Hand, alles Liebe, tschau, bye-bye.

Simon mäandert

Nachdem er sich schweren Herzens von seinem Mittelstreifen losgerissen hat – wann hat man das schon, seinen eigenen Mittelstreifen auf der Budapester Straße, zur Rechten die Hungersteppe des Heiligengeistfelds, zur Linken ein postapokalyptisch leeres St. Pauli, darüber der Hubschrauberhimmel –, ändert Simon seinen Kurs. Die Gegebenheiten, es gilt sie zu nutzen. Er spaziert die Budapester wieder hinunter, biegt in die Ost-West-Straße ein, die zwar mittlerweile in Willi-Helmut-Kanzler-Straße oder so umbenannt wurde, aber Ost-West-Straße ist so viel ehrlicher, brutaler, wie diese Straße, dieser Canyon, der von West nach Ost derart breit in die Stadt gesprengt worden ist, daß eine 747 darauf landen könnte, ohne das Bäuchlein einziehen zu müssen. Es ist frappierend, diese Straße vakant zu sehen. Nein, nicht ganz, linker Hand parken Bullenwagen, Hunderte, Tausende, eine Phalanx in der Sonne glitzernder Wagendächer bis zum Horizont, bis zur U-Bahn-Brücke, bei der die 747 denn doch Grund zur Sorge bekäme. Rechts der Ost-West-Straße, somit im Süden, parkt nichts. Simon breitet seine Tragflächen aus, beginnt zu laufen, sagt dabei: brummbrumm. Tut einfach mal so, als sei er eine 747, nur daß er gewiß nicht landet, sondern startet. Je höher seine Geschwindigkeit, desto mehr verflimmern die Bullenwagen zu einem organischen Ganzen, einem Fluß, der von Osten nach Westen fließt. Im Westen liegt, von hier aus, der Ground Zero. Die geräumten Viertel, die leer und schweigend erwarten, was da kommen wird. Als er etwa 160 Knoten erreicht, knapp 300 km/h, mit seinem zulässigen MTOW, please don't slow me down, hebt er ab, ist airborne, sagt: brummbrumm.

Ruth wartet

Wehe, es gewittert nicht. Wenn es nicht gewittert, würde sie sich wie eine Betrügerin fühlen, obwohl doch sie die Betrogene wäre. Laut aller ihrer Wetter-Apps sind ab mittags Gewitter angekündigt, seit gestern schon, die Rezeptionistin ihres Hotels bestätigte das und sprach zudem die ernste Warnung aus, die sich Ruth bereits selbst erteilt hatte: Man läuft im Gewitter nicht in den Bergen herum. An so was sterben die doofen Touristen, las sie aus den Gedanken der Rezeptionistin und buchte den heutigen Pausentag. Zu dem sie sich nun nicht berechtigt fühlen würde, weigerte es sich zu gewittern. Scheel blickt sie zum Himmel empor, über den nur ein paar harmlose Wölkchen traben, obwohl's schon später Vormittag ist. Ruth schlappt durch Andermatt, einen Ort, der so hochprozentig aus Baustelle besteht, daß es sich, als Ruth gestern abend hier einlief, überhitzt und erschöpft, zunächst schwierig gestaltete, zwischen all den Baustellen und einer Siedlung, die nach Modellbau aussah, überhaupt den eigentlichen Ort zu finden; zunächst befürchtete sie, es gäbe gar keinen. Im Hotel ließ sie sich erst mal das WLAN-Paßwort geben – für den Wetterbericht, E-Mails verweigert sie konsequent –, dann ein Zimmer für zwei Nächte und eine große Flasche Mineralwasser. Endlich mal ausschlafen, dachte sie angesichts des erzwungenen Pausentages. Um dann heute um 6:30 Uhr aufzuwachen, eine Stunde vor Frühstücksbeginn, sinnlos. Im Anschluß hätte sie sich direkt in die Sauna verholen mögen, allein, der Wellnessbereich öffnet erst ab 15 Uhr. Und so schlappt sie jetzt mit schmerzenden Beinen – sie ist dazu übergegangen, morgens und abends ihre Muskeln zu dehnen, nicht daß es hülfe, aber es macht vielleicht einen guten Eindruck, nimmt Ruth jedenfalls an, sie hat jeglichen Sport immer verabscheut – durch das von Baustellen in Geiselhaft genommene Örtchen. Shopping. Ihre Flipflops haben sich als ein bescheuertes Konzept herausgestellt. Auf den Hütten ist's egal, da gibt es Leihpantoffeln, aber in einem Hotel will man nicht abends mit den schweren oder gar nassen Bergschuhen beim Essen sitzen, und mit den Flipflops kann man's nicht tun, weil sich Zehenriemchen und Wollsocken nicht vertragen. Und ohne Socken wär's zu kalt. Sie bräuchte extrem leichte Schuhe, die aber irgendwie doch *Schuhe* sind. Wo sollte man so was hier herkriegen? Eine schöne Zementmischmaschine, ja, das wäre kein Problem. Oder einen Personal Maurer. Oder eine schon fast fertige Eigentumswohnung. Schließlich findet sie drei Sportgeschäfte, die vorwiegend schwere Bergschuhe verkaufen. Alle leichteren Schuhe sind immer noch zu schwer, findet Ruth, o ja, flüstert rechtes Knie, ganz sicher, bestätigt das linke. Nachdem sie alle drei Läden durchkämmt hat, kehrt sie in den sympathischsten zurück und kauft Crocs, die zwar nur noch mit Mühe in den Rucksack passen werden, dafür aber nichts wiegen. Mit denen wird man halbwegs kommod mal eine Dorfstraße entlangspazieren können, wenn man unter blauem Himmel sinnlos einen Gewitterpausentag einlegt. Neben der Kasse steht eine Glasvitrine mit GPS-Geräten, die wie rustikale alte Handys aussehen. Winzige Displays. Ob die noch wachsen? Ich würd gern mal so 'n GPS sehen, sagt Ruth zu dem Jungspund hinter der Kasse, der wahrscheinlich, wenn er nicht an der Kasse steht, in seinem Leben nichts anderes macht als Sport. Geduldig führt der Jungspund ihr GPS-Modelle vor, der Laden ist leer, die anderen Touristen genießen entweder den herrlich gewitterfreien Tag, oder es gibt hier keine anderen Touristen, sondern bloß Maurer. Das Display ist klein, weil's Strom schluckt, erklärt Jungspund; ist ein Argument, eine Steckdose gab's nämlich für gewöhnliche Sterbliche auf der Sidelenhütte nicht, und Ruth war zu schüchtern, um nach einer Ausnahmegenehmigung zu fragen. Und in ihrer Zukunft sieht sie dezidiert mehr Hütten als Hotels. Die künftige GPS-Besitzerin schmäht den Wellnessbereich. Das Ganze läuft mit Batterien, ergänzt Jungspund ihre Gedanken, die Karten fürs GPS müssen Sie allerdings extra kaufen. Dreihundert flotte Franken kostet das Swisstopo-Pro-Paket, alle Wetter, denkt Ruth. Denkt an alle Wetter, denkt spezifisch an das Wetter, das auf dem Trifttälli lag, zwischen ihr und der unauffindbaren Hütte, zückt ihre VISA-Karte. Sie müssen daheim Ihr GPS-Gerät an Ihren Rechner anschließen und dann mit dem Hilfsprogramm von der CD die Karten aufspielen, instruiert Jungspund. Oh. Das kommt jetzt ungelegen. O nein, sagt Ruth, wie soll ich das denn machen, ich bin zu Fuß unterwegs, mit bloß meinem 45-Liter-Rucksack, dafür war mein iMac einfach zu sperrig; und dann sind auch automatisch schon alle Flirt- und Fraternisierregister angelaufen, sie lacht, sie schäkert, sie scherzt, sie bringt eine launige Kurzversion des Tälli-Dilemmas zur Aufführung, könnt ihr mir da nicht irgendwie helfen, oder kennst du wen, der das könnte¿ Der Jüngling schaut sie an, o verdammt, denkt Ruth und merkt, sie ist gar nicht mehr dreißig. Wie konnte das passieren. Sie sollte gelegentlich ihren Standardmodus zur Willensdurchsetzung von *Laßt-uns-dem-hübschen-Mädchen-einen-Gefallen-tun* auf *Laßt-uns-der-Greisin-über-die-Straße-helfen* ändern. Sie grinst. Im Spiegel über der Theke grinst eine zerzauste Greisin mit Sonnenbrand auf der Nase zurück. Jungspund grinst ebenfalls zurück. Okay, sagt er, ich fahr nachher während meiner Mittagspause sowieso nach Hause, ich guck mal, was ich machen kann. Komm nachher ab 15 Uhr wieder vorbei, ja¿ Er duzt zurück, eine allzu würdige Greisin scheint sie noch nicht zu sein, ha. Du bist ein Held, sagt Ruth mit dramatischem Augenaufschlag, wärst du nicht zu jung für mich,

ich würde dir dafür einen Antrag machen; Antrag kostet extra, sagt er; wär's mir wert, dafür ginge ich in den Dispo. Beide feixen, Ruth zahlt mit Karte, dann pult sie die Preisschilder von den Crocs und tauscht umgehend die beknackten Flipflops dagegen ein – zum einen weniger kalt und bequemer, zum anderen verträgt sich der Zehensteg auch mit der opulenten Compeed-Bepflasterung nicht. Auf den belustigten Blick Jungspunds erklärt sie sehr ernsthaft, sie habe eigentlich auf die Lakkadiven gewollt, sich aber verlaufen, deshalb das GPS. Verstehe, sagt er, gute Entscheidung. Alter ist zwar scheiße, sagt Ruth, macht aber weise. Nicht, daß man sich mit Crocs wirklich würdevoll bewegte, allerdings immer noch würdiger als in Flipflops. Wenn die Dinger nicht mehr in den Rucksack passen, werden sie eben draußen drangetüddelt, wozu hat der zweihundert Strippen. Bis später, verabschiedet sie sich; kann's kaum erwarten, sagt Jungspund. Später bricht das Gewitter genau in dem Moment nieder, als Ruth mit ihrem neuen GPS, prall gefüllt mit allen Karten, die das Herz begehrt, aus dem Laden tritt, der Regen explodiert aus lilagrauen Wolken, schwappt durch die Löcher der Crocs, macht aber nichts, Ruth hat den ganzen Nachmittag Zeit, im Saunabereich des Hotels zu trocknen und darauf zu warten, daß der Regen aufhört, das Gewitter weiterzieht und sie morgen sehr früh aufbrechen kann. Proviant hat sie heute schon vom Frühstücksbüfett abgestaubt und von der Rezeptionistin die Zulassung für den Kaffee-Vollautomaten, der vor 7:30 Uhr bereits in Betrieb ist, erschmeichelt. Es wird weitergehen. Manchmal muß man warten. Auch wenn Geduld noch nie Ruths Primärtugend gewesen ist. Aber wenn man schon warten muß, gibt es dafür schlechtere Orte als Saunen, aus denen man in einen eisigen Gewitterregen treten kann, der einem Leib und Seele reinwäscht und das Gefühl schierer Gegenwart schenkt.

Vlog/YouTube-Channel «Auf meiner Veranda», Eintrag: «Träumen»

Hey, ihr Lieben, schön, euch wiederzusehen! Zuallererst muß ich loswerden, wie *toll* ich all eure Rückmeldungen – so viele! – zu unserem Buch finde, Sandrine sagt, sie kann sich gar nicht retten vor Einsendungen, wir könnten fünfzig Bücher daraus machen! Aber das tun wir natürlich nicht, wir werden auswählen müssen, was mir *wahnsinnig* leid tut, aber wir können ja dann mal sehen, ob wir nicht eine Fortsetzung machen werden – wenn ihr «Ein Dinner auf unserer Veranda» schon mal vorbestellen wollt, das wird *Awesome Books* bestimmt davon überzeugen, daß wir bald einen zweiten Teil einfach machen *müssen*, hier unter dem Link könnt ihr vorbestellen, und wißt ihr was? Worüber ich mit Sandrine gerade erst heute geredet habe? Ihr habt mir so viel Wunderschönes zum Thema Kreativität geschickt, ich bin ganz ehrfurchtsvoll, was für großartige Dinge ihr macht, das ist wirklich Kunst, ich kann gar nicht glauben, daß ihr nicht viel berühmter seid als ich! Deshalb hab ich mir gedacht, wenn das mit unserem «Dinner auf der Veranda» gut wird, dann könnten wir doch ein Buch mit euren Gedichten machen, bebildert mit euren Gemälden, Aquarellen und Fotografien – was meint ihr, wäre das nicht fast noch schöner als unser «Dinner»? Ich habe das Gefühl, wir haben uns so viel zu sagen, und manches kann man eben, das habe ich von euch gelernt, besser und ehrlicher mit einem Gedicht oder Bild sagen. Gerade das, was vielleicht ein bißchen traurig ist, und man merkt vielen eurer Kunstwerke ja an, wie traurig oder, sagen wir, melancholisch sie sind. Ich möchte euch dann alle sofort in den Arm nehmen, fühlt euch in den Arm genommen von mir, ja? Also, wenn ihr unser «Dinner» fleißig vorbestellt, werd ich Sandrine davon überzeugen, daß wir als nächstes das Buch mit euren Kunstwerken machen, okay? Ein guter Titel ist mir aber noch nicht eingefallen, wenn jemand von euch eine Idee hat, schreibt sie mir! So, und weil ihr euch immer noch, obwohl das gefühlt schon so lange her ist, auf Twitter und Facebook mit dem Thema «So tun als ob» beschäftigt, hat mich das auch nicht losgelassen. Ihr habt derart spannende und lustige und wirklich bewegende Geschichten davon erzählt, was ihr gewesen seid, als ihr noch klein wart und noch so tun konntet als ob, und weil viele von euch sich darüber beklagt haben, daß ich nicht mehr genug von mir erzähle – wobei ich immer denke, ach, wer will das denn hören –, hab ich mir gedacht, ich will versuchen, bei eurem heutigen Besuch auf meiner Veranda übers Träumen zu reden. Das ist ja, was uns bleibt, wenn wir nicht mehr so tun können als ob, dann können wir nur noch heimlich davon träumen. Das zu erzählen, als Erwachsener, ist natürlich viel zu peinlich. Das macht man nicht mehr, nicht mal gegenüber ganz nahen Personen. Ich weiß zum Beispiel nicht, ob Frank immer noch davon träumt, ein Superheld zu sein. Von der Heftsammlung, die er als Junge hatte, hat er sogar welche aufbewahrt und später mit Simon, als der in dem Alter war, gemeinsam wiedergelesen – aber ob er immer noch davon träumt, nachts, wenn man halb wach liegt, ein Superheld zu sein? Und wenn ja, welcher?

Ich würd mir ja, wenn ich mir einen wünschen könnte, den wünschen, der von Hugh Jackman in Simons X-Men-Filmen gespielt wurde, den mit den Krallen, Namen habe ich vergessen, aber Hugh Jackman, hey, das kann sogar ich mir merken! Oder träumt Frank davon, so was wie ein Fußballer zu sein, ein realerer Held? Aber ich rede um den heißen Brei herum, und weil ich weiß, daß ich dann von euch wieder ganz enttäuschte Tweets und Posts kriege, also gut: Lacht mich ruhig aus, aber ich wäre wahnsinnig gerne Daenerys Targaryen. Davon träume ich. Weil ich mit den Staffeln inzwischen durch bin, habe ich tatsächlich angefangen, die Bücher zu lesen, Simon hat die praktischerweise alle. Wenn ich nachts wach liege, das passiert mir oft, ich weiß nicht, wieso, man will aber auch nicht zu viele Schlafmittel nehmen, dann träume ich von Geschichten, in denen ich Daenerys bin, in so einem *Game-of-Thrones*-Setting, aber immer mit einer eigenen Geschichte. Wie ich, Kathrin Sturmtochter, Mutter der Drachen, erste meines Namens, Städte befreie und Feinde vernichte, mit einem Wink nach meinen Drachen. Ich würde in meine Traumgeschichten natürlich gern irgendwann auch einen tollen Helden einbauen, aber da weiß ich noch nicht, wen und wie. Vielleicht sollte ich mal Hugh Jackman casten, Smiley. Oder, wenn ich in diesen Träumen nicht weiterkomme, träume ich das manchmal auch ganz anders. Daß es morgens bei mir an der Haustür klingelt, und da steht der DHL-Bote mit einem großen Paket, ich denke, nanu, ich hab doch gar nichts bestellt, und es ist sowieso nicht von Amazon, es hat überhaupt keinen Absender, ich unterzeichne auf diesem elektronischen Apparat, übernehme das Paket, und es ist *schwer*. Ich schleppe es ins Wohnzimmer, stelle es auf dem Teppich ab – der ist übrigens von *Rugged Rugs*, Link unten –, hole mir ein Messer aus dem Messerblock in der Küche, durchschneide das Packband, klappe den Karton auf, und darin liegen drei große Eier. Dracheneier natürlich, aber das kann ich ja noch nicht wissen. Ich guck noch mal auf den Adreßaufkleber, aber da steht mein Name, nicht Simons, nicht Franks. Kein Absender, nirgends. Ich stelle mir vor, wie ich die Eier in die Hände nehme, wie schwer sie sind, und ich überlege, wo ich sie hintue, wo sie keiner findet, zwar sollte ich eigentlich Frank und Simon davon erzählen, nur habe ich dazu gar keine Lust, und schließlich trage ich die Eier, vorsichtig, eins nach dem anderen, in den Keller und verstecke sie im Wäschetrockner. Da geht keiner meiner Männer ran, also, die helfen schon brav im Haushalt, und ich bestehe darauf auch und lasse Faulheit nicht gelten, bloß an die Wascherei lass ich sie nicht, das gibt nur Unheil, und zwar schrill verfärbtes und hoffnungslos eingelaufenes Unheil. Können eure Männer das, oder ist das so ein allgemeines genetisches Problem? Na, jedenfalls, eine Woche oder zwei später, also, ihr wißt schon, das ist immer noch meine Traumgeschichte, habe ich das bereits ganz vergessen, gehe in den Keller, mit dem Wäschekorb, mache gedankenverloren den Trockner auf, und es fiept und raschelt, und aus dem ersten Ei ist der erste kleine Drache geschlüpft. Ja, ich weiß, eigentlich schlüpfen sie erst im Feuer, aber da wir keinen Kamin haben, kann ich daraus keine Geschichte für mich machen. Ich knie also so vor dem Trockner, ganz fassungslos, greife hinein, und der kleine Drache, ganz zerknittert, hangelt sich an meinem Arm entlang. Er ist heiß, obwohl man doch an kalte Eidechsen denken würde. Als Kind in Dänemark habe ich mit Eidechsen gespielt. Und dann helfe ich seinen zwei Brüdern beim

Schlüpfen und sitze schließlich in unserer steinöden Waschküche auf dem Boden, im Schneidersitz, mit drei kleinen Drachen im Arm und auf dem Schoß, *meinen* Drachen, die wohl irgendwie bedeuten, daß ich eine *Bestimmung* habe – wer glaubt schon im wirklichen Leben, daß er eine Bestimmung hat, in unserem Alter gar, wer hat da je dran geglaubt. Ich meine, wo gäbe es denn Städte, die man erobern, Feinde, die man vernichten könnte? Andererseits sitze ich nun aber hier, erste meines Namens, mit diesen drei Drachen, und das wird, das muß etwas bedeuten, etwas Großes. Tja, und weiter bin ich mit meinem Traum noch nicht gekommen, und ihr könnt mich jetzt alle auslachen, weil das so albern und kindisch ist! Und wenn ihr mich aber nicht auslachen wollt, dann könnt ihr mir gern von euren eigenen Träumen erzählen, wie albern und kindisch sie auch sein mögen. Es bleibt ja unter uns, wir erzählen uns so was hier auf unserer Veranda, in einer Abenddämmerung wie dieser, wenn die Grillen zirpen und unsere Gesichter im Halbdunkel verschwimmen, ist es auch nicht mehr ganz so peinlich, oder? Also, träumt schön, träumt wild, ob im Wachen oder Schlafen, oh, und der schicke Messerblock kommt übrigens von den *Klingenschmieden,* Link hier unten, ich träum so lange von eurem nächsten Besuch!

Jero am Fergenkegel

Jero kann seinen Gast, Jonas, von hier nicht sehen. Sie sind in der zweiten Seillänge, zwei von neun, in der Route zum Fergenkegel hinauf, und es ist nachmittags. Leider. Jero wollte heute bloß gemütlich zur Fergenhütte hochsteigen und den Fergenkegel am nächsten Tag machen, dann aber wurde die Wettervorhersage stündlich schlechter und es damit stündlich klarer, daß sie nur heute nachmittag noch eine Chance haben würden. Wenn überhaupt. Eher unwahrscheinlich, Jonas ist ambitionierter Anfänger. Um so mehr hätte er sich nach einer derartigen Mehrseillänge wahrscheinlich als König der Welt gefühlt. Aber daraus wird, so viel ist jetzt klar, nichts werden. Wenn er es bis hier hinauf geschafft hat, wird Jero ihm sagen müssen, und die Enttäuschung wird tief sein, daß sie abseilen werden. Die Route hat viele Quergänge, man kann von hier noch in Falllinie zu den wohleingerichteten Ständen abseilen, danach aber nicht mehr, dann müßte man es bis auf den Gipfel schaffen, von dort auf eine schmale, kleine Furgga abseilen, von dort wiederum, im mittlerweile Dunkeln, einen steilen, bröckelnden Hang hinunterfinden, das ist, leider, keine Option. Er wird das Jonas sagen müssen, wenn er hier ankommt. Falls er hier ankommt. Jonas scheint sich festgehängt zu haben, im ersten Quergang, Jero kann es sich vorstellen, schwierig ist das alles nicht, 4+ nach UIAA-Skala, aber arg vertikal. Für jemanden, dessen Kopf es nicht gewohnt ist, sind fünfzig Meter Luft unter den Füßen relativ viele. Für jemanden, der trotzdem noch aufpaßt, ist es sonnenklar, daß bei Quergängen das Seil, das durch die vom Vorsteiger in die Bohrhaken eingehängten Zwischensicherungen läuft, ihn nicht sofort auffangen kann, sondern zunächst zur Seite pendeln lassen würde. Keine liebliche Vorstellung für den untrainierten Kopf. Keine einfache Route für Jonas, der Jero nicht sehen kann. Der allein klarkommen muß, ohne beobachtet haben zu können, welche Tritte und Griffe Jero benutzt hat. Der offensichtlich nicht allein klarkommt, irgendwo da unten.

Jero wartet schon eine Ewigkeit. Er hat hinabgerufen, ob er Jonas ablassen soll, und ein gequältes Nein gehört. Er kann Jonas schlecht ohne dessen Einverständnis runterlassen, schon gar nicht in einem von hier oben höchst ungeklärten Quergangsdilemma. Jero kann nur warten. Es dauert lange. Man hätte etwas zu lesen mitnehmen sollen, Jero hat daheim eine Menge Bücher, nur Zeit, sie zu lesen, hat er normalerweise nicht. So wie sich das hier gestaltet, könnte man endlich mal *Krieg und Frieden* lesen. Andererseits würde ihm wohl die Ruhe fehlen, es ist etwas zermürbend, weil Jero nicht sagen kann, welche Schwierigkeiten Jonas hat und an welcher Stelle, und helfen kann er ihm nicht. Man weiß ja nicht, was vor sich geht, Jero kennt Jonas nicht, und selbst Leute, die man einigermaßen zu kennen glaubt, können unvermutet in Panik verfallen oder in eine Kaninchen-vor-Schlange-, Reh-vor-Scheinwerfer-Starre, in der sie sich keinen Zentimeter vor und keinen zurück bewegen können. Manchmal, in Gott sei Dank sehr seltenen Fällen, muß man kommandieren, um sie da rauszuholen. Jero hat keine Ahnung, ob das bei Jonas möglicherweise gerade der Fall sein könnte. Nach einer weiteren Ewigkeit bewegt sich Jonas schließlich doch wieder. Jero holt das Seil nach, straff genug, um Jonas Sicherheit zu vermitteln, nicht so vehement, daß es seine Balance störte, dann endlich steht Jonas neben Jero. Glühend. Von dieser wahnsinnig schwierigen Stufe erzählend, die er zwanzig Mal nicht hinaufgekommen ist, vom Glück erzählend, wie es beim einundzwanzigsten Mal funktioniert hat. Er ist einer derjenigen, die soeben herausgefunden haben, wie beglückend es ist festzustellen, daß man viel mehr können kann, als man zu können glaubt, und es ist naturgemäß viel glorioser, es mit sich allein zu klären. Flüchtig denkt Jero an diesen Gast, seinen Namen hat er vergessen, der im Klettergarten in zehn Meter Höhe eine massive Panikattacke ganz allein abgefeiert hat. Dann muß er Jonas beibringen, wie ganz und gar unbeglückend es ist, zu akzeptieren, nach der erst zweiten Seillänge wieder abseilen zu müssen, just dann, wenn man sich als König der Welt zu fühlen begann, weil der Tag einfach nicht reichen wird. Jonas wird es einsehen. Wird es einsehen müssen. Nicht alle Städter können das noch, sie kommen aus einer 24/7-All-inclusive-Machbarkeitswelt, in der ein Scheitern ihrer Ansprüche keine Option ist, schon gar nicht, wenn man bezahlt hat. Jonas wird in erkennbarem Jammer zerfließen, aber nicht protestieren. In der Fergenhütte, klein und unbewirtschaftet, wird Jero mit Mühe den Holzfeuerherd in Gang kriegen und Spaghetti mit Dosensoße kochen, sie werden anderntags im Regen absteigen, und Jonas wird immer wieder so sehnsüchtig zu den Fergenhörnern hochsehen, daß er mehrfach stolpern muß.

Simon wird willkommen geheißen

Magnetismus, Gravitation, irgend so etwas hat eingesetzt, wir alle, denkt Simon, wir Zombies, die ohne elektrische Impulse zwischen unseren Synapsen in diesen Straßenschluchten umherirren, haben ein Signal empfangen. Wie Eisenspäne richten wir uns danach aus. Alle streunenden Einzelkämpfer, die in diesem überheißen Nachmittag auf Bordsteinkanten gesessen haben, auf den Mittelstreifen toter Straßen, gravitieren Richtung Fischmarkt. Verdichten sich, je näher man dem Gravitationszentrum kommt, zu

Gruppen, zu immer kohärenteren Strömen. Simon strömt mit, aus Neugier, es ist unwiderstehlich. Nicht, daß er ein Anliegen hätte. Nicht, daß er nicht sehr gern eines besäße. Alle anderen, die sich von Bordsteinkanten oder, mutmaßlich, sehr engagierten Blockadeschlachten gegen die Autokonvois der Imperialen Truppen losgerissen haben und jetzt, gleich ihm, zum Fischmarkt streben, haben sicherlich jede Menge Anliegen. Simon würde sie gerne teilen. Simon würde gern vier MINT-Semester gegen ein Anliegen tauschen. Für eine Todessternvernichtung gäbe er glatt seinen kompletten Mintmaster her, und seien wir ehrlich, alle seine *Elite*-Missionen sind doch immer nur Varianten der großen Todesstern-Erzählung gewesen. Aber das Imperium fährt nicht mit einem Todesstern nieder, sondern trifft sich auf der Messe, die Simon als Kind mit seinem Vater zur *HanseBoot* besucht hat, und die Rebellen, die sich aus den leeren Straßen zum Fischmarkt saugen lassen, sind keine X-Wing-Piloten, sondern Mülltrenner, Veganer, Dreadlockträger, Schwarzblocker, Netzblogger, Fairtradekäufer und Zwischensternchenschreiber. Im Grunde wie seine Mutter, bloß mit Dosenbier und Gras anstatt SSRI und Benzos. Vielleicht ist uns dieser Planet einfach zu klein geworden, wie ein Konfirmationsanzug, denkt Simon, der in seinem Leben noch nicht eine Glasflasche in den Hausmüll geworfen hat, und stellt sich Angela Merkel vor, die ihm asthmatisch entgegenkeucht: Ich bin dein Vater, Simon. Aaargh, denkt Simon und verliert allein beim Gedanken daran spontan einen Arm. Den gestrigen *Lieber tanz ich als G20*-Event hat er sich gespart, klang schon zu vegan, um dafür eine zusätzliche Nacht mit ungeklärtem Schlafplatz in Kauf zu nehmen. *Welcome to Hell* hingegen, das heute ab 16 Uhr auf dem Fischmarkt startet, unter Höllenhitze in einer entleerten Stadt gelegen, das ist, wahrscheinlich, interessant. Das ist ja eines der Hauptprobleme, wie uninteressant so ein herkömmliches Gebrauchsleben ist. Simon hat beschlossen, zwei geschwänzte Schultage, über deren Erklärung er sich später Gedanken machen wird, zu riskieren, um den wahrscheinlich einzigen Krieg mitanzusehen, der ihm jemals gegönnt werden wird. Als Kriegsberichterstatter, so sieht er sich, auch wenn es niemanden gibt, dem er Bericht erstatten könnte. Bloggen ist was für Mutti. Und wogegen sollte man demonstrieren oder wofür, mehr Mülltrennung, weniger Plastiktüten, mehr Refugees, weniger Verbrennungsmotoren, mehr Geschlechter, weniger Banken; Simon, erfahrener Raumpilot, der er ist, hat sich den Planeten oft genug von draußen angesehen, Europa ist klein wie ein Schmutzfleck auf einem Konfirmationsanzug, ein hiesiges Plastiktüten- oder Heizpilzverbot wird nichts bringen. Ein Imperialer Autokonvoistau wird die Erdrotation nicht interessieren. Einen Anstieg der Meeresspiegel kann Simon nur befürworten, Hannover liegt nicht weit über Normalnull, es ließe sich einiges sinnvoll bereinigen. Die Kriege anderswo kann keiner begreifen, wer das behauptet, lügt. Uns fehlt die Praxis, denkt Simon, gravitieren wir nicht alle deswegen zu dieser Demo, 16 Uhr, Fischmarkt, weil sie uns mit ihrem Titel, *Welcome to Hell*, und den dazugehörigen Plakaten, einer schwarzen Stadtsilhouette in Flammen, endlich einen eigenen kleinen Taschenkrieg verspricht. In 3D, HD und Dolby Surround. Simon folgt dieser Einladung willig, nicht umsonst wird es *Welcome* heißen.

Ruth disponiert um III

Bis mittags lief es lässig. Aufstieg zur Fuorcla, je höher sie kam, desto tiefer stieg sie in diese Wolke hinein, heiter und weiß in den Schnee geschmiegt, der so hoch nicht mehr lag, als daß er zehrte und man ihn mississippimäßig bezwingen müßte. Ruth fand die Camona problemlos, und die Terminologie hat sie längst gelernt: Camonas und Chamannas sind Hütten, Furggas und Fuorclas sind Pässe, Plauncas Alphänge, Vals Täler und Vadrets Gletscher, es ist hübsch, als hätte sich eine Elbensprache über dieses Herr-der-Ringe-Land gelegt. Dieses Land, das immer noch so weglos ist und erst allmählich unter ihren Schritten auftaut, mit den Wochen, die vergehen; in dem Chammanas an Furggas liegen, von Pizzen und Vadretten überschattet. Man sollte darüber nachdenken, das Ganze in Elbenrunen zu schreiben, nur so aus Daffke, denkt Ruth gelegentlich, wenn sie zum Beispiel zur Mittagszeit in einer Camona da Fuorcla pausiert. Die Hüttenwirtin ist eine Frau ihres Alters, mit einem unheiligen Hang zum Kunsthandwerk, die Hütte ist von kunsthandwerklichen Ausstülpungen wie von Metastasen befallen. Deren Schöpferin möchte dringend Ruths Freundin sein, warum sie denn nicht über Nacht bleibe. Weil ich nach Osten muß, sagt Ruth, die sich ausgerechnet hat, daß sie es noch zur Terrihütte schaffen kann, und denkt, o Gott, ich habe das Alter erreicht, in dem man entweder Brustkrebs kriegt oder Kunsthandwerk. Die kreative Hüttenwirtin will sie nicht gehen lassen, sie hat sonst keine Gäste, Ruth ist immer noch fast überall allein unterwegs, wegen des Schnees, unter dem alle Wege versinken und der einsame

Hüttenwirtinnen um so vehementer kleine pastellene Bücher volldichten läßt. Der Schnee verschluckt auch Ruth, nachdem sie sich von der Hüttenwirtin losgerissen hat, über den Paß geht sie in den hellen Nebel hinein und umgehend in die Irre, denn obwohl sie mit ihrem GPS täglich weniger fremdelt, ist sie dumm genug, Fußspuren zu folgen, die diesen sanftweißen Limbus entschieden durchpflügen, bis zu einer Klippe, an der die Spur endet. Trust no one, denkt Ruth und daß sie diese Lektion längst gelernt haben sollte. Sie stapft zurück – ohne Ärger, die milchige Leichtigkeit hat sie selbst völlig durchdrungen – und pflügt sich dann ihren eigenen Weg. Zweimal findet sie im Schnee ein winziges schwarzes Fröschlein, und das läßt sich, Ruths Meinung nach, weder erklären noch lösen – was machen die hier, und wie sollte man ihnen helfen? Es wäre Ruth ein Bedürfnis, sie ist überrascht davon, wie gern sie helfen würde, obwohl sie nie so eine Tierchenperson gewesen ist, aber was macht man mit einem winzigen Frosch, im Schnee eines 2500-Meter-Passes außer ihm Mut zusprechen. Das wenigstens tut Ruth, pflügt sich ihren Weg hinab, ist sehr stolz, auch ohne GPS weiter unten, wo der Schnee aufhört, den Wanderweg zu finden, der sich als Höhenweg das Val Lavaz entlangzieht. Bloß, daß der Weg, kaum hat sie die Markierungen entdeckt, keiner ist, sondern ein Hang, der mit einem Tumult aus mannsgroßen Felsblöcken von unachtsamen Göttern wie mit Popcorn vollgewürfelt wurde. Zunächst will man's nicht glauben, dann entdeckt man fünfzig Meter weiter, inmitten dieses Wusts, eine weiß-rot-weiße Markierung, muß es glauben, muß klettern, balancieren, einen großen, instabilen Schritt wagen, den nächsten, den rettenden, schon im Blick. Auf die nächste Markierung hoffen. Nicht fallen, sonst bräche man sich die Gräten. Es macht einen zermürbenden, vollkommenen Spaß. Es macht aus fokussierter Konzentration eine meditative Trance. Es macht verdammt müde, Ruth jedenfalls. Äonen vergehen, bis sie endlich aus diesem Gigantenpopcorn heraus- und quasi unmittelbar in einen steilen Fünfhundertmeterabstieg hineinstolpert, überwuchert von Gewächsen, die nicht sein sollten. Glitschigen Gewächsen auf schlickigem Boden. Das ist jetzt, denkt Ruth, kaum zu schaffen. Die Terrihütte ist erst recht nicht zu schaffen. Sie muß absagen, sie weiß das schon seit über zwei Stunden, hat bloß nirgends Empfang. Wir sind nicht an eine Welt gewöhnt, in der wir keinen Empfang haben, die von den Göttern mit Felsen überstreuselt worden ist, als wäre ihnen vor lauter Lachen die Popcorntüte aus der Hand gesprungen, und die nach Einbruch der Dunkelheit eine existentielle Bedrohung darstellt. In unserer Welt gehen lang zuvor die Straßenlaternen an, denkt Ruth und schliddert bergab. Sie steht schließlich, nach langen Stunden, es waren bislang insgesamt zwölf, auf einer Straße, möchte sie küssen. Sie steht aber, wir wollen und dürfen es nicht vergessen, nach wie vor im totalen Nirgendwo. Eine Sackgasse, ein einziges Auto parkt hier und vermißt seine Besitzer. Rechts geht der Pfad zur Terrihütte hinauf. Und immer noch keinen Empfang, um dort absagen zu können. Links geht es, hoffentlich, irgendwohin. Ruth geht nach links. Laut Karte kommen irgendwann Gebäude, mit dem Symbol «Einsamer Berggasthof» brüstet sich keines. Wie enorm alles weh tun kann, es ist schon verblüffend, man hätte längst das Handtuch geworfen, hätte man es nur irgendwohin werfen können. So bleibt einem keine Wahl, als die Straße bergab zu trotten. Eine bizarre Befriedigung entsteht daraus, noch weiter zu können, wenn man längst nicht mehr kann. Eine halbe Stunde später hält der Kleinwagen neben ihr, den sie oben am Straßenende parken sah, ein junges Paar sitzt darin, der Fahrer lehnt sich aus dem Fenster und fragt, bist du diesen total irren Weg heruntergekommen, wir wollten den eigentlich hochlaufen, aber wir dachten, wir sterben, wir sind dann wieder runter und zur Terrihütte, wir dachten, das gibt's doch gar nicht. Yep, dachte ich auch, antwortet Ruth, die eher gedacht hat, die Schweizer haben nicht mehr alle Tassen im Schrank, an diese irrsinnige Felsenentropie alle paar hundert Meter mit weißer und roter Farbe eine Markierung zu malen und zu sagen, wohl bekomm's. Können wir dich mitnehmen, fragt der Fahrer, seine Beifahrerfreundin sieht fast so müde aus, wie Ruth sich fühlt. Das wär schön, sagt Ruth, geht aber nicht, die Spielregel. Alle Zellen ihres Körpers, angeführt von den muskulären, gefolgt von den Knorpeln, heulen auf bei diesen Worten, bilden Gewerkschaften und beginnen, empörte Transparente zu malen. Welche Spielregel? fragt der Fahrer; jeder Meter zu Fuß, sagt Ruth, aber danke, wirklich danke fürs Angebot. Der Wagen fährt davon, Ruth geht weiter. Fragt sich, ob *sie* alle Tassen im Schrank hat respektive ob sie überhaupt noch über einen Schrank verfügt. Geht auf ein gigantisches Jahrhundertwendehotel zu, das von fern nach *Zauberberg* und von nah nach *Shining* aussieht, es ist vernagelt, verlassen, verspukt. Im Nirgendwo gelegen. Unwirklich. Nur ist sie zu müde zum Staunen. Längst herrscht Nacht im Tal, längst verflucht Ruth sich, es wird zwar Ortschaften an dieser Straße geben, was aber, wenn keine einen Gasthof hat? Ein weiteres Auto wird nicht kommen. Was dann, man weiß es nicht. Man kann sich allerdings fast sicher sein, daß irgend etwas in dem verlassenen Overlook-Hotel durch die Spalten der Fensterläden lugt und nach ihr Ausschau hält. Sie geht vorbei, fühlt jedoch in ihrem Rücken, wie ihr das Hotel noch lange nachstiert. Beute.

Es dauert eine weitere Stunde, bis sie inmitten einer Ansammlung kleiner Holzhäuschen steht, eines, uralt und unter seinem eigenen Gewicht zusammensackend, behauptet, eine *Ustria* zu sein, und Ruth hofft, das sei das hiesige Elbenwort für eine Unterkunft. Sie taumelt in etwas hinein, das sich mit Fug und Recht eine Schankstube nennen läßt, bekommt ein Zimmer, in dem ein Kinderbett mit herumliegendem Spielzeug steht, man hat offenbar nicht mit außerfamiliären Gästen gerechnet. Bekommt ein Brotzeit-Abendessen, bekommt vor allem, denn das sind doch die zwei einzigen Dinge, die sie will, die sie jemals gewollt hat, einen Stuhl und eine große Flasche Wasser. Die leert sie auf ex, und dann endlich zieht sie sich die Spanischen Stiefel aus. Wir sind bei den Nachbarn eingeladen, sagt das Ustria-Pärchen, dessen männlicher Part Ruth erzählt hat – irgendein Autopilot befähigt sie immer noch, Konversation zu betreiben –, seine Familie führe die Ustria seit zwei- oder vierhundert Jahren und Ruth möge sich, wenn sie etwas brauche, einfach selbst an der Bar bedienen. Mach ich, danke, es ist wunderschön bei euch, viel Spaß bei den Nachbarn, sagt Ruth, stürzt sich auf ihren Teller mit Brot, Käse, Wurstwaren, hängt sich an die zweite Wasserflasche wie an einen Tropf. Hätte gern ein Bier, aber dazu würde sie eine Zigarette wollen, verschlingt jeden Krümel ihrer Brotzeit, nimmt sich eine weitere Wasserflasche, bevor sie auf ihr Zimmer humpelt. Vierzehn Stunden hat sie hierher gebraucht. Vierhundert Jahre hat diese Herberge auf sie gewartet. Wurde auch Zeit, knarzt jeder

Balken, als sie endlich im wunderbaren Bett liegt, endlich, wispern die Dielen, die sich gegen die Nachtkälte rekeln und dehnen, was hat dich aufgehalten, verwundern sich die Schindeln schnarrend. Ich war beschäftigt, flüstert Ruth, deren Schmerzen in die Matratze sickern. Ach so, flüstern vierhundert Jahre aus den hölzernen Wänden zurück.

Vlog/YouTube-Channel «Auf meiner Veranda», Eintrag: «Alleinsein»

Hallo ihr, ich freu mich, daß ihr da seid! Ich kann das manchmal gar nicht glauben, das ist so schön, deswegen dachte ich mir, ich nenne den Beitrag «Alleinsein». Das knüpft, finde ich, an so vieles an, worüber wir gesprochen haben, und letztlich auch an meinen ursprünglichen Gedanken einer Veranda, aus zuverlässigem, ältlichem, knarrendem Holz, mit einer Tür, die immer bloß angelehnt ist – weil ich's mir ja selbst so wünschen würde. Wenn man sich allein fühlt, dann geht man zu seiner Nachbarin rüber und hält einen Klönschnack. Dabei wüßte ich gar nicht, warum ich mich allein fühlen sollte, ich habe den tollsten Sohn der Welt, wobei ich natürlich weiß, daß eure Söhne genauso toll sind, ihr habt mir ja viel von ihnen erzählt. Ich habe einen wunderbaren Mann. Ich weiß auch nicht, warum das Haus so still wird, wenn die beiden morgens weg sind. Man könnte sich doch freuen, daß mal Ruhe einkehrt, aber es wird ja nicht *ruhig*. Es wird *still*. Ich sehne mich dann manchmal nach unserer Stadtwohnung zurück, da war Stadt drum herum, da war man zwar dankbar, wenn die Nachbarn mal ruhig waren, aber still war es nie. Wußtet ihr, daß im Englischen totgeborene Babys *stillborn* heißen? Ist das nicht schrecklich? Die Vorstellung ist natürlich ohnehin schrecklich, neun Monate machst du all das durch, vom Erbrechen bis zum Walfischbauch, den du vor dir herschiebst, von den Ängsten bis zu dieser fast unheimlichen Freude, vom Ultraschall, der dir verrät, ob's ein Junge oder ein Mädchen ist, bis zu den ersten Tritten, von denen dir all deine Freundinnen gesagt haben, die wären so toll. Und zuletzt diese grausige Geburt, ich glaube, es könnte schon sein, daß ich deshalb nicht unbedingt ein zweites Kind wollte. Und wenn es dann endlich da ist, aber nicht leben würde, wäre *tot* das gnadenlose Wort dafür, aber *still* das entsetzlichere. Man würde auf einen ersten Schrei warten, der nicht kommt. O Gott, wie war ich froh, daß Simon so laut und lebendig war. Ich wünschte, er wäre in den letzten Jahren nicht so still geworden. Wenn man sein Kind in den Armen hält, es an die Brust legt, denkt man doch, man wird nie wieder allein sein, in guten wie in schlechten Tagen. Und kaum hat man sich daran gewöhnt, daß immer jemand da ist, einen braucht, dann ist es auch schon vorbei. Ist er weg, und man weiß gar nicht mehr, wovon er träumt, oder auch nur, wo er jetzt gerade ist, und dann fällt einem auf, wie still es geworden ist. Ja. Hey, aber so ist es ja gar nicht, wir können gar nicht einsam sein, wir haben schließlich einander. Falls ihr euch doch mal einsam fühlt, schreibt mir, ich bin immer für euch da, wir sind füreinander da, immer, okay?

Das Geschehen ist zäh. Was zu erwarten war, Wochenende, Hochsaison, tiptop Wettervorhersage. Schon beim Frühstück quetscht man sich zusammen wie in einer Legebatterie oder bei Ryanair, es scheinen wesentlich mehr als die hundertvierzig Leute zu sein, denen die Almagellerhütte theoretisch Platz bietet, oder zumindest hundertvierzig besonders sperrige Leute. Und dabei sind die Wanderer noch nicht mal aufgestanden, die können bis zum zweiten Frühstück noch ein paar Stunden schlafen. Jero ist froh, als er sich durch den Schuhraum gekämpft hat – wenn sich da alle gleichzeitig in Schuhe und Klamotten zwängen, kann das eigentlich schon als die Schlüsselstelle gelten – und draußen vor der Hütte in der Stille steht. In der eisigen Luft, die mitsamt der restlichen Nacht zwischen den Gipfeln hängt. Sehnsüchtig läßt Jero seinen Blick über die dunklen Silhouetten der Gipfel schweifen, es gäbe, trotz des kommenden Traumtages, selbst hier in dieser überaus beliebten Ecke Touren, auf denen heute nur wenige unterwegs sein werden. Aus dem Menschenwust der Hütte kommt es herausgewimmelt, sortiert sich zu Gruppen und Seilschaften, auch Gerald gesellt sich zu ihm. Jero wäre geneigt, ein paar Minuten zu warten, um dem Haupttroß einen kleinen Vorsprung zu geben, aber Gerald drängelt. Es steht zu befürchten, daß er Abwarten für unmännlich hält. Jero seufzt. Die wenigsten sind gänzlich unsympathisch, die wenigsten lassen die Berge einfach kalt, um so mehr möchte man manche schütteln, daß sie den Mund zu und die Augen aufmachen. Jero und Gerald reihen sich in den Zug ein, der für gut dreihundert Höhenmeter dem Wanderweg zum Zwischenbergenpaß folgt. Stirnlampen gaukeln wie Glühwürmchen durch die Dämmerung. Jero ist sofort versucht, von der Wegspur auszuscheren, merkt aber, Gerald würde es nicht goutieren. Er scheint sich am Menschentreck – es sind natürlich nicht hundertvierzig, nicht ansatzweise, es sind trotzdem sehr viele, fünfzig bestimmt – nicht zu stören. Da Jero nicht selbst mäandern kann, läßt er's zumindest seine Gedanken tun. In dieser ersten Stunde kann man höchstens stolpern, und das fällt nun wirklich nicht in seinen Zuständigkeitsbereich. Gerald schreitet energisch aus, Jero schlendert entlang. Läßt seine Gedanken mit den Glühwürmchen schwirren. Gedanken über schöne Touren im Wallis – meist ist er hier nur mit Stammgästen, es ist ungewöhnlich, daß ein Neuling in der Ostschweiz einen Bergführer fürs Wallis anheuert, wie Gerald darauf gekommen ist, hat Jero nicht gefragt. Gedanken zur Logistik der kommenden Nacht – Jeros VW-Bus parkt in Saas-Grund, also muß er entweder darin übernachten oder abends noch eine ziemliche Strecke fahren, wahrscheinlich letzteres, er kann sich nicht vorstellen, daß er mit Gerald noch einen draufmachen wird. Gedanken über die geplante Tour mit einer Stammgastgruppe in zehn Tagen, zu der er noch Schlechtwetteralternativen austüfteln muß. Auf dem Zwischenbergenpaß ermahnt er Gerald, etwas zu trinken, sie legen die Klettergurte an, Jero prüft den Geralds, ein Leihgurt, und knotet das Seil ein, trotz Geralds Protest. Nicht wenige gehen ohne Seil weiter, aber Jero kennt Gerald nicht, Gerald kennt die Berge nicht, er schien zwar trittsicher auf dem Weg in der Dunkelheit, aber er scheint auch, wie soll man sagen, desinteressiert. Hinter der kleinen Senke links wird es steil werden, loser Schutt. Danach, beim Einstieg in den Grat, auch wenn's denkbar einfach ist, I. und II. Grad, käme er sowieso an die Leine. Jero ist es sehr viel lieber, wenn die absoluten Anfänger in einen Übungstag investieren, aber nicht alle wollen das. Gerald nicht, er wollte auf einen Viertausender. Mehr nicht. Vielleicht für ein Bucket-List-Häkchen, vielleicht für eine Instagram-Heldenpose, wer weiß. Da die Tour mit Anstieg zur Hütte und Übernachtung sowieso schon zwei Tage beansprucht, war Gerald zu einem dritten nicht bereit. Zeit ist Geld. Was natürlich mit einem privaten Bergführer sowieso richtig ist, ein Bergführer kostet je nach Tour zwischen fünfhundert und tausendfünfhundert Franken. Die deutschen Kollegen machen's im Vergleich dazu für Dumpingpreise, die einen fast schockieren könnten. Jero arbeitet ausschließlich über die Bergsteigerschule, so ist er versichert, auch bei Krankheit, Verletzung, Arbeitsunfähigkeit, kann jedem passieren. Manchmal sind es ein paar gebrochene Rippen, wie unlängst bei seinem Kumpel Sebastian, manchmal, wie bei Kollege Giulio, schwere Verletzungen, die länger als ein halbes Jahr zum Heilen brauchen. Und natürlich kann man nur führen, wenn man topfit ist. Den Schnäppchenjägern ist das vielleicht nicht klar. Gerald jedenfalls hat in einen Übungstag nicht investieren wollen. Er wollte auf einen Viertausender, Punkt. Welcher, das war ihm egal. Es kommen in diesem Fall Breithorn, Allalinhorn, Alphubel und Weissmies in Frage. Die Kinderteller. Das Allalinhorn ist schlichtweg deprimierend – sechshundert Höhenmeter von einer Liftstation durch ein Skigebiet latschen, wer will das, selbst wenn es sich nur um eine Bucket-List-Erledigung handelt. Den Weissmies hat Jero vorgeschlagen, eine Überschreitung, ist es nicht soviel fabelhafter? Hinauf zu einer hübschen, traditionellen Hütte aus grobem Stein und Holz, dann morgens in den anbrechenden Tag hinein, der von der vergletscherten Mischabelgruppe im Westen kostbar gerahmt wird. Spielerisches Felsklettern im Aufstieg, leicht und nicht ausgesetzt, Abstieg über einen Gletscher – mehr kann man sich unter diesen Umständen kaum wünschen. Gerald kommt gut über den Grat, macht regelmäßig Selfies, läßt sich von Jero fotografieren, blitzt zunächst noch gegen seine Stirnlampe an, filmt gelegentlich kurze Clips, zu denen er die Gegebenheiten erläutert. All die anderen Seilschaften wimmeln derweil um ihn herum, die Straße der Blattschneiderameisen, legen neben ihnen auf dem Vorgipfel die Steigeisen an. Gerald hat auch auf dem Firngrat keine Schwierigkeiten, ob er Freude hat, man weiß es nicht genau. Auf dem Gipfel freut er sich, sozusagen, mein Viertausender, ruft er, wow, mein Viertausender, er spricht das, nachdem er es beim Händeschütteln zu Jero gesagt hat, noch mal aus dem Off, während er mit seinem Handy übers Panorama schwenkt. In das Panorama recken sich die frühen, frischgewaschenen Gipfel von Nadelhorn, Dom, Alphubel, Täsch- und Allalin- und Rimpfischhorn, Weiß gegen Azur, eine Morgenaudienz der Giganten, im Nordwesten fingert das Monte-Rosa-Massiv nach dem Firmament, Jero würde Gerald die Berge erklären, will aber nicht stören. Er ermahnt ihn nur, etwas zu trinken. Gerald scheint noch etwas zu senden, läßt sich dann neben Jero fallen, Mann, eure Roaminggebühren sind echt brutal, sagt er, ich hab sofort 'ne Warnmeldung gekriegt, heftig, aber das war's mir wert. Mein Viertausender. So was ist echt einmalig. Ja, sagt Jero und hofft, daß es einmalig ist. Unten über den Triftgletscher zieht sich die Wegspur der Ameisenstraße, nicht wenige sind schon im Abstieg. Wie überall wird durch die rasante Erderwärmung alles schwieriger. Die Gletscher gehen zurück und werden brüchig, durch das Tauen des Permafrosts werden Routen, Hänge, halbe Berge instabil. Auch dem Triftgletscher droht seit drei Jahren ein gewaltiger Abbruch. Falls Jero doch einmal Kinder haben sollte, wird er ihnen beträchtliche Teile seiner Welt nicht mehr zeigen können. Falls seine Kinder Kinder haben sollten, wäre ihre Welt vermutlich fast gletscherfrei. Sie täten Jero leid. Wie schön sie sind, die Gletscher, diese uralten Biester, die ebenso lässig wie rabiat die Berge für sich beanspruchen, ihre Rücken wie die großer träumender Tiere wölben, schmuddelig an Rändern und Moränen, mittig reinweiß und türkisleuchtend zerknittert. Sie kleiden die Mischabelgruppe in würdige Gewänder. Jero hofft, Gerald sieht das. Jero hofft, Gerald wird sich über den Abstieg, die Überschreitung, den Triftgletscher freuen. Er ist sich nicht sicher, aber man weiß halt nie.

Jürg Beltrane – Motivationsbooster: Freuen

(Dashbord-Kamera: Zähfließender Verkehr, Stoßstange an Stoßstange, vor der Kühlerhaube ein Opel mit deutschem Kennzeichen, davor ein Lkw, Sonne.)

Ja hallohallihallo, Motivationsbooster von heute: «Freuen». Ja, FREUST du dich, ICH FREU MICH DAUERND, ich freu mich, daß ich heute morgen aufgestanden bin, geduscht habe, freu mich, daß ich keine Hilfe brauche, ein Freund von mir hat einen Autounfall gehabt, nicht schlimm, aber das macht dir klar, wie ganz schnell es gehen kann, dann kannst du dich nicht mehr allein waschen, dann stehst du dumm da und denkst, hätt ich mich mal gefreut damals. Geh in die Freude hinein, in die Dankbarkeit, ich bin ja immer erschrocken, wie wenig Menschen sich FREUEN, wie viele sich statt dessen QUÄLEN, also, ich freu mich NUR, steh ich jetzt im Stau, denk ich, wie cool ist das denn, Stau, lässig, hab ich Zeit, meine Mails zu beantworten, muß ich das heute abend nicht mehr tun. Und mit meinen zig passiven Einkommensströmen verdien ich ja sogar noch Geld hier beim Rumstehen im Stau. Aber heute morgen im Café, da hat mich eine Frau mit so 'ner Leidensbittermiene bedient, und ich so: Geht es Ihnen nicht gut, und da fängt sie an, über die Scheißarbeit zu jammern – was für eine oberdoofe Einstellung. Wenn dir deine Arbeit keine Freude macht, such dir eine andere, bau dir passives Einkommen auf, unten findest du Links dazu, aber hör doch bitte auf zu jammern, mach dir klar, über wie viele Dinge du dich freuen kannst, ich freu mich auf deine Kommentare und wenn du den Clip teilst, bye-bye, bis bald.

Simon am Rande der Hölle

Fehler. Simon hätte es ihnen gleich sagen können, aber auf ihn hört ja keiner. Die bunten Kinder hören der ermunternden Musik und den entflammenden Ansprachen zu, der Schwarze Block dem Pulsschlag des eigenen, sich erhitzenden Blutes. Und den Hubschraubern, den unermüdlichen Hubschraubern. Meine Fresse, ist das heiß. Simon hat fast alles, was er so anhatte, mit Müh und Not in seinen kleinen Rucksack gestopft; alles, was er immer noch trägt, will er am liebsten ebenfalls ausziehen. Bloß wäre das weder schicklich noch ratsam. Gute Laufschuhe sind gewiß dieser Tage angebracht. Nur daß hier niemand irgendwohin wird laufen können. Sie mögen ja alle ungemein beseelt oder auch von sich stetig komprimierendem Zorn erfüllt sein, aber das Terrain ist hirnrissig schlecht gewählt. Simon hat sich durch alle Stadtruinen jeglicher *Fallout*-Szenarien gekämpft, und schlechter kann man es nicht treffen. Der Fischmarkt ist ein Kessel inmitten hoher, sich tadelnd übers Geschehen beugender Bürgerhäuser, kaum Ausgänge dazwischen, die Demoroute über die Hafenstraße führt quasi durch einen Canyon – eine hohe Mauer rechts zur Elbe hin, ein hoher Hang zur Linken. Hirnloser kann man sich seine eigene Falle nicht bauen. Danke, aber nein danke, ohne ihn. Simon ist, noch bevor sich der Fischmarktpulk in den Trichter der Hafenstraße kanalisiert hat, in Richtung Norden entschlüpft. Schwächste Stelle, so sollte man denken. Überall an den wenigen, es sind kaum mehr als drei, Fluchtrouten – Simon ist derzeit froh, so viele sinnlos durchgemachte Kieznächte auf dem Fischmarkt beendet zu haben und dadurch das Spielfeld zu kennen –, die Robocopreihen. Sensationell. Trotz der sicherlich über vierzig Grad tragen sie Sturmhauben, nur die Augen könnte man sehen, wären die Visiere der Helme nicht heruntergeklappt, tragen sie schwerschwarze Kerbtierpanzer, Schilde, das ganze Gedöns. Hunderte, Tausende Kampfdroiden, müssen im Copy-Paste-Verfahren geklont worden sein, man kennt es aus diversen Games. Simon laviert sich zwischen ihnen hindurch, nach Norden hinaus, schlägt einen Haken, überquert die große Straße, die zur Reeperbahn hochführt und deren Namen er nicht weiß, sie ist von zivilem Leben bereinigt, aber mit Bullenwagen, Räumpanzern und Wasserwerfern flächendeckend ausgekleidet; er steuert den Hein-

Köllisch-Platz an, wo der Kiosk verläßlich geöffnet ist. Die Türken sind Kummer gewohnt. Eine Frau steht vor dem Kühlschrank, die Glastür hält sie mit der Schulter aufgestemmt, sie lädt sich Biere in die Armbeuge, ein heikles Unterfangen, mit jeder Flasche heikler. Simon, Gentleman alter Schule, springt ihr bei. Mylady, Sie brauchen Hilfe, sagt er, pflückt ihr drei volatile Flaschen aus dem Arm, wie kann ich sonst noch assistieren. Du bist ja süß, sagt die Frau, sie ist mindestens zehn Jahre älter als er, trägt aber zwei geflochtene Heidizöpfe zum Hoodie. We aim to please, sagt Simon jovial. Nimm noch mal drei, sagt Heidi; ist mir ein Bedürfnis, sagt er. Er sieht hier gerade einen Storystrang sich entfalten. Mit der Bierbeute geht er zur Kasse, ihr voran, Frauen mögen es, wenn Männer die Initiative übernehmen. Ich zahl, wendet er sich zu ihr um, die Hälfte, wenn du wenigstens eines mit mir trinkst. Die Frau lacht. Rechts der Kasse steht ein Stapel Plastikschütten mit schrillfarbigen Süßwaren für die Gören, die mutmaßlich gestern abend mitsamt allen Autos und Eltern diese Stadt verlassen haben, links eine kleine Vitrine mit drei nicht weniger schrillfarbenen Donuts, die da wahrscheinlich schon immer stehen. Chef, sagt Simon zum Kiosktürken, geben Sie mir eine Packung Brausepulver, das der prickelnden Schönheit dieser Frau entspricht. Fahr's mal 'ne Nummer runter, Häschen, sagt diese Frau; okay, sagt Simon, aber willst du das Brausepulver trotzdem? Kurze Sinnierpause. Gibt es Himbeer? Gibt es Himbeer, fragt Simon, der Kiosktürke verdreht die Augen. Der Hubschrauberlärm läßt den jahrtausendealten Zuckerguß auf den Donuts bröseln. Nachdem Biere, Brausepulver und Zigaretten ausgehandelt sind, lädt Heidi Simon wie erhofft ein. Wir wollten eine Hölle-von-oben-Party schmeißen, aber es ist keiner gekommen, die haben alle die Stadt verlassen, die Memmen, sagt Heidi. Mit den Bieren in dünnen, raschelnden Plastiktüten, die es bis in den pazifischen Müllstrudel wahrscheinlich nur unter großen Schwierigkeiten schaffen werden, biegen sie in eine der kleinen Seitenstraßen ein, in denen kein Auto parkt und keines fährt. Heidi schließt eine Haustür auf und hinter sich wieder zu, sie betreten ein Treppenhaus, das nach Hitze riecht. Sie wohnt ganz oben. In einer typischen WG-Wohnung, viel Leere, viel Improvisation, ein Hauch Europalette, Sperrmüllsessel und das IKEA-Sofa, das seine Mutter auch besitzt. Simon orientiert sich mit seinen Biertüten automatisch dahin, wo er die Küche vermutet; nee, sagt Heidi, wir sind auf dem Dach, ich sag doch: Hölle von oben. Vom Balkon führt eine wacklige Malerleiter auf das Flachdach. Simon würde gerne wiederum den Galan geben, Heidi ist aber schon geschmeidig wie eine Katze die Leiter hochgehuscht, mit ihren zwei Biertüten in der linken Hand. Oben sitzt eine Frau mit einem Koboldhaarschnitt im Schneidersitz vor ihrem MacBook, das auf einer leeren Bierkiste steht, dreht einen Joint und starrt auf den Bildschirm. Wie läuft's, fragt Heidi, wendet sich zu Simon, sagt, das ist Jess, meine Mitbewohnerin, und wie heißt du eigentlich? Lawrence, sagt Simon. Hi Laurenz, sagt Jess und schenkt ihm ein abwesendes kleines Winkerchen, während sie unverwandt aufs MacBook starrt. Spackt kolossal, sagt sie zu Heidi, die – die beiden sind bemerkenswert gut organisiert – ihr Bier in einem großen, weißroten Cooler verstaut. Der Repeater funktioniert super, ich hab volles WLAN-Signal, bloß lädt sich überhaupt gar keine Newsseite. Hier bricht anscheinend alles gerade unter Zugriffen zusammen. Nu guck, sagt Heidi, ich war mir sicher, sie würden das Mobilfunknetz abschalten, aber an so was denkt man dann ja nicht. Simon zückt sein iPhone, er hat tadellosen Empfang, versucht, N24, ntv, SPON, Abendblatt, irgend etwas, bei dem man flüssige Live-Bilder erwarten könnte, zu laden, aber es regt sich tatsächlich rein gar nichts. Oldschool Radios, sagt er. Deswegen sagen sie einem, man soll für Krisenzeiten ein Radio besitzen, habt ihr ein Radio¿ Klar, sagt Heidi, nimmt ihm die Biertüten ab und legt sie auf Eis, unten in der Remise, gleich neben Kutsche und Grammophon. Simon besitzt auch keines, ausgerechnet er, der in Dutzenden postapokalyptischen Szenarien groß geworden ist. Sollte dieses Wochenende jemals enden, wird er, verspricht er sich hiermit und nimmt von Heidi ein Bier entgegen, am Montag ein Radio kaufen. Gedankenverloren hält er das Bier, ohne es zu öffnen, starrt auf sein iPhone, auf dessen Display sich nichts bewegt, und denkt, so schnell kann es gehen. Wahrscheinlich könnte man den Furor hören, mit dem zwei Straßenschluchten weiter im Hafenstraßencanyon der Schwarze Block gegen die Robocops brandet, wären die Hubschrauber nicht zu laut. Was vor sich geht, kann man nicht wissen. Hey, Laurenz, hör auf zu tindern und halt das mal, sagt Jess und reicht ihm den Joint, Simon steckt das nutzlose Phone weg, läßt sich nieder, die Dachpappe ist heiß wie eine Herdplatte. Er inhaliert tief. Fünf Helikopter ziehen in einer beschwingten Formation vor der übertriebenen Sonne im Südwesten vorbei. Ein Touch von *Apocalypse Now*. Wir sollten, sagt Heidi, die sich schrulligerweise ein Opernglas vor Augen hält, ein Bestimmungsbuch rausgeben, «Was fliegt denn da¿». Ich sehe ein Rotschwänzchen. Es sind Zugschrauber, sagt Simon weise, im Sommer ziehen sie in Schwärmen nach Norden. Das ist wohl so, sagt Heidi und bietet ihm das Opernglas im Tausch gegen den

Joint an. Die Sonne ist so übergroß im Abendhimmel, es ist unwahrscheinlich, daß sie in ein Opernglas passen könnte. Sie flirtet mit dem Westen, wo das Meer auf sie wartet. Simon flirtet mit Heidi. Jess verflucht das zusammenbrechende Netz, Twitter kommt noch durch, Demo gestoppt, Straßenschlachten, aber ausführliche bewegte Bilder, keine Chance. Dort unten bewegen sich die Bilder, denkt Simon. Dort sollte man sein. Es sei denn, man ist zu feige, könnte es sein, daß man zu feige ist? Er ist jedenfalls nicht weniger hibbelig als Jess, nur anders. Ein Knall, ein weiterer, Explosionen, Schüsse, Feuerwerk, Detonationen, wer weiß das schon, dann mehr davon. Simon zuckt zusammen. Dann die Rauchwolke. Ein schlanker Pilz, hartschwarz in den Himmel gestülpt. Alle drei sind auf den Beinen. Muß Richtung Holstenstraße liegen, sagt Jess mit einer steppentrockenen Stimme, die im Hubschrauberlärm unterzugehen droht. Was zum Henker brennt da so, sagt Simon. In diesem Moment pilzt eine weitere Rauchsäule empor, sollte es eine Explosion dazu gegeben haben, ist sie im Zeitalter der Hubschrauber nicht zu hören gewesen. Dann noch eine, weiter entfernt. Die Pilzwolken wachsen zu einer gewissen Höhe, beginnen dort ihre bauschigen Köpfe auszuzotteln, als hätten sie die Lust verloren. Der hitzeverbrannte Himmel verschleiert sich. *Was* zum *Henker* brennt da so, fragt Simon. Er geht in Gedanken die Holstenstraße ab, kennt sie aber – keine Kneipengegend – nicht besonders gut, er ist ja nicht von hier, er ist ja nur Gast. Sie brennen meine Stadt nieder, sagt Heidi tonlos, und Simon faßt, es ist eine gute Gelegenheit, nach ihrer Hand. Sind nur Autos, sagt Jess, zündet sich eine Kippe an. Gute Idee, tut Simon auch, nestelt sich das einhändig zurecht, ohne Heidi loszulassen. Echt, sagt er und versucht, nicht nach Landei zu klingen. So mordsmäßig brennen Autos? Yep, sagt Jess. Dann schweigen sie. Sehen dem nächsten Rauchpilz zu und dem übernächsten. Heidis Hand liegt in der seinen wie ein totes kleines Tier. Laßt uns runtergehen ans TV, sagt Jess schließlich, sie ist barfuß, ihre Füße müssen längst welldone sein, oder sie ist ein Fakir. Die Tageshitze ist über den Dächern zusammengefallen wie bratendes Fett. Und der HERR zog vor ihnen her, des Nachts in einer Feuersäule, daß er ihnen leuchtete, zu reisen Tag und Nacht, sagt Simon. Du kiffst zu viel, sagt Jess, reicht ihm ihren aktuellen Joint und macht sich an den Leiterabstieg, um den Krieg oldschool im Fernsehen zu verfolgen.

Ruth stirbt nicht

Ruth stirbt nicht, aber es ist knapp. Den ganzen zermürbenden Tag lang hat sie sich zunächst durch ein widerwärtiges Gewerbegebiet geschleppt, unter brüskierender Hitze, dann entlang einer vierspurigen Straße, tonnenschwere Blechgeschosse im Mississippitakt an ihr vorbeidonnernd, während Ruth sich von einem Fahrbahnbegrenzungspfosten zum nächsten hangelte. Mühen der Ebene, Fluch der Spielregel. Geht man inmitten von Bergen nach Osten, ergibt sich das Problem, daß Berge im Weg stehen. Bisweilen sind diese Berge zu groß, als daß sie sich von Sterblichen überwinden ließen; geht man außen herum, ist Idylle nicht mehr garantiert. Wobei sich Ruth ihre Wege ohnehin in großzügigen Mäandern und Abschweifungen sucht, um die schönsten, höchsten, einsamsten zu finden. Um gräßliche Straßen zu vermeiden, wenn es irgend geht. Straßen, auf denen die Autos einen stets nur haarscharf verfehlen und mit bösartigen Schleppen aus Hitze und Gestank ohrfeigen. Bei jeder Bushaltestelle, an der sie vorbeigetrottet ist, hätte Ruth ihren Kopf am liebsten mit Wucht gegen den Haltestellenpfahl gerammt. Scheißregel, Idiotenspiel. Hat sie aber nicht getan. Sie hat durchgehalten. Bis sie schließlich auf eine schmale Straße abbiegen konnte, die aus dem Tal bergauf führte. Durchhalten ist das, was uns adeln kann, wenn sonst schon nichts das tut, denkt Ruth, der ihr Funktionsshirt durchnäßt am Leibe klebt. Schweiß rinnt ihr die Wirbelsäule hinab und versickert im Hosenbund. Irgendwann wird sie irgendwo waschen lassen müssen, und sie wird derweil recht nackt aussehen. Ihr Shirt, ihre Socken und Slips wäscht sie stets, wenn sie in Hotels oder Pensionen ist, Hose und Fleece aber werden allmählich bedenklich. Drei Serpentinen weiter säumen Bäume mit Kirschen die Straße, kleinen, tiefschwarzen Kirschen, Ruth sieht sich um, wähnt sich unbeobachtet, plündert die Äste, stopft sich Kirschen in den Mund, Kirschen und noch mehr Kirschen. Jede einzelne explodiert süßsauer auf ihren Papillen, Ruth lacht, Saft rinnt ihr übers Gesicht und färbt ihre Hände ladymacbethpurpur. Eineinhalb Stunden später ist sie in dem Ort, in den sie wollte, dort steht zuverlässig ein Brunnen, an dem man sich die blutigen Hände und Vampirlefzen abspülen kann. Und trinken. Selbst mit voller Wasserflasche im Gepäck trinkt Ruth inzwischen allein aus dem Grunde in den letzten zwei, drei Stunden vor ihrem Ziel nichts, weil es so unglaublich großartig ist, wenn man einen rasenden Durst zu guter Letzt stillt. Ganz und gar überhaupt nichts ist so gut wie das. Außer Kirschen vielleicht. Und Himbeeren, manchmal wachsen, wenn man hinab in die Täler kommt, am Wegesrand winzige wilde Him-

beeren, sie lassen sich nur mühsam aus ihren Dornen pflücken, ebendas macht es wert.
Im Ort gibt es drei unattraktive Gasthöfe, Ruth wählt den bescheidensten, die Pension Alpenrose, ein Siebzigerjahreklötzchen, das seine Blöße mit Geranien zu bedecken sucht. Auf dem Zimmer geht sie durch ihre Routine, Spanische Stiefel loswerden, Socken – sie trägt mittlerweile zwei Paar, ist zwar warm, reduziert aber die Blasen – ausziehen, Shirt dito, im Waschbecken einweichen. iPhone währenddessen an die Steckdose. Dann schält sich Ruth aus dem verschwitzten Rest, läßt die Hose fallen, entspannt. Das Bad ist ein Traum aus dunkelbeigen Fliesen mit eingesprengselten, verwegenen Musterelementen. Über dem Waschbecken ein Alibert-Spiegelschränkchen. Das einzige, was fast so gut ist wie Wasser oder Kirschen, sind nackte Füße auf kalten Kacheln. Das einzige, was besser ist als alles andere, ist eine Dusche, die man sich zunächst brennend kalt, dann klirrend heiß, dann nach Lust und Laune in allen beliebigen Zwischenstufen über den Leib rinnen läßt, an dem Hitze, Straße, Schweiß und noch mehr Hitze kleben. Ruth steht in der Badewanne, läßt sich die Kilometer vom Körper spülen, hält sich die Brause ins Gesicht und prustet dagegen an, strubbelt sich die Haare, die längst jeder Frisur entwachsen sind. Wonne wäre vielleicht das Wort, das sich hier nicht schämen müßte. Wonnig entsteigt Ruth der Wanne, gleitet mit dem Fuß auf den beigefarbenen Fliesen aus, bleibt mit dem anderen in der Wanne hängen, geht ins Deppenspagat, greift im Fallen nach dem Alurahmen der Spritzwasserschutz-Faltwand aus Plexiglas, reißt ihn mit sich nieder, sie schlägt hart auf der Badewannenkante auf, noch bevor der Schmerz sich meldet, meldet sich der Verdacht: Fuck, den Unterarm hab

ich mir jetzt möglicherweise gebrochen. Dann schlägt ihr Schädel irgendwo gegen, und jegliches Schadensassessment wird rüde unterbrochen. Flirrendes Kaleidoskopiges vor Augen. Heidewitzka. In einem Potpourri aus Aluprofilen, Plexiglastrümmern und Schmerzen kommt Ruth, nackt, wie demütigend ist das denn, auf dem gefliesten Boden zu sitzen. Beige, denkt Ruth, und: aua. *Aua,* heult sie lautlos. Wartet auf das Abebben des Schmerzes, entscheidet dann, ihr Arm sei nicht gebrochen. Kraucht aus dem Bad zum Bett. Entdeckt dort erst zehn Minuten später, daß sie, aus einer zwanzig Zentimeter langen Rißwunde am Oberschenkel blutend, die wahrscheinlich einem der Aluprofile zu verdanken ist, der Pension Alpenrose ihre Bettwäsche und vermutlich sogar die Matratze unwiderruflich versaut hat. Sie klaubt sich zusammen, humpelt ins Badezimmer, greift sich eines der Handtücher, die über die Jahrzehnte dünn geworden sind, blutet das auch noch voll. Liegt rücklings auf dem Bett und lacht sich scheckig, wünscht sich jetzt doch, sie hätte Enkel oder Spießgesellen, denen sie erzählen könnte, wie sie auf ihrem großen, gefahrvollen Alpenabenteuer im beigen Badezimmer der Pension Alpenrose beinahe den Löffel abgegeben hätte.

**Vlog/YouTube-Channel «Auf meiner Veranda»,
Eintrag: «Nachts»**

Hallo, ihr Lieben, oh, ich merke, ich bin versucht zu flüstern, weil man nachts doch flüstert, um niemanden aufzuwecken. Dabei ist ja niemand zu Hause, und euch kann ich nicht aufwecken, wenn ihr nicht sowieso noch wach seid. Wenn ihr nicht genau wie ich stundenlang im Bett gelegen, euch von der rechten auf die linke Seite gedreht habt und zurück, und von vorn. Die Diazepam helfen auch immer weniger, und Frank sagt sowieso, ich solle damit aufpassen. Vielleicht geht es euch ähnlich, vielleicht habt ihr deshalb vorbeigeschaut, mitten in der Nacht, wo ich auf meiner Veranda sitze, im Schaukelstuhl, und flüstere, weil ich die Grillen nicht stören möchte. Das ist doch eine gute Vorstellung, findet ihr nicht? Viel schöner, als allein im Bett zu liegen, neben der leeren Bettseite von Frank, der dieses Wochenende auf einem Kongreß ist, und mit Bettdecke ist es zu heiß und ohne zu kalt oder einfach zu ungeschützt. Ich mag nur schlafen, wenn ich mir die Bettdecke bis über die Schultern ziehe. Früher habe ich gedacht, die Monster, die unter den Betten wohnen, erwischen einen nur, wenn irgend etwas aus der Bettdecke herausguckt, manchmal denke ich das heute noch. Ich habe mir dann vorgestellt, daß meine kleinen Drachen, bislang sind sie so klein, daß man sie mit ins Bett nehmen kann, vielleicht ist es deshalb zu warm, gegen die Monster kämpfen könnten und sie einfach zerreißen, andererseits, man weiß natürlich nicht, wie groß die sind, man hat ja noch nie eins gesehen. Ich habe versucht, mir eine meiner Traumgeschichten auszudenken, aber irgendwie ist es mir nicht gelungen, schließlich bin ich aufgestanden, um mir Mineralwasser aus dem Kühlschrank zu holen, auf Zehenspitzen, um niemanden zu wecken, schon gar nicht die Monster. Und weil ich ein bißchen Angst hatte, habe ich erst angefangen, laut mit mir zu reden, und dann gedacht, ich könne ja genauso gut einfach mit euch reden. Ich bin bloß gar nicht zurechtgemacht, entschuldigt das bitte, eigentlich hab ich hier sogar noch diese tolle neue Make-up-Serie, die ich euch empfehlen wollte, aber das ist jetzt sicher kein guter Moment, das mache ich dann morgen. Und ich habe auch gar kein gutes Thema, ich kann eigentlich nur über die Nacht reden. Ich glaube, ich hasse die Nacht. Nicht den Abend, Abende, die zart in die Nacht herüberdunkeln, während wir zum Klönen auf der Veranda sitzen, die meine ich nicht. Ich meine Nächte, in denen gar nichts passiert, in denen es bloß still und dunkel ist, in denen man über viele zähe Stunden darauf wartet, daß es endlich Tag wird. Wahrscheinlich ist das Schlafen nur deswegen erfunden worden, damit wir die Nächte nicht ertragen müssen. Wir schließen die Augen, um das Dunkel nicht zu sehen, und öffnen sie erst wieder, wenn das Licht zurück ist, und dazwischen schaltet sich das Bewußtsein ab, weil's auch nichts mit der Nacht zu tun haben will. Die Nacht gehört den Monstern. Wer nachts nicht schlafen kann, ist allein mit ihnen, sie machen einem noch die besten Traumgeschichten kaputt, und statt dessen denkt man dann solche Nachtgedanken, darüber, wie bald man sterben wird, obwohl man doch immer noch denkt, das richtige Leben, das großartige, in dem man Städte erobert, deren befreite Bewohner einen jubelnd umringen, fange erst an, komme erst noch, es ist, als sei man ein Flugzeug, das langsam und schier endlos auf diesen Zubringerpisten Richtung Startbahn rollt, *taxiing* heißt das, habt ihr das auch schon erlebt, wie's auf großen Flughäfen manchmal so lange dauert, daß man denkt, herrjeh, wollen sie einen jetzt über Land zum Ziel fahren? Bloß, daß man sich vorkommt wie ein Flugzeug, das ewig rollt, aber nie kommt die Startbahn in Sicht. Man träumt von ihr, wie man endlich auf sie einbiegt, wie sie breit und frei vor einem liegt, wie instinktiv die Turbinen hochfahren, denn das ist, wozu man gemacht ist, wie man dann beschleunigt, bis zu diesem Moment, wo die Schwerkraft ihre Klammerklauen losläßt und man abhebt. *Airborne* heißt das, Simon hatte, nach seinem allerersten Flug, als kleiner Junge mal eine Flugzeugphase, nach den Sauriern, aber vor Lawrence von Arabien. Man weiß doch, dazu ist man geboren, zum Fliegen. Nur scheint man sein ganzes Leben mit *taxiing* zu verbringen, ohne die Startbahn je zu erreichen, und irgendwann verliert man den Glauben an sie. Unter anderem deswegen bin ich froh über meine Drachen. Wenn sie groß genug sind, werde ich auf ihren Rücken fliegen können. Dann kann ich auch wieder ohne Tabletten schlafen, ich bin mir sicher. Aber noch sind sie halt zu klein, und nein, ich kann sie euch nicht zeigen, sie schlafen, einer auf dem Kopfkissen und zwei auf dem Nachttisch – obwohl, Drachen im Bett, das ist ja eigentlich genauso gefährlich wie Rauchen. Smiley. Aber macht euch keine Sorgen, wir haben überall Rauchmelder, hatten wir schon, bevor es Gesetz wurde, man will ja keine Risiken eingehen. So, ich muß jetzt zu meinen Drachen zurück, vielleicht nehme ich doch noch eine Tablette, Frank ist ja nicht da, und von dem tollen Make-up erzähle ich euch morgen, versprochen. Also, schlaft gut, ich wünsche euch wirklich, daß ihr das könnt, und ihr erst morgen früh zu blitzblankem Tageslicht wieder aufwacht, das auf allen unseren Startbahnen glitzert und alle Monster zurück in ihre Löcher getrieben hat. Schlaft gut und fürchtet euch nicht!

Trotz des kalt kriechenden Nebels, der feucht genug ist, um ein Upgrade auf Nieselregen zu erwägen, sind Jero, Pierre und Tonja verdammt gut gelaunt. Sie plaudern sich den Abstieg von der Gspaltenhornhütte hinunter, keinen schert der heutige Nebel, denn sie hatten gestern, bei perfektem Wetter, eine perfekte Tour. Gspaltenhorn über Roti Zend, Südwestgrat, SS-, *Sehr Schwierig,* und kaum noch gemacht wegen des brüchigen Gesteins. Aber Pierre und Tonja sind stark und wissen, was sie tun, Tonja ist zudem, müßte man zugeben, ließe man nicht von solchen Gedanken besser die Finger, heiß. So eine Frau würde schon passen, eine tiptop Kletterin, mit ungezügelter Freude in den Bergen unterwegs, Mitte Dreißig, in seinem Alter. Leider ist auch Pierre ein richtig guter Typ, man kann nicht alles haben. Immerhin hatten sie gemeinsam eine Spitzentour, und sowohl die Roti-Zend-Route, wie erwartet, als auch den Gipfel, wie erhofft, vollkommen für sich allein. In dieser wilden Gegend zwischen Sefinental, Tschingelfirn und Gamchigletscher, in Einsamkeit und Abgeschiedenheit, trotz der Nähe zu den touristischen Ground Zeros von Lauterbrunnen und Grindelwald. Es ist gar nicht so schwer, solche Parallelwelten zu finden, man muß nur wissen, wo es zu suchen gilt. Ein 3436-Meter-Gipfel interessiert im Viertausenderdrama des Berner Oberlandes niemanden. Die bescheidene Nachbarschaft der Ikonen Eiger, Mönch, Jungfrau, Schreck- und sonstiger Hörner liegt in deren Schatten wohlverborgen. Die Jungfrau sah ihnen gestern bei ihrem Aufstieg über brüchiges Gestein wohlwollend zu und ächzte leise unter der Last der indischen und asiatischen Touristenmassen, die sich schwerverdaulich mit der Bahn durch die Eingeweide des Massivs bis zum Jungfraujoch heraufschieben. Auf dem Gipfel gaben sie sich eine Menge High-Fives und Tonja Pierre einen Zungenkuß, da hätte man dabeisein wollen. Der Abstieg über den Leiterngrat-Normalweg zur Hütte war ein Spaziergang, der Aufbruch heute morgen von wohliger Trägheit. Gute Tour, gute Leute, sie redeten gestern abend noch davon, welche Touren man als nächstes machen sollte, Jero nimmt an, sie kommen wieder, er hofft es, feine Sache, mit guten Leuten unterwegs zu sein, die etwas können. Sie turteln auch bloß so gemäßigt, daß es einem nicht an den Nerven zu sägen beginnt. Der Nebel hat sich inzwischen zu einem Nieseln ausgewachsen, als sie der Gestalt begegnen. Ihr Umriß gemahnt zunächst an einen Golem, Sekunden später wird klar, es ist ein Typ, der rücklings von einem übergroßen Rucksack unter seinem Regenponcho überragt wird. Er wankt ihnen entgegen, rutscht aus, fängt sich, mit den Armen rudernd. Jero registriert dessen durchnäßte, ausgetretene Sneakers, zudem trägt er bizarrerweise eine Discountmarktplastiktüte in der rudernden Rechten. 'Scuse me, sagt der Golem atemlos, als sie zueinander aufgeschlossen haben, could you gimme some help? I hope so, sagt Jero. Golems kinnloses Gesicht ist gerötet, er keucht unter seiner Last. I guess I've lost my way, can you tell me where I am? Er frickelt unter seinem Regenponcho, streckt dann Jero eine dieser Hotelrezeptions-Infofaltkarten hin, Panoramazeichnungen der Gegend, standardmäßig ist auf der einen Seite der Winter mit Liften und Pisten, auf der anderen der Sommer mit Liften und Wanderwegen abgebildet. Zum ernstlichen Herumlaufen im Hochgebirge taugen sie so gut wie ein

Quietscheentchen zum Apnoetauchen. Die Karte ist lappig durchweicht, sie droht sich in Jeros Händen aufzulösen. Seems I can't get any connection for my mobile, sagt Golem entschuldigend. Jo, sagt Jero. Er weist nicht darauf hin, daß es an den Bergen liegen könnte, die überall herumstehen. What the hell are you carrying in this monstrous backpack, fragt Tonja. Tent, sleeping bag and stuff, sagt Golem, I was doing Croatia but then I decided I wanted to see the famous fuckin alps. Was er in der Tüte hat, möchte man eigentlich gar nicht mehr wissen, Tonja fragt dennoch, es sind drei Eineinhalb-Liter-PET-Flaschen, einmal Coke, zweimal Wasser. Golem kommt prinzipiell aus England, was man schon ahnen konnte, und konkret aus Lauterbrunnen, was man sich fraglos hätte denken können. Mit Hostels und Laundromat einer der raren Backpackertrail-Orte. Die, die wissen, was sie tun, stürzen sich mit Wingsuits aus den senkrechten Talwänden; die, die genug Geld haben, springen Fallschirmtandem aus Helikoptern; die anderen stehen triefend im Nieselregen und haben keine Ahnung, wo sie sind. Golem muß von der Schilthorn-Bergstation über die Sefinafurgga gekommen sein, ganz sicher ist er sich nicht. I thought I'd camp, you know, but I wasn't aware how fuckin cold it gets around here. Was macht man mit ihnen. Erklären, wo er sich befindet, zu einem Abstieg ins Tal raten und zu einer richtigen Wanderkarte, die aber natürlich zwecklos ist, wenn man sie nicht zu lesen weiß. Von viereinhalb Kilo Getränken abraten, zu Bächen zuraten, bei Bedenken halt mit Micropur. Zu weniger Zelten und richtigeren Schuhen raten. Sie machen einen ratlos. Der Golem ist sicher ein Spitzenexemplar, aber Jero ist ihnen schon in allen Schattierungen und Gradationen begegnet. Frierende Französinnen in Hotpants bei dichtem

Schneetreiben auf 3000 Meter. Flipflopträger, Dehydrierte, Verirrte, zuweilen in Personalunion. Durstige Familien, deren grimmiges Oberhaupt darauf besteht, man müsse längst da sein, auf den Wanderwegweisern hätte doch gestanden: dreieinhalb Stunden. Wie soll man auf den Zusammenhang von Zeit und Weg mit Geschwindigkeit, $v = s / t$, verweisen, wenn überhitzte Kinder greinen und der Häuptling auf seinem Dreieinhalb-Stunden-Anspruch besteht, denn so stand es schließlich auf den Schildern, und da sie bereits dreieinhalb Stunden gelaufen sind, müßten sie längst da sein, und nicht hier, wo sie sind, wo immer das ist. Wo soll man anfangen. Wie soll man erklären, daß die Schneefallgrenze sich auch Anfang August gelegentlich bis auf 1500 Meter hinabsenkt und sich um Urlaubsansprüche nicht schert, daß der Schnee Wanderwegspuren und Markierungen bedeckt und, ja, potzblitz, kalt ist, Schnee handhabt das so. Wie soll man erläutern, daß Berge steile Gesellen sind mit einer Tendenz zur Senkrechten und daß nichts und niemand einen fatalen Fall bei einem falschen Schritt vermeiden kann außer man selbst, indem man jeden falschen Schritt tunlichst unterläßt. Aber die Leute sind in den Alpen, in der Schnittmenge so überaus aufgeräumter Länder wie Deutschland, Österreich, Frankreich und der Schweiz, Länder, in denen fahrzeuggeprüfte Autos vor Zebrastreifen halten, Kinder geimpft werden, Züge pünktlich sind, Toiletten sauber, Helme jederzeit getragen werden und Rauchmelder verpflichtend vorgeschrieben sind. Wie sollen die Leute, die ins heile Heidiland der guten Schokolade und der hochpreisigen Uhren urlauben gehen, ihren Wattewelten entsprungen, begreifen, daß die malerischen Berge sie umzubringen bereit sind, ohne mit den Graten zu zucken, jedes Jahr ein paar Hunderte. Es sind Leute aus Welten, in denen höhere Mächte alle Gefahren abgestellt haben, solange man beim Überqueren der Straße nach rechts und links guckt, seinen Helm aufsetzt und sich bewußt ernährt. Natur, die einen töten will, und Abwesenheit von Handynetzen sind darin nicht vorgesehen. Wo und wie sollte man anfangen. Man kann nur scheitern, man kann es nur lassen, auch wenn es Jero schwerfällt, ist er doch darauf geeicht, Verantwortung zu übernehmen. Nur kranken die Leute ja eben daran, daß sie die Verantwortung für sich nicht mehr übernehmen können. Jero erklärt dem britischen Golem bestmöglich Standort und Wegoptionen und daß es ein kluger Gedanke wäre, sich in diesem Wetter mit dem ganzen Geraffel – er weiß selbst nicht, wieviel Kilos es sind, Tonja hat ihn gefragt – zunächst ins Tal zu scheren und Ballast abzuwerfen. Get yourself some decent shoes, fügt Tonja hinzu und feixt sichtlich. Golem aber will jetzt hoch zur Hütte, bedankt sich, wankt weiter bergauf. Jero schüttelt sich zurecht, man kann nicht für alle Verantwortung übernehmen. Er hat Freunde bei der Rega, der Rettungsflugwacht, die mit ihren Heli-Einsätzen solche Leute wieder raushauen müssen aus der Scheiße. Solange sie genug Handyempfang und Akku haben, die Rega zu rufen, beziehungsweise überhaupt daran gedacht haben, sich nach der Bergrettungsnummer zu erkundigen. Man weiß nicht, ob man weinen oder lachen soll, sagt Pierre, als sie endlich weitergehen, während des Rumstehens hat sich die feuchte Kälte ihren Weg durch die Kleidungsschichten gebahnt. Ich hab ihn gemocht, sagt Tonja, da sitzt er, wahrscheinlich grad mal mit der Schule fertig, im Backpacker-Beachclub in Kroatien mit seinen Buddies, beschließt dann aber, er will jetzt mal ganz allein die Alpen bezwingen, ist doch eigentlich so schlecht nicht, oder? Immerhin hat er sie gefunden, sagt Pierre; eben, er hätte mit seiner Karte ja auch im Kaukasus landen können, sagt Tonja, beide lachen, Jero fällt ein. Im Kaukasus würden die Leute vermutlich glauben können, daß ihnen Gefahren drohen. In der Schweiz nicht, die Schweiz ist eine vertikale Parkanlage, gewissenhaft verwaltet, mit Schokolade und Geißenpeters Geißen am Wegesrand, in der die Wanderzeiten auf den leuchtend gelben Wegweisern niemals irren und das Leben so stabil ist wie der Frankenkurs. Eine knappe halbe Stunde lang denkt Jero noch über den Golem nach, den man ohrfeigen sollte, den man, wie Tonja, gern haben kann, dafür, daß ihm kroatische Strände und Besäufnisse mit seinen Buddies nicht genug waren und er statt dessen beschlossen hat, er müsse die Berge erobern, einen Schrankwandrucksack auf dem Rücken und eine zerfleddernde Plastiktüte mit Softdrinks in den Händen. Jero redet nicht viel, nicht über diese Dinge, die man mit sich selbst klären muß, wie die Frage, ob es eine Frage des Ob ist oder eine des Wann, und auch nicht über diffusere Fragen, etwa, welche Verantwortung man wohl tragen mag für den gelegentlichen Golem am Wegesrand. Würde er sich schuldig fühlen, rauschte Golem am übernächsten Steilhang mit seinem ganzen Hausrat dem finalen Beachclub entgegen? Wer wäre Jero, dem Golem diese Verantwortung für sich selbst abzusprechen, die Jero seinerseits kompromißlos beansprucht. Roti Zend wird kaum noch gemacht, der Berg lauert darauf, einem unter Händen und Füßen wegzubrechen, sie haben es dennoch getan. Mit der nötigen Chuzpe, mit der Freude daran, die Gegebenheiten auszutricksen, und die Jungfrau hat ihnen mit ihrem schwer verschneiten Haupt ermunternd zugenickt. Jero muß nicht notwendigerweise über solche Dinge reden, aber während er mit Pierre und Tonja durch den Nebel bergab läuft, plaudernd und scherzend, denkt er, mit einer Frau wie Tonja, die derart strahlt, daß aller Nebel ein Stück beiseite rückt, könnte man auf vielen Touren unterwegs sein und über so einiges reden, oder aber es lassen, weil man sich auch so verstünde. Feiner Regen zerstäubt im Gesicht; obgleich die Welt sich vom Nebel auf einen Fünfmeterradius hat einhegen lassen, vermeint man die Gipfel im Rücken allein anhand ihrer Schwerkraft zu spüren. Als sie sich durch jegliche Golemscherze gefrotzelt haben, beginnen sie wieder von den möglichen, den kommenden Touren zu reden. Es ist nie die gemachte Tour, die interessiert, es sind immer die, die kommen werden. Alles, was nicht Gegenwart ist, ist schiere Zukunft, reich an Versprechen und unwiderstehlich lockend.

Simon IRL

Der Tag beginnt spät, und er beginnt vor dem Fernseher, wo Jess schon sitzt, eine halb geleerte Bodum-Kaffeekanne neben sich plus MacBook und Aschenbecher. Heidi hat die Dusche zuerst für sich beansprucht, Simon hat sie ihr natürlich galant überlassen, jetzt aber, im Türrahmen lehnend, lediglich in T-Shirt und Unterhose, ist er sich umgehend peinlich. Vermeint, nach Sex zu riechen. Der Sex war tendenziell gut, wie sonst sollte Sex auch sein, während draußen die Stadt brennt, nur hat er zwischendrin befürchtet, zu jung, ungenügend und Hannoveraner zu sein. Er hat nichtsdestoweniger sein Bestes gegeben. Jess zeigt sich vollendet ungerührt von seinem Geruch und seiner Hannoveranerhaftigkeit, hol dir

’ne Tasse, sagt sie, und guck dir das an. Simon holt sich eine Tasse, läßt sich neben Jess nieder, schenkt sich aus der Bodum-Kanne ein, gnädige Bitterkeit fährt ihm durch sein pelziges Maul und direkt zwischen seine schlaffen Synapsen. Es ist immer noch sehr heiß oder schon wieder, zumal unterm Dach, es ist, für Norddeutschland, in bemerkenswerter Weise während der Nacht fast gar nicht abgekühlt. Die Hubschrauber zerschreddern den Himmel, sonst würde man wohl ein Duschrauschen aus dem Badezimmer hören, wo das Wasser die Konturen von Heidis Körper nachzeichnen wird. Man fragt sich, ob sie zum Duschen ihre Zöpfe löst, man fragt sich, nachdem man sonst fast alles gesehen hat, wie sie wohl mit offenen Haaren aussieht. Guck dir das an, sagt Jess, klickt an ihrem Rechner herum, guck dir das an, sie haben die Bullen einfach dadurch gefickt, daß sie irre früh aufgestanden und dann viel weiter nach Westen gegangen sind, als irgendwer vermutet hätte, Altona und so. Jess spielt ihm ein Video vor, durch eine Frontscheibe aufgenommen, eine Fahrt durch, wahrscheinlich, Altona, einige Straßen vermeint Simon zu erkennen, das könnte hinten bei der Fabrik und den Zeisehallen sein. Schwerer Rauch auf der Straße, in regelmäßigen Abständen brennen rechts und links der Fahrbahn Autos, nicht mehr mit formidablen Pilzen, eher in selbstgenügsamem Schwelen. Der Fahrer kurvt im Slalom an den brennenden Wracks vorbei, durch Rauchschwaden, falls er das kommentiert, kann man es wegen der Hubschrauber nicht hören. Sieht alles ein bißchen aus wie Grosny oder Aleppo an einem ihrer schlechteren Tage. Simultan auf dem Flatscreen ein Panorama Hamburgs, über dem Dutzende Rauchsäulen den Himmel dominieren. Das sollte Heidi nicht sehen, denkt Simon spontan, denn Heidi hat den Satz *Sie brennen meine Stadt nieder* gestern noch mehrfach wiederholt, mit jedem Bier zorniger und empörter und schließlich weinerlich. Simon kann es nicht gänzlich nachvollziehen, denkt er doch, daß Niederbrennen das möglicherweise Beste wäre, was Hannover passieren könnte, andererseits hat er sich aber vielleicht ein bißchen in Heidi verknallt. Er möchte nicht, daß ihr irgendwas weh tut. Okay, und jetzt das, dodge this, sagt Jess. Das ist die Elbchaussee, Blankenese, erklärt sie für Ortsunkundige. Ein Handyfilm, aus einem Bus heraus gefilmt. Gesichtslose Schwarzblocker marschieren mitten auf der Straße entlang, herrisch, Herren dieser Lage. Fackeln am Wegesrand ab, was ihnen ungenehm ist. Branden als schwarze Welle gegen den Bus, man hört einen im Hubschrauberlärm versackenden Angstkommentar des Handyhalters. Ein Sturmhaubenork winkt triumphierend den Businsassen zu und läßt sie am Leben. Rauch über der Straße. Okay, und dies noch, sagt Jess. Dusche ist frei, sagt Heidi, läßt sich, in ein Badetuch gewickelt, hinter ihm nieder, gibt ihm einen Kuß und nimmt ihm die Kaffeetasse ab. Sie riecht nach einem zuckrigen Duschgel und hat ein Handtuch um ihre Haare gewickelt. Jess' Monitor zeigt den Handyfilm einer IKEA-Angestellten, die von innen filmt, wie Autonome ein Straßenschild als Rammbock gegen die Fensterscheibe schmettern. Das Sicherheitsglas ergibt sich zögernd mit einem brüchigen Krater, die Stimme der IKEA-Angestellten ist laut genug, um die Hubschrauber zu übertönen, gleich sind die hier drinnen, sagt sie mit einer Stimme, die Panik bewundernswert im Zaume hält, gleich sind die hier drinnen, gleich sind die hier drinnen. Simon pflückt den Kaffeebecher aus Heidis Händen und fragt sich, ob nicht sogar jede IKEA-Angestellte mehr echtes Leben erlebt als er.

Möglich wär's. Die U- und S-Bahnen, sagt Jess, die ihren Blick nicht von den Screens abwendet, fahren übrigens nicht mehr. Die Straßen sind überall dicht, und es schließen gerade alle Läden in der Innenstadt wegen Angst. Yeah, ist wie Hafengeburtstag halt, sagt Heidi; wie jetzt, fragt Simon, an dem irgend etwas vorbeigeht; hat unser Bürgermeister, sagt Jess, der Scholzomat, gesagt, G20 werde wie Hafengeburtstag sein, und die meisten Hamburger würden sich wundern, wenn's denn am Sonntag schon vorbei wäre, weil man ja gar nicht bemerkt haben werde, daß es überhaupt stattgefunden hat. Ach so, sagt Simon. Der zwar bloß aus der Provinz ist, aber offensichtlich nicht weniger ortskundig als der hiesige Bürgermeister. Zeig den Clip noch mal, sagt Heidi, die sich von hinten an ihn schmiegt, man fühlt ihre Brüste aufs angenehmste. Ich geh mal duschen, sagt er, rafft sich auf, soll ich noch Kaffeewasser aufsetzen; yep, sagen die Girls unisono.

Eine Stunde später ist er IRL. In real life. Wobei es im realen Leben unmöglich so heiß sein kann. Jess hat ihm angeboten, seinen Rucksack in der Wohnung zu lassen, Basecamp sozusagen. Heidi mußte weg, fluchend, ein Anruf ihrer Mutter, schwerkrank, so Heidi, wohnhaft im Osten der Stadt, das Krankenhaus ihrer Wahl liegt im Westen, kann man natürlich vergessen, ist für eine Gebrechliche derzeit so weit entfernt wie Transnistrien. Wegen der gesperrten Innenstadt rechnet Heidi mit mindestens zwei Stunden Rennradfahrt zu Mutterns Siechenbett, hat ihm aber ungefragt ihre Handynummer gegeben, die er vorsichtshalber nicht zu löschen gedenkt, und ihn eingeladen, heute abend wiederzukommen. So steht Simon nun allein IRL, mitsamt seinem Rucksack. Wer Realitäten sucht, sollte vielleicht nicht zwei

Frauen auf sich aufpassen lassen. Die Straße ist mit Hitze wie mit flüssigem Wachs gefüllt. Schon nach den wenigen Metern zum Hein-Köllisch-Platz rinnt ihm der Schweiß übers Gesicht. Trotz der Hubschrauber hört man Lärm vom Hafen her, die letzten Menschen der Stadt, es sind ausschließlich junge oder jung tuende, streben in diese Richtung; es scheint, man kann sich's sparen, nach dem Geschehen zu googeln, Sinne und Instinkte reichen. Die Gezeiten ziehen Simon Richtung Elbe, schon bei Park Fiction sammelt sich das Volk. Simon schlängelt sich an die Brüstung und sieht die Schlacht ein paar hundert Meter weiter an den Landungsbrücken toben. Mist, man hätte sich das Opernglas borgen sollen. Wasserwerferstrahlen drängen mit weitschweifiger Gestik die Menge zurück in den Hafenstraßencanyon, auf den Simon gestern schon keinen Bock hatte. Ist es feige, wenn die Instinkte schreien, sich nicht in einen Massenkessel ohne Fluchtwege oder Plan B zu begeben, ist es schlau oder einfach bloß hannoveranisch? Soll er da wirklich rein und runter, und wenn ja, wozu, um Bericht zu erstatten oder zu bezeugen, und wenn ja, was? Ursprüngliche Bedeutung des Wortes Märtyrer: Zeuge. Noch bevor sich Simon einen halbwegs klugen Gedanken dazu gemacht hat, nadeln ihm plötzlich Hunderte Reißzwecken in die Augäpfel, er schnappt nach Luft und inhaliert einen Morgenstern. Der ihm die Kehle zuschnürt, oder möglicherweise ist's auch die Panik, die man jetzt nicht bekommen sollte. Wer jetzt rennt, verliert den Kopf und wahrscheinlich auch die Lunge, deren Alveolen brennen wie Altonaer Autos. Scheiße, denkt Simon, zerrt sein T-Shirt über Mund und Nase und strebt zügig weg. Erst mal weg. Wer jetzt rennt, flippt aus. Wenn einer jetzt anfängt zu rennen, rennen wir alle.

Wenn wir versuchen zu rennen, ersticken wir. Es muß eine Notfall-Subroutine geben, die standardmäßig hochfährt, keiner rennt. Einige flüchten der Kirche zu, die absurd idyllisch an dieser Ecke ausharrt; quer über den Kirchhof ist ein Transparent gespannt: Welcome to Heaven. Was lustig ist, bloß gerade nicht jetzt. Durch den Tränenschleier sieht Simon einen Vermummten, der das Dixie-Klo vor der Kirche umkippt als Basis für eine Barrikade, in diesem Moment beginnt die Kirche, ihre Glocken zu läuten. Simon biegt in die nächste Nebenstraße ab, ein Demosanitäter kommt ihm entgegengewetzt, sieht Simon kurz in die gequälten Augen überm hochgezogenen T-Shirt-Kragen, lacht und ruft, ich liebe den Geruch von Tränengas am Morgen! Simon stolpert bis zur Kogge, die Treppe herunter zum Klo, wäscht sich unter dem Wasserhahn die Reißzwecken aus den Augen. Als er wieder gucken kann, entdeckt er im Spiegel einen verheulten Minderjährigen. Spacken, sagt er zu dem, wird von einem Hustenanfall unterbrochen. Anfängerfehler, denkt er, zumindest ein Tuch für Mund und Nase sollte man haben. Eine Flasche Wasser im Rucksack. Trial and error, learning by doing. Er schlüpft unauffällig aus der Kogge wieder heraus, keiner hier würde ohne irgendeinen Schutz einfach mal Richtung Reizgas laufen, soviel kann als gesichert gelten. Er atmet flach, um seine Lungenbläschen nicht weiter zu verärgern. An der Ecke Davidstraße sperren ein Wasserwerfer und ein Rudel Kleinpanzer die Straße zu den Landungsbrücken ab, dazu eine Wand aus Robocops, die nach allen physikalischen und physiologischen Wahrscheinlichkeiten in dieser Hitze längst an ihren schwarzen Dreißig-Kilo-Exoskeletten verendet sein müßten. Sind sie aber nicht. Ein halbes Dutzend operiert alert außerhalb der Phalanx, man stoppt

Simon, fragt, wo er hinwill. Reeperbahn, sagt Simon. Er wird gebeten, bemerkenswert höflich für ein Cyberdyne-Produkt, seinen Rucksack vorzuzeigen, macht er, er hat ja noch nicht mal ein Halstuch oder eine Notwasserflasche zu verbergen. Der Robocop wirft einen Blick hinein, es verblüfft enorm, eine menschliche Stimme dem Ding entspringen zu hören. Danke, sagt die Stimme; da nich' für, sagt Simon und trollt sich, auf dem Mittelstreifen der Davidstraße balancierend, zur Reeperbahn, wo er sich im Aladin-Center – geöffnet, die Türken sind Kummer gewohnt – ein Halstuch und beim Dönermann nebenan zwei kleine Flaschen stilles Wasser und ein Börek kauft. Die Reeperbahn liegt leer und ruppig unter Hitze und Helikoptern, ihr Neonblingbling hat selten so bleich und staubig ausgesehen wie unter der heutigen Sonne. Las Vegas für Arme. Für die, die's nur vor ihren Rechnern in die heroischen Sagas schaffen werden und IRL in ihren Mintstudiensemesterferien Praktika zur Verbesserung ihrer Fremdsprachenkenntnisse machen. Mint heißt Minze oder Prägestock. T. E. Lawrence hat ein Buch namens «The Mint», über seine postarabische Zeit bei der Air Force geschrieben, aber Simon hat es nicht gelesen, nur ergoogelt. Das Börek ist kälter als die Luft. Simon ist durstig und trinkt seine zwei Notwasserflaschen aus, Sir, wir müssen notwassern, dann kauft er zwei neue. Die langen Reihen Bullenwagen bis zum Nobishorizont scheint das alte Biest Reeperbahn nur mürrisch zu erdulden, scheint seine Neonaugen zu verdrehen, als habe es Interessanteres gesehen und Besseres zu tun. Simon überquert sie zärtlich, driftet in die Nebenstraßen zur Schanze hin. Nach ein oder zwei Blocks nimmt die Dichte der Elektronikhöker ab und die Hipsterinfrastruktur zu, mehr und mehr Menschen sind hier unterwegs; es sind nicht die Zombies, die die Apokalypse überlebt haben, sondern die Hippies. Cornerer-Grüppchen, auf Kantsteinen sitzend, sich bauchfrei auf der Kreuzung sonnend, flanierend, kiffend, Bier, Kioskkaffee oder Club-Mate in den Händen. Die Kioske sind offen. Die Stadt ist von Autos und Erwachsenen geräumt. Auf dem großen, frei gewordenen Spielplatz tanzen Krieg und Woodstock ein siamesisches Zwillingsringelreihen. Das Adrenalin sickert aus Simons Warpkern durch seine Poren in die heiße Luft hinaus, die einen paßgenau umfängt wie eine ausgeschäumte Schatulle. In seinem Kopf bleibt die Müdigkeit einer Nacht mit viel Bier und Sex, aber wenig Schlaf zurück. Er sollte einen Kaffee oder eine Mate trinken, stattdessen kauft er sich ein Bier und eine Schachtel Zigaretten, legt sich am Paulinenplatz rücklings auf die Straße, schiebt sich den Rucksack unter den Kopf, trinkt, raucht. Der Asphalt ist, obwohl Simon wohlweislich im Häuserschatten liegt, heiß wie ein Waffeleisen. Die Hubschrauber singen ihre Balzmelodie. Radfahrer auf teuren Rädern kurven entfesselt durch die Straßen. Vom Grüppchen auf dem gegenüberliegenden Bordstein weht Gelächter, Grasgeruch und *The revolution will not be televised* im vertraut anorektischen iPhone-Sound herüber. Tiefer Frieden lastet schwer auf Simons Augenlidern.

Ruth im Gewitter

Ruth steht auf dem Paß. Wie hat sie die Pässe lieben gelernt. Wie ist sie süchtig nach Pässen. Natürlich ist sie inzwischen auch auf einigen Wandergipfeln am Wegesrand gewesen, schlecht ist es nicht, man ist irgendwann oben, dort, wo es nicht weitergeht, wo die Erde aufgibt, Fels und Geröll einen Schlußstrich ziehen, ab hier nur noch Himmel. Hier wird sehr begreiflich, warum der Mensch immer vom Fliegen träumte, weshalb er, sobald er das Fliegen gelernt hatte, über den Weltraum nachzudenken begann. Ruth kann sich noch erinnern, wie sie, Grundschulkind, von ihren Eltern vor den Fernseher geholt wurde, weil wir zum ersten Mal den Mond betraten. Es muß ungeheuerlich gewesen sein, den Mond zu betreten. Es muß gräßlich gewesen sein, zurückzufliegen. Es ist gut auf den Gipfeln. Es ist gräßlich, dann umzukehren und dorthin zurückzugehen, wo man hergekommen ist. Pässe hingegen, zu den Pässen kämpft sich Ruth hoch, manchmal in mühsamen, atemlosen Mississippischritten, und hinter jedem Paß eine neue Welt. Sie setzt sich nieder und schaut und läßt sich gänzlich vom Blick über ihre just eroberte Welt fluten, dann zückt sie die Karte und versucht, ihren kommenden Weg zu entziffern. Ihren nächsten Paß. Eine nimmermüde Landschaft wirft sich in nicht endende Posen. Hinter jeder Welt eine weitere Welt. Sehnsucht zerrt an den Rockzipfeln von Ruths Fasern, Zellen und Synapsen, zieht sie ungeduldig voran und quengelt. Gleich, gleich, verspricht Ruth, bleibt noch einen Moment sitzen, trinkt aus ihrer Wasserflasche, die sie an Bergbächen zu füllen begonnen hat, sofern diese über der Vegetationsgrenze liegen und somit jenseits von Kuhfladen und dergleichen; zunächst war sie skeptisch, ist bislang aber nicht krank geworden. Man weiß so was ja nicht. In mehr als einem halben Jahrhundert hat man nicht gelernt, wie man Wasser trinkt, das nicht aus einem zertifizierten Hahn oder einer versiegelten Flasche kommt. So sitzt Ruth auf ihrem Paß, genießt das immer noch eisige Wasser aus ihrer Trinkflasche, während die Welt hinter dem Paß nach ihr verlangt. So sitzt sie eine knappe Stunde später tief in der Bredouille.

Buchen sollst du suchen, denkt Ruth, aber wo zum Henker ließe sich jetzt eine Buche herkriegen. Man hätte eine mitnehmen sollen. Yep, das wäre eine sehr gute Idee gewesen, oder man hätte den ganzen Quatsch auch lassen und auf die Lakkadiven fahren können. Ein gleißender Blitz fegt eine halbe Mississippisilbe Licht durch ihr blaues Halbdunkel, der Donner erschüttert das gute, solide Schweizer Gebirg bis ins Mark. Ruth zuckt und fühlt, wie sich ihre zotteligen Haare statisch geladen aufstellen. Verdammt, denkt sie, o verdammt. Der Regen schlägt seit bereits zwanzig Minuten mit einer solchen Wucht nieder, daß das kleine Ruthhäufchen, embryonal auf dem Rucksack unterm blauen Regenponcho kauernd, neben dem bestmöglichen Felsbrocken, der sich fand, als der Weltuntergang aus den anthrazitfarbenen Wolken brach, minütlich weiterschrumpft. Ein apokalyptisches Rumpeln zu ihrer Rechten, Ruth ist sich nicht sicher, ob sie wissen will, was das ist, beschließt dann, es mache ihr womöglich noch mehr Angst, es nicht zu wissen, fingert nach der Kopföffnung des Ponchos, die irgendwo sein muß, sie hat das Ding schließlich schon getragen – sie haßt es, textilgewordene Depression, momentan jedoch ist es rettendes Notzelt. Der Regen ist übrigens cleverer als Ruth, während sie nach der Öffnung suchen muß, hat er längst tausend Zugänge gefunden, um sie zu durchnässen. Sie findet das Loch im schwernassen Polyamid, lugt hinaus, gerade rechtzeitig für den nächsten Blitz, der grell und schattenlos ein Panoramabild dieser Marslandschaft festhält, bevor er sie in Regen und anthrazitfarbene Düsternis zurückfallen läßt. Ruth sieht tischgroße Gesteinsbrocken munter den Hang zur Rechten hinunterspringen. Die Drachen kegeln. Oh shit, denkt Ruth und zieht den Poncho wieder so zurecht, daß er's der Sintflut möglichst schwermacht. Sie hat keine Ahnung, ob sie hier das Richtige tut. Es bringt einem ja niemand so etwas bei. Man kann ja mehr als ein halbes Jahrhundert in einer Welt leben, in der einem keine Gefahren drohen, die nicht bereits von anderen anderswo unter Kontrolle gebracht worden wären. Was weiß man schon, man weiß, Eichen sollst du weichen, man weiß, man sollte sich nicht exponiert auf offenem Terrain aufhalten, bloß wie man das machen soll, wenn man sich auf einer kargen Hochebene befindet, oder in einem Hochtal, gibt es so etwas wie ein Hochtal, wie heißt das, wenn man weit oben ist und sehr allein, wenn nichts Schutz bietet und ringsherum nach wie vor Berge stehen, die unter der Gewalt dieses Wetters, das innerhalb von zwanzig Minuten einfach aus dem Nirgendwo hereinbrach, in tischgroße Stücke zerrissen werden, das weiß man nicht, man weiß, Buchen sollst du suchen, sonst weiß man nicht viel. Man wußte nur, daß man keinesfalls der Panik das Ruder übergeben darf, auch wenn die noch so stark danach schreit. Wer das zuläßt, ist wahrscheinlich am Arsch. Die Panik kam mit dem ersten Windstoß, ein Rammbock aus Luft, gleichzeitig wurde es frappierend dunkel, grau und lila, fünf Minuten später stellten sich Ruths Haare auf, als wüßten sie mehr. Nie zuvor hatte sie so was erlebt; irgendeine archaische Erinnerung aber muß noch zwischen den Desoxyribonukleinsäuren schlummern und ein Programm anwerfen. Ruth ließ ihre Wanderstöcke fallen und strebte dem Windschatten eines Felsbrockens zu, nicht des größten, eines mittelgroßen, zerrte im einsetzenden Wolkenbruch den Poncho aus dem Rucksack, verpuppte sich. Wartet seither. Zuckt zusammen, wenn es blitzt, wenn es donnert. Wird nässer und nässer, wird kälter und kälter. Wartet, daß das Gewitter weiterzieht; bloß tut es das nicht, es scheint sich hier sehr wohl zu fühlen und so richtig zu sich selbst zu finden. Der Regen beginnt als Hagel oder Graupel auf ihre Ponchomembran einzuschlagen. Man hat keine Ahnung, wie lange so etwas dauert. Man hat ja keine Ahnung von irgendwas. Ruth zittert vor Kälte am ganzen Körper. Das ist nicht gut, melden ihr die bordeigenen Notsysteme, von denen Ruth ebenfalls keine Ahnung hatte. Unter einem weiteren Donner wankt die Welt. Man sollte nicht erfrieren, wenn man auf einem Rucksack voller Extraklamotten sitzt, denkt Ruth. Nur bietet ihr die embryonale Starre ein gewisses Zuhause. Jede Bewegung wird anstrengend sein und Kälte und Nässe intensivieren. Es wäre schöner, keine zu machen. Ein Blitz kärchert über die Welt, explosiv, dann weg, Dunkelheit, blaugefiltert, Hagel. Stürbe sie hier, Ruth wüßte nicht, wer sie betrauern und begraben würde. Sie hat immer gute Freunde gehabt, bis die weggezogen sind, an die Stadtränder, der Kinder wegen, oder in andere Städte, wegen der Arbeit. Läge sie im Krankenhaus, sie wüßte nicht, wen sie anrufen sollte. Läge sie im Koma, würde wohl ein staatlich bestellter Vormund darüber entscheiden, wann die Geräte abzustellen wären. Würde sie beerdigt, sie wüßte nicht, wer ihre Freunde einladen sollte. Stürbe sie hier und jetzt, ist unklar, wann man sie fände, sie hat weder heute noch gestern tagsüber andere Leute gesehen. Es wäre schön, wären jetzt Leute zugegen. Leute, die Ahnung haben. Irgendwelche Leute. Vage hat sich Ruth stets gewünscht, eingeäschert zu werden, nicht von Würmern verzehrt, und vielleicht in der Nordsee verstreut, aber sie hat nie überlegt, wer das eigentlich tun soll. Es ist ja so ein theoretischer Gedanke, man ist doch unsterblich, und das Leben fängt immer gerade erst an. Ich döse, denkt Ruth, verdammt, solange man nicht weiß, wer um einen weinen wird, sollte man das tunlichst vermeiden. In ihrer polyamidblauen Raumkapsel ist sie seit Minuten weggedöst, und es ist sehr, sehr kalt. Ground Control to Major Tom. Ihr Körper zittert, allerdings ein ganzes Stück losgelöst von ihr. Buchen sollst du suchen, sagt sie laut, um die Stasis zu brechen, Eichen sollst du weichen. Hunderttausend Kaninchen unterschätzen die Schlange, hunderttausend Rehe finden die Scheinwerfer ganz hübsch. Drei Chinesen mit 'nem Kontrabaß, sagt Ruth und beginnt, möglichst ohne dem Wetter mehr Lücken zu bieten als ohnehin schon, unter ihren Poncho gekrümmt alle tauglichen Klamotten aus dem Rucksack zu kramen und sie schlangenmenschartig unter und zwischen die anderen Schichten zu mogeln. Man sollte meinen, Bewegung macht warm, man friert aber bloß erst recht. Schneematsch klatscht in Placken gegen den Poncho. Saßen auf der Straße und erzählten sich was, sagt Ruth. Es ist quälend, sich Dinge aus-, Dinge drunter- und die anderen Dinge wieder anzuziehen. Eine falsche Bewegung, und es bricht ein Liter Wasser durch irgendeine der immer unübersichtlicheren Ponchoöffnungen. Sie verheddert sich in ihrem klitschnassen Anorakärmel und schreit vor Wut, sie schreit, da kam ein Polizist, ja was ist denn das. Mit dem nächsten Donner brechen aus dem Hang zur Rechten ganze Einrichtungshäuser nieder, und Ruth scheint, mit allem bekleidet, was sie besitzt, nicht weniger zu frieren als zuvor. Man darf nicht schreien, merkt Ruth, beginnt man zu schreien, dreht man durch. Bevor sie den Rucksack schließt, hat sie noch ein platt gedrücktes, mehrfach geschmolzenes, mehrfach gefrorenes Snickers herausgeklaubt, das sie sich reinzwingt, es ist widerwärtig süß und verklebt ihr den Hals, wieviel lieber sie jetzt eine Zigarette hätte, sie wäre für eine Zigarette zu töten bereit. Aber es sind Kalorien, und Kalorien sind eine Maßeinheit für Wärme und Energie. Auch das wird einem nicht beigebracht, man denkt, Kalorien wären eine Maßeinheit für den Taillenumfang, man begreift ja nichts, eigentlich wird einem gar nichts beigebracht außer Stillhalten. Drei Chinesen mit 'nem Kontrabaß, ringt Ruth ihren karamellverklebten Stimmbändern ab. Ihre Stimme steht dünn im herabfegenden Schneeregen. Eichen soll man weichen. Sterben soll man nicht, bevor man nicht weiß, wer bei der Beerdigung um einen weint. Buchen sollst du suchen, schreit Ruth gegen die Windböen an, Tränen rinnen ihr über die Wangen, man sollte auch nicht um sich selbst weinen, andererseits, wenn man nicht alles selber macht. Freedom is just another word for nothing left to lose, singt Ruth, weiß die nächste Zeile nicht, singt statt dessen that's me, nothing's sweet about me, singt: Saßen auf der Straße und erzählten sich was. Sie registriert, daß zwischen Blitz und Donner mehr und mehr Mississippis fließen und der Donner sich von Weltende zu höflichem Räuspern runterregelt. Daß der Furor des Schneeregens sich davon nicht beeindrucken läßt. Und daß sie in all den Extraschichten und -klamotten nicht weniger friert als vor einer halben Stunde. Da kam ein Polizist, ja was ist denn das. Das ist Ruth, die wird weitergehen müssen, weil hier ja nichts und niemand ist, hier muß man weg- oder zugrunde gehen. Sie steht auf, wurstelt ihren Kopf aus dem Poncho heraus und den Rucksack darunter zurecht, fädelt ihre Hände durch die Seitenschlitze, wobei ihr umgehend gallonenweise Wasser Nacken und Ärmel hinunterrinnt. Unter der triefenden Kapuze zwingt sie ihren Blick nach draußen, nassen Schnee im Gesicht, tiefen, graulila Himmel im Nacken. Wie ungeheuer einsam es ist. Sie würde sich drei Chinesen mit 'nem Kontrabaß wünschen oder auch ohne, die aber haben wahrscheinlich den Wetterbericht gesehen, während Ruth den Akku ihres iPhones schon seit drei oder vier Tagen hat darben lassen, ohne Lust auf Steckdosen zu verspüren. Sie würde sich Bobby McGee wünschen, aber der hat anderswo zu tun. Der Donner grollt von Ferne, um nicht vergessen zu werden. Schon gut, sagt Ruth. Ja, was ist denn das, sagt der Polizist tadelnd. That's me, sagt Ruth und geht im Schneematsch ihre Stöcke suchen.

Vlog/YouTube-Channel «Auf meiner Veranda», Eintrag: «Yunkai»

Ach, ihr seid großartig! Willkommen zurück auf meiner Veranda, aber ich weiß gar nicht, ob's das noch trifft, ob uns die Veranda nicht zu klein geworden ist. Ich wollte ja am nächsten Morgen gleich aus dem Fenster springen, nein, nicht wirklich, aber ihr wißt schon, was ich meine. Nachts um vier was ins Netz zu stellen, ich dachte, Roland würde mich umbringen, ich dachte, jetzt nehmen sie mir alles wieder weg, den Make-up-Deal zum Beispiel, bevor ich das vergesse, das ist *Divine Disaster*, Link wie immer unten. Aber statt dessen seid ihr dagewesen, so großartig, mit mehr Zugriffen und Likes als je zuvor. Und ich Schaf hab mich gestern nicht aus dem Bett getraut. So, als wenn man furchtbar betrunken und einsam nachts lauter SMS oder

WhatsApps oder Mails oder sonst was geschrieben hat und sich am nächsten Morgen dann nicht mehr unter der Bettdecke hervortraut, kennt ihr so was? Ich bin zunächst nicht mal ans Telefon gegangen, bis ich mich irgendwann nicht mehr drücken konnte, und als Roland mir dann die Zahlen gesagt hat – wißt ihr, was ich da dachte? Ich dachte, *Yunkai*, und falls tatsächlich noch irgend jemand nicht *Game of Thrones* guckt: Das ist diese Sklavenstadt, die Daenerys mit Hilfe ihrer Drachen befreit, und danach sind da diese abertausend Leute, die sie in ihre Mitte nehmen, feiern und auf Händen tragen, dabei rufen sie «Mhysa», das soll Mutter heißen, obwohl die Film-Daenerys kaum älter als Simon ist. Aber darauf will ich ja gar nicht hinaus, ich will darauf hinaus, daß ihr inzwischen so viele seid, ich fühle mich auf euren abertausend Händen getragen. Ich weiß nicht, ist es das, worauf ich immer gewartet habe? Ihr habt mir so viele Kommentare über eure Schlaflosigkeit und eure Monster geschrieben, nur habe ich doch gar nichts getan, außer zu sagen, was ihr denkt. Kann denn das schon reichen, um Yunkai zu befreien? Ich fühle mich von euch getragen, von euren abertausend Händen, nur weiß ich nicht, was Yunkai ist, wovon ich euch oder uns befreien könnte. Ich weiß, daß ihr das von mir erwartet. Ich weiß bloß nicht, ob meine Drachen schnell genug wachsen. All die Zugriffe und Likes und Followerzahlen wachsen so exorbitant schnell, bloß meine Drachen, die sind nicht größer als dicke Katzen oder kleine Cockerspaniels. Sie sind immer da, auch wenn Simon kaum noch zu Hause ist und Frank immer später heimkommt und plötzlich dauernd an den Wochenenden zu tun hat, und ich mag, wie sie sich an mich schmiegen, warm und glühend unter ihrer ledrigen Haut. Wie sie, wenn wir allein sind und im Wohnzimmer miteinander spielen, ihre knittrigen Flügel entfalten und unbeholfen einherhopsen. Aber ich weiß nicht, ob sie schnell genug wachsen werden, um Yunkai und euch zu retten. Ich weiß ja noch nicht mal, wovor. Ich kann ja kaum begreifen, daß ihr zu Abertausenden wirklich da seid, daß es vielleicht das ist, worauf ich, erste meines Namens, immer gewartet habe. Daß uns meine Veranda vielleicht zu klein wird und wir eine ganze neue, eigene Welt brauchen könnten. Ich will euch nicht enttäuschen, ihr enttäuscht mich schließlich auch nicht. Vielleicht werde ich Yunkai nicht retten können, bis meine Drachen groß genug sind, dann aber vielleicht. Und sie wachsen ja täglich. Wenn Frank zurückkommt, wird er staunen und möglicherweise sogar Angst haben, ja. Ihr aber habt bitte keine Angst, vor nichts, unser Tag wird kommen, ich bin mir da immer sicherer. Dann werden wir *airborne* sein auf den Rücken unserer Drachen und alles vernichten in Feuer und Rauch, bis nichts zurückbleibt außer uns. Ja?

Jero auf der Sulzfluh

Die Avengers taugten dann nichts mehr, zu viel Personal, wer soll sich da noch mit irgendwem identifizieren, wenn jeder Protagonist nur fünfzehn Sekunden über die Leinwand hopst. Iron Man will man doch in aller Ruhe in seinen eigenen Filmen sehen, und ich glaube, das ist einer der Gründe, warum die Guardians so erfolgreich waren, fünf Leute, na ja, vier und ein Waschbär, denen kann man noch folgen. Außerdem führt die Kinderfreigabe zu nichts, vielleicht wird's wieder interessant, wenn sie damit aufhören und auf R-Rating setzen, Deadpool war gut und Logan auch, hast du den gesehen? Noch nicht, sagt Jero und ist etwas perplex. Ein merkwürdiger Zeitpunkt, Monologe über Marvel zu halten, wenn gerade unter den Füßen knapp fünfhundert Meter Luft sind. Die wenigsten Leute, die so etwas zum ersten Mal machen, brechen genau im kritischen Quergang in popkulturelles Räsonieren aus. Schon gar nicht die, die explizit hier sind, um auszutesten, wie schlimm ihre Höhenangst wird, wenn unter ihnen ein senkrechter Abgrund klafft. Was Pawel hoch anzurechnen ist, letztes Jahr ist er bei der Einführungswoche gewesen – nicht bei Jero, sondern mit Kollege Andrin –, dieses Jahr will er erst mal die eigenen Grenzen ausloten, bevor er denen in höchst ungünstigen Situationen begegnet. Bislang hat er den Klettersteig gut bewältigt, vor dem Balancierstahlseil zwar mit Protest, Jero habe ihm da etwas im Kleingedruckten verschwiegen, dann aber ohne großes Zögern. Und mit ungezügelter Hingerissenheit auf den Rastplätzen, von denen sich aus der dramatischen Sulzfluhwand über das Prättigau und zur Silvretta hinübersehen läßt. Sowie natürlich nach unten, recht radikal nach unten. Um so radikaler, je höher man kommt; radikaler als jetzt, fast ganz oben, auf diesem letzten, haarigen Quergang, ein winziger Sims für die Füße, ein Stahlseil für Hände und Karabiner, wird es nicht. Vielleicht ist Pawel, trotz Jeros Erklärung, das Ganze nicht klar. Oder nur allzu theoretisch. Daß bei einem Fall das Klettersteigset ihn natürlich halten wird, aber, durchs aufreißende Falldämpferband, das die Sturzenergie aufnehmen wird, anstatt sie Material und Rückgrat des Kletterers brechen zu lassen, halt erst zwei Meter tiefer. Was an diesem glatten, senkrechten Fels, diesem Quergang, über den Jero schon hinweg ist, ein echtes, höchst praktisches Problem darstellen würde. Pawel scheint es nicht zu realisieren. Vielleicht wird er zu selbstgefällig auf den letzten Metern. Jero muß ein Problem, alle Probleme stets vorausahnen, soweit möglich, er fällt Pawel, der über Filme rhapsodiert, die Jero größtenteils nicht gesehen hat, ins Wort, jetzt mußt du dich echt konzentrieren, das ist gefährlich hier. Pawel lacht, schiebt sich über den Sims voran, denkt ans Umhängen seiner Karabiner, was auch nicht immer jeder tut. Dann ist er drüben bei Jero. Du *Arsch*, lacht er, was bist denn du für'n Gestörter, ja nee, klar, daß das auf einem Fünfmillimetersims in fünftausend Meter Höhe gefährlich ist, das wäre mir jetzt ohne deine Hilfe nicht aufgefallen, danke für den Hinweis. Ich scheiß mir fast in die Hose und rede irgendeinen Stuß zusammen, um mein Hirn davon zu überzeugen, daß es nicht der totale Irrsinn ist, was ich hier zu tun versuche, und um nicht völlig auszuflippen, und du weist mich darauf hin, daß das hier *gefährlich* ist. Alter, wo haben sie dich denn großgezogen? Unsereins hält schon Leitern zur Deckenlampe für gefährlich. Jero grinst, kann ich doch nicht ahnen, könnte ja auch sein, daß du zu viele Spiderman-Reboots gesehen hast. Pawel verdreht die Augen und schlägt sich die Hand, mit der er sich nicht festhält, gegen die Stirn. Dir ist echt nicht zu helfen, stöhnt er, hoffnungslos, Spiderman ist DC, Mann, nicht Marvel! Jero sieht, wie ihm die Beine zittern, Adrenalin, das nicht recht weiß, wohin mit sich. Außer in triumphal überdrehte gute Laune. Ein Stück noch, mein junger Padawan, sagt er und klopft Pawel auf die Schulter; tu es oder tu es nicht, es gibt kein Versuchen, entgegnet der ernst und klettert weiter, Jero hinterher. Man weiß halt nie. Ungeklärt der Geist des Gastes ist. Zwiespältig die Klettersteige sind. Reizvoll und übersichtlich, aber mit ihren künstlichen Tritten, Leitersprossen, Seilquerungen, der geländerartigen Stahlseilbegleitung, in die man seine zwei Karabinersicherungen einhängt, vermitteln sie manchen vielleicht ein trügerisches Spielplatz-Feeling. Berg, für den Kurgast aufbereitet. Die Eurodisney-Variante. Wie Tandem-Paragliding, Events für Leute, die alles wollen, ohne alles zu geben. Daß sie auch einen wohlverschraubten Klettersteig mit noch so viel gefälligem Hilfsmetall immer noch selbst hinaufmüssen, leuchtet nicht allen ein; passiert durchaus, daß man welche aus den längeren Klettersteigen ohne Zwischenausstiege mit dem Heli rausklauben muß. Panik, Erschöpfung, Paralyse. Es passiert auch immer öfter, daß angeblich ernsthafte Bergsteiger sich aus ihren Routen von der Rega herausholen lassen und das im Zeitalter des Mobiltelefons als eine Option einkalkulieren. Ganz zu schweigen von den Leuten, die sich ohne Ahnung, Erfahrung oder Begleitung in Klettersteige begeben, wo's doch so einladend ausgeschildert und beworben ist. Insofern ein Hurra für den vorsichtigen Pawel, der von großen Gipfeln träumt, seit er zum Abschluß seiner Einsteigerwoche auf dem Palü gewesen ist, eine gehobene Gletscherwanderung, und von dort wohl so sehnsüchtig auf die schwierigeren Gipfel gestarrt hat, wie er es jetzt hier auf der Sulzfluh tut. Jero weist nach Süden, wo man weit entfernt in der kristallinen Luft den Bernina sehen kann. Meinst du, ich könnte den schaffen, fragt Pawel; klar, sagt Jero, ich würd's mit dir machen. Auch wenn ich Deadpool total überbewertet fand.

(Dashboard-Kamera, auf Beltrane gerichtet. In den Seitenfenstern schemenhaft suburbanes Environment unter grauem Himmel, Straßenverkehr, nicht schnell, aber zügig.)
Hi und hallohallihallo, Motivationsbooster von heute: «Sehnsucht». Tja ... Sehnsucht. Schwierig. Kann total positiv sein, kann total negativ sein, und natürlich wünschen wir uns alle, daß die Sehnsucht erfüllt wird, und dafür kannst du auch ganz viel tun, wenn du dich nach dem Meer sehnst, ja, dann visualisier dir das, überleg dir, wie du da hinkommst, geh REIN in die Sehnsucht. Wenn es aber zum Beispiel Sehnsucht nach einem anderen Menschen ist, und der erwidert das nicht, ja, das ist schon eher eine dumme Situation. Aber viele Menschen, die kapitulieren einfach immer nur vor ihren Sehnsüchten. Man kann ja nach so vielem Sehnsucht haben, Sehnsucht nach finanzieller Freiheit, Sehnsucht nach der Ferne, den Magic Moments, Sehnsucht nach einem Partner, einem neuen Haus, einem neuen Auto ... es ist ganz wichtig, seine Sehnsüchte zu haben, aber noch viel wichtiger ist, daß du weißt, du kannst sie dir ERFÜLLEN. Ja nee, sagen dann viele, das wird nie was – SCHWACHSINN, ich sage sogar, du MUSST das, sieh deine Sehnsucht mal wie einen großen, schönen Hund, wenn du ihn vernachlässigst, wenn du ihn nicht fütterst, geht er dir eines Tages an die Kehle. Kümmere dich um deine Sehnsüchte, wenn du Sehnsucht nach der finanziellen Freiheit hast, geh auf den Link unten, und was die Menschen angeht ... da muß man halt Glück haben, da wünsche ich dir ganz viel Glück, aber wenn sich das nicht erfüllt, ja mein

Gott … es gibt, glaub mir das mal, so viele andere TOLLE Menschen auf dieser Welt, wenn du aber sagst, nein, es gibt nur diese EINE Frau, diesen EINEN Mann, dann kannst du das natürlich machen, aber das ist halt sehr gefährlich, darauf hast du keinen Einfluß, das ist dann so eine Sehnsucht, die kann dich kaputtmachen, also, paß auf dich auf und teile diesen Clip, alles Gute, bye-bye.

Simon auf den Barrikaden

Kaffee, Bier oder Mate. Warum sich begrenzen, Simon legt sich die heilige Dreifaltigkeit zu, steckt das Bier in den Rucksack, trinkt erst den Kaffee, der genauso schmeckt, wie man's von Kioskkaffee erwartet, und eher durch Grausigkeit als durch Koffein wach macht, dann die Mate, ins letzte Drittel schüttelt er sorgsam zwei Aspirin-Complex-Päckchen. Die Hitze hat sich zwischen seinen Schläfen genauso dickflüssig breitgemacht wie zwischen den Häuserfassaden, und in seinem Frontallappen schrauben zwei bis drei Helikopter herum. Dann weiß er nicht, wohin mit sich. Er sehnt sich nach dem sommersprossigen Körper Heidis, der vermuten läßt, das Rot ihrer Zöpfe sei echt. Nach ihren rennradharten Schenkeln, ihren joghurtweichen Brüsten, ihrer feuchten Möse, ihrer trockenen Mitbewohnerin, die zwischen ihren mannigfaltigen Screens hockt wie Tank auf der Nebuchadnezzar. All das wäre sehr verlockend, wär's nicht das, was er sein ganzes Leben schon tut, was alle ihr Leben lang tun: sich vor Bildschirmen ganz dabei fühlen. Sich in der Matrix für die blaue anstatt der roten Pille entscheiden. Schon gut, schon gut, ruft sich Simon zur Räson, erhebt sich von der Bordsteinkante vor dem Kiosk – der AfD-Arsch in seiner Provinz macht sich keine Vorstellung davon, in welchem Maße jegliches urbane Leben zusammenbrechen würde ohne die Migrationshintergründigen, die einzigen, die sich selbst noch inmitten der Zombieapokalypse an die beknackten Ladenöffnungszeiten nicht halten – und migriert Richtung Schanze. Er mag nicht von hier sein, ist aber nicht doof. Zum einen weiß selbst der halbwegs aufgeweckte Auswärtige, daß zu jedem Ersten Mai folkloristisch die Schanze niedergebrannt wird, was sicherlich längst im *Lonely Planet* unter «Festivals und Feiertage» vermerkt ist, zum anderen muß man nur der Spur der vernagelten Ladenfronten folgen, um zu wissen, wo die Scheiße den Ventilator treffen wird. Je höher der Vernagelfaktor, desto dichter am Epizentrum. Simple Sache, hätte jemand dem Bürgermeister vielleicht mal in einer E-Mail schreiben sollen. Die Sonne schickt sich an, das Geschehen zu verlassen, weicht der Dämmerung und der zunehmenden Menge von Leuten auf den Straßen. Es ist so viel mehr Platz für uns, wenn die Autos weg sind, denkt Simon. Als ließe sich aber die Leere nicht ertragen, füllt sich der von der Hitze nur zögerlich geräumte Luftraum mit latenter Gewalt. Die feinen Härchen auf Simons Unterarm merken's genau und stellen sich auf. Archaische Tierchen, die wir sind. Auf dem Pferdemarkt gerät er in ein veritables Nato-Manöver, Räumpanzer, Wasserwerfer, Bullenwagen aufgereiht wie kilometerlange Gebetsketten. Am Rande machen Hippies, Hipster und Studenten Handyfotos, als gäbe es kein Morgen. Wenn man fühlt, was seine Unterarmhärchen fühlen, gibt's auch keins. Simon genehmigt sich einen lässigen kleinen Umweg, ein Stück die Stresemannstraße hinauf, überbreit und stillgelegt, der abendrote Himmel über ihr kommt sehr gut zur Geltung. Er öffnet sein Bier, schlendert den Mittelstreifen entlang, biegt zwei oder drei Querstraßen weiter in die Schanze ab, ohne daß ihn die dort geparkte Bullerei belästigen würde. Jenseits der Stresemannstraße verdichtet sich die Atmosphäre zu einer Kompressionskammer. Er hat kaum seine leere Flasche artig unter einem Mülleimer abgestellt und ein neues Bier vom Kiosk gekauft, als auch schon ein Pulk vorschriftsmäßig Autonomgekleideter, assistiert von freelancenden Nachwuchskräften mit nacktem Oberkörper und um den Kopf gewickelten T-Shirts, den Mülleimer abzuhebeln versucht, aufgibt, ihn statt dessen abbrennt und weiterzieht wie eine Horde Trüffelschweine, auf der Suche nach anderem, was sich zum Barrikadenbau eignet. Alles explodiert innerhalb von Minuten, als hätte die Sonne im Sinken eine Zündschnur berührt. Alles bewahrt sich dabei die surreale Langsamkeit und Hyperrealität einer Highspeedkameraaufnahme, einer derjenigen, bei denen sich beispielsweise das Platzen eines Wasserballons oder eines Glases mit der Sichtbarkeit jedes Tropfens und Splitters vollzieht. Die volatile Welt splittert. Hörbar und sichtbar. Glas zerbricht. Adrenalin rast durch die Straßen wie ein Steppenbrand und erfaßt jeglichen Körper in seinem Weg. Schwarmintelligenz sucht und schafft Trümmer zum Barrikadenbau, wir sind Borg, denkt Simon flüchtig, gibt sich dann hin, verschenkt sich an die hinreißende Wucht, denkt: Widerstand ist zwecklos. Alle Schalter umgelegt auf Entropie. Kompromißlose, köstliche Gegenwart. Simon ist sich nicht sicher, wie er ins Delta gesogen worden ist, dorthin, wo Schulterblatt und Schanzenstraße in den Pferdemarkt münden, wo die große Barrikade brennt, so maßlos und jubilierend, wie man noch nie etwas inmitten einer Stadt hat brennen sehen, so zwingend, wie sollte man nicht vom Licht angezogen sein, hunderttausend Motten wissen, was sie tun. Simon auch, er ist sich sicher, daß er sich sein Aladin-Center-Tuch übers Gesicht gebunden hat, den Fehler von heute mittag macht man kein zweites Mal, man wußte ja nicht mal, wo das Reizgas eigentlich herkam, vielleicht im Wasserwerferstrahl eingespeist? Wasserwerfer auf dem Pferdemarkt. Simon ist sich nicht sicher, ob er seine letzte leere Bierflasche beiseite gestellt oder in Richtung des Robocopgewimmels geworfen hat. Jede Faser seines Körpers brennt so lichterloh wie diese Barrikade vor ihm, die mit der gloriosen Flamme des Chaos durch die Dämmerung peitscht. Es riecht nach schmelzendem Asphalt. Diesseits und jenseits der Barrikade brandet ein Chor aus unwiderstehlicher Schwarmkehle auf, irgendeine der derzeit gängigen Parolen, vielleicht Ganz-Hamburg-haßt-die-Polizei. Du kannst nicht vorbei, schreit Simon. Wirft über die Flammen irgendwas, das sich in seiner Hand befunden haben muß, in Richtung des Balrogs. Der Balrog hat die Gestalt eines Wasserwerfers angenommen, einer von denen, die seit gestern Simons Welt bevölkern, als wären sie immer da gewesen, an den Straßenrändern und auf Kreuzungen schlafend wie vergessene Saurier, jetzt sieht er sie wach und agil. Gewaltige Monstren, deren vorgewölbte Stirnen über ihren Schlitzaugen ebensowenig Zweifel an ihrer Gesinnung lassen wie die Kiefer von Kampfhunden. Irgendein Designer, denkt Simon, muß den Auftrag gehabt haben, lassen Sie's *böse* aussehen, dann wirft er wohl noch etwas, weil alle seine schemenhaften Gefährten zur Rechten wie zur Linken das tun, inmitten von Flammen und Wasser, schreit *Du kannst nicht vorbei*, alles Denken setzt süß und gnädig und endlich aus, hält den Rand, läßt den lieben Gott einen guten Mann sein, gönnt sich ein Wellnessweekend, läßt einen sagenhafterweise in Ruhe, hinterläßt nichts als schieren, radikalen Augenblick. Freedom's just another word for nothing left. Du *kannst* nicht vorbei, schreit die verbliebene Kreatur, durch Flammen, Asphaltgestank und Gegenwart hindurch, bis sie aus einer Motten-Licht-Logik oder schlicht Sehnsucht genau da ist, wo zwei oder drei andere Freaks direkt im Wasserwerferstrahl kauern oder taumeln. Nur dort gehört man letztlich hin. Nur dort, unter ihren Ungetümstirnen, unter ihrem Druck von 20 Bar, wird man endlich zusammengepreßt werden auf das reine Selbst. 20 Bar fegen Simon von den Beinen, die Schmerzen seiner schwarzlila Hämatome wird er erst später spüren, Adrenalin ist unter anderem zur Schmerzreduktion gedacht; jetzt kommt er zunächst auf dem heißen Asphalt zu liegen, inmitten von Scherben, Splittern, Steinen, dem Geruch nach brennender Welt, und lacht, weil es köstlicher ist als Marzipan und sublime Musiken.

Ruth zwischen Juf und Corvatsch

Ruth ist spät dran, als endlich am Ende dieser ewig langen, schmalen Asphaltstraße der kleine Gebäudepulk auftaucht, der Juf sein muß. Die höchstgelegene ganzjährig bewohnte Siedlung der Schweiz, 2126 Meter über Normalnull, mit einem einsamen Berggasthof, Ruth hat das recherchiert und sich angekündigt, seit dem Gewitter ist ihr Handy stets geladen sowie die Nummer der Bergrettung gespeichert. Sie hat im Berggasthof angerufen, weil sie sich verspäten wird, diese Straße dehnt sich noch endloser als der Tag, zunächst entlang historischer Reminiszenzen, Römerstraßen, Viadukte, irgendwas in der Art, Ruth hat sich aufs Gehen konzentriert und die Bildungsbeflissenheit vernachlässigt. Seit vielen Stunden aber ist die Straße nichts als ein Asphaltpfad durch eine karge Landschaft, in der sich sogar jede Flechte auf den geröllgeschmirgelten Hängen noch Sorgen um die Zukunft ihrer Kinder macht. Eigentlich gefällt Ruth die Kargheit, sehr sogar, nur die Zeit wird ihr knapp, sie hat längst gelernt, daß Abendessen nach 20:30 Uhr zu einem Problem werden können. Die Tageshitze – wann hat eigentlich alles von tiefem, höchst privatem Schnee umgeschaltet auf diese hirnrissige Hitze – kippt in bemerkenswertem Tempo in eisige Nachtkälte um. Vor einigen Stunden kam Ruth an zwei Gehöften vorbei, rief, es gab Handynetz, ihren einsamen Berggasthof an, bat um Verzeihung und Verständnis, ein vielleicht zehnjähriges Mädchen ruderte währenddessen auf einem Tretroller an ihr vorbei, auf dem Kopf einen Helm, größer als das ganze Kind.

Kurz nach halb neun läuft Ruth in Juf ein, ihre Wanderstöcke, deren hackendes Geräusch auf Asphalt ihr unangenehm ist, in der Hand. Die Häuser liegen in der Gabelung zweier Täler, die ins Minimalistische tendieren, elegante Flanken unaufgeregter Gipfel, mit nur einem Hauch von Grün abgeschmeckt. Wer immer auf die Idee gekommen ist, hier eine ganzjährige Siedlung zu gründen, war vergleichsweise schrullig, denkt Ruth und sucht zwischen liebevollen, aber unübersichtlichen Schildern, die zu Bettenlagern und sonstwas weisen, nach der Eingangstür. Sie betritt schließlich einen kleinen, warmen Raum, der sich wiederum gegen die Bezeichnung *Schankstube* kaum wehren könnte, drei Tische, eine gestauchte Theke, eine dicke Wirtin dahinter. Moin, sagt Ruth, ich hatte angerufen. Am Fenstertisch, zur Straße hin, die hier endet, sitzen zwei knorrige Männer vor ihren Bieren. Ja, du weißt, warmes Essen gibt's nicht mehr, ja? Macht nichts, sagt Ruth, aber ihr habt mir noch Brotzeit versprochen, oder? Sicher, paßt scho', sagt die Wirtin, aber ist es in Ordnung, wenn du hier sitzt, wir haben hinten im Speisesaal, sie sucht ein Wort und lauscht in den Äther, eine *Gruppe*. Sie macht ein Gesicht und spricht das aus wie eine Grippe oder eine noch peinlichere Krankheit. Na klar, sagt Ruth, und könnt ich bitte eine große Flasche Wasser mit Kohlensäure bekommen? Vieles mag sich abnutzen im Laufe eines langen und langwierigen Lebens, die Sensation von kaltem, funkelndem Wasser, wenn man wirklich durstig ist, niemals. Ruth hat am Tisch neben den Knorrigen Platz genommen, ihre Wasserflasche ausgetrunken, eine zweite geordert, den vermutlichen Gatten der Wirtin goutiert, der angeschickert und struppig die Versorgung der *Gruppe* zu bestellen scheint. Hat sich in ihr Arrangement aus Brot, Butter, Salsiz, Schinken, Speck, Käse und Gürkchen nachgerade fallen lassen. Sie kommt inzwischen gut ohne Mittagessen aus, abends aber ist sie hungrig. Ein junger Mann betritt die Schankstube, der Postbusfahrer, ordert ein Feierabendbier, setzt sich zu den Knorrigen, man kennt sich, man verstrickt sich in Gespräche, die Ruth nicht verstehen kann, Schweizer, man versteht sie auch nach mehr als einem Monat noch nicht. Sie werden aus guten Gründen ihre Geheimnisse haben und bewahren. Sie machen Wurstwaren und Käse, die dem hungrigen Wanderer pures Glück bedeuten. Dann kommt die *Gruppe*.

Die *Gruppe* ist außenrum gegangen, barfüßige Menschen in Ruths Alter, irgendwo zwischen Mitte Vierzig und Ende Fünfzig. Sie sammeln sich vor den Gebäuden, die mal ein Gehöft gewesen sind, fassen sich an den Händen und gehen im Kreis, während sie *Im Märzen der Bauer ein Rößlein einspannt* singen. Genau das tun sie. Die Schankstube sieht zu. Dem Zweitknorrigsten klappt der Unterkiefer runter, er sieht nunmehr so aus, als wär's in all den langen Wintern der letzten Jahrhunderte hiesig sehr knapp geworden mit der genetischen Vielfalt. Zur zweiten Strophe wechselt die Gruppe die Richtung und schreitet entgegen dem Uhrzeigersinn. Er pflüget den Boden, er egget und sät. Er mäht das Getreide, dann drischt er es aus. Der Ureinwohnertisch muß nur die Köpfe zum Fenster drehen, Ruth muß sich recken, Wirtin und Gatte stehen starr. Bis die *Gruppe* wieder hineingewieselt kommt, zurück ins Hinterzimmer, eine Frau, ihr Lächeln ebenso breit wie ihr BMI, neigt sich über Ruths Tisch und hechelt höflich, die Störung tue ihnen leid, man sei normalerweise nicht so wild, aber es sei der letzte Abend, da mache man Party und gerate außer Rand und Band. Am Nebentisch erinnert sich der Inzüchtige an seinen Unterkiefer und klappt ihn hörbar zurück in die Ausgangsposition. Kein Problem, sagt Ruth, ich habe in meiner Jugend auch Partys gefeiert, und wir haben zumeist bei *Im-Märzen-der-Bauer* erst angefangen. Schon aber hat ein magersüchtiges Hungergespenst die entfesselte Fette mit sich ins Hinterzimmer gezogen, wo sie vermutlich gleich noch beim Absingen der *Meierschen Brücke* abgehen werden wie Schmidts Katze. Man nimmt es zur Kenntnis, hier auf der Kommandobrücke, wo Ruth sich sehr aufgehoben fühlt. Sie grinst sich durch den Rest ihrer Brotzeitplatte und bekommt von der Wirtin ein

Bettenlager angewiesen, das ihr zur Nacht ganz allein gehört.

Zen für Leute, die man dazu zwingen muß. Die's sonst nicht verstünden. Ruth zum Beispiel. Ruth inmitten dieser Nichtlandschaft, dieser ausgebleichten, ausgeschmirgelten Täler, in deren Weite sich das Seelchen auflösen geht. Unter der Sonne, die den Nachtfrost wegbrennt, rasend schnell. Ruth oben auf dem Forcellinapaß, von dem sie auf den Septimerpaß hinunterblickt. Pässe, die auf Pässe herabsehen, Matrjoschkapuppen. Die Welten dahinter. Der Typ hinter ihr, der *Ich will Sie nicht stören* sagt. Ruth zuckt zusammen. Sie hat ihn nicht kommen gehört. Seit Tagen oder Wochen rechnet sie kaum noch mit anderen. Andere stören per definitionem, so wie hier und jetzt ganz konkret. Er hat sie beim Singen ertappt, es ist ihr peinlich. Der Mann sieht aus wie ein Spargel, dünn und bleich und mit einem nur marginal herausgearbeiteten Köpfchen. Er könnte in ihrem Alter oder aber auch zehn oder zwanzig Jahre jünger sein. Ruth hat Spargel, zu ihrem Bedauern, immer gehaßt. Bei den frühsommerlichen Spargelgelagen ist sie raus. Du störst nicht, lügt Ruth. Ich habe Sie gestern abend gesehen, sagt der Spargel, positioniert sich fünf Meter entfernt ihr zur Linken, als sei sie ansteckend. Oder er. Hinter dem Septimerpaß, zu dem sie, paradoxe Welt, wird absteigen müssen, liegt der Lunghinpaß, eine geschätzte Stunde Aufstieg. Dahinter wird eine neue, ungeahnte Welt liegen. Ruth seufzt und sieht den Spargel an, der prompt die Augen niederschlägt. Ich euch auch, sagt Ruth, ihr hattet eure Abschiedsparty, ich weiß aber immer noch nicht, wovon. Unser Seminar, sagt er. Ja, und was für eins, fühlt Ruth sich verpflichtet zu sagen, wir Menschen sind selten in diesen leeren Landen, wir sollten uns Mühe miteinander geben. Pflanzen fühlen, sagt er. Ach, sagt Ruth. Ja, sagt er. Ich bin übrigens Ruth, sagt Ruth; Spargel, sagt Spargel, beziehungsweise sagt er wahrscheinlich einen anderen Namen, den Ruth umgehend vergessen hat, obwohl sie sich Mühe gibt. Ihr macht dann also was mit Pflanzen, ja? Höflichkeit gebietet die Nachfrage, und vielleicht ist Ruth nicht mal gänzlich uninteressiert. Noch weniger als ein Tierchentyp ist sie zwar ein Pflanzentyp, von WG-Zeiten an bis zu ihrem biblischen Alter hat sie sich der Zimmerpflanze stets verweigert – traurige Gewächse, auf deren Blättern sich Staub und Hautschuppen ihrer Besitzer schichten. In den letzten Wochen nimmt sie allerdings zur Kenntnis, wie an ihrem Wegesrand winzige Blüten sprießen, trotzig aus Gestein gestemmt. Weiß, blau, lila, zartgrün. Ruth muß sich gestehen, sie liebgewonnen zu haben. Die Blümchen, die das oberhalb von 3000 Metern noch durchziehen, sind zähe Luder. Muß man anerkennen. Kann man gern haben. Ja, sagt Spargel, den gern zu haben weitaus schwieriger ist, wir lernen sie kennen. Und dann macht ihr Tee daraus, oder Salat, fragt Ruth; nein, sagt er, wir erfühlen ihre Präsenz. Ruth wendet sich nach rechts und links, um die Versteckte Kamera zu entdecken. Mir ist das aber nicht genug gewesen, ich habe mir gedacht, ich sollte über diesen Paß gehen. Sie haben mich sozusagen inspiriert, ich hörte von der Wirtin, Sie wanderten schon länger. Das ist nicht mehr Teil unseres Seminars, das mach ich für mich. Spargels Stimme ist leiser geworden. Man sieht ihm seine Verlassenheit an, und es ist schwierig, sich nicht verantwortlich zu fühlen. Und Sie? Ich gehe nach Osten, sagt Ruth. Wie sich in vier Worten und einer Himmelsrichtung alles sortiert. Alle triumphalen Pässe, alle quälenden Straßen, alle Nächte unter den rauhen Wolldecken der Hütten, in den sanften Laken der Täler, Hunger und Durst, Sonne und Gewitter, man ist zum ersten Mal mit Wichtigem beschäftigt, nicht nur mit sich selbst. Und, fragt Spargel, wie lange schon? Sechs Wochen oder so, sagt Ruth und weiß es selbst nicht genau. Warum, fragt er; weil's da ist, sagt Ruth, um Edmund Hillary zu paraphrasieren. Ist das der Jakobsweg? Das fragen sie alle. Ruth hätte den Jakobsweg irgendwo bei Santiago de Compostela verortet, aber anscheinend muß er mit Metastasen überall dorthin ausgewuchert sein, wo irgendein Mensch auch nur irgendeinen freiwilligen Schritt tut. Nö, sagt Ruth, ich gehe meine eigenen Wege. Nach Osten. Fühlt Stolz. Sie suchen den Gral, sagt Spargel, es ist keine Frage. Bitte? sagt Ruth. Ich beneide Sie, sagt er, ich wünschte, mich würde der Gral so rufen wie Sie. Mich ruft kein Gral, sagt Ruth mit Blick auf das welke Gemüse, noch nicht mal eine SMS oder 'ne WhatsApp-Nachricht hat mir irgendein Gral je geschickt, davon wüßte ich. Der Spargel hebt sein waidwundes Köpfchen, lächelt, sagt, aber nach Osten müssen Sie schon, ja? Er hat botanische Augen. Er ist einsamer als das Tal hinter ihnen und das nächste und übernächste. Alle diese Täler rekeln sich unter ihnen, Gipfel ragen, im Osten liegt dazwischen der Lunghinpaß, zu dem Ruth längst unterwegs sein sollte. Sie sollten sich auf den Weg machen, Spargel lächelt den Zwischenraum seiner Füße ab, Ruth irritiert es, daß er siezt, das macht eigentlich keiner in den Bergen. Ich kann mir nicht vorstellen, daß Ihr Osten wartet. Das kann Ruth auch nicht, fühlt sich trotzdem zur Konversation verpflichtet; was ist denn deine Lieblingspflanze? Schafgarbe, sagt er verträumt, sein Gesicht leuchtet auf. Ogottchen, Hasi, denkt Ruth, hat dir Mutti nie gesagt, daß du Geschlechtsverkehr haben solltest, mit Frauen, nicht mit Unkraut, aber er sieht weder so aus, als hätte Mutti ihm das gesagt, noch, als wäre er je selbst auf den Gedanken gekommen. Ich würde Sie gern begleiten, sagt er, aber das wäre aufdringlich und sicherlich schwierig. Ruth fällt nichts ein, was sie sagen wollte, das ist selten. Ich geh weiter, sagt sie, dort über den Lunghinpaß, keiner hält dich auf, mitzukommen. Nein, wahrscheinlich nicht, sagt Spargel, bleibt zurück und sieht ihr nach.

Eineinhalb Stunden später steht Ruth auf dem Lunghinpaß, es wimmelt von Menschen, was sie entrüstet, war sie es doch gewohnt, diese Berge nahezu für sich allein zu besitzen. Hat sie doch eineinhalb Monate gelitten und triumphiert, auf jedem verdammten Meter, um hierherzugelangen, was machen diese anderen auf ihrem Paß, diese Hochsaisonmassen, die den Berg bewimmeln wie Kakerlaken bei plötzlich angeschaltetem Licht? Sie stören ihre Kreise. Ihre Leere. Sie belästigen ihren Weg. Verdrossen hebt Ruth den Blick und zwingt ihn zum Schweifen und sieht sich plötzlich all diesen Bergen gegenüber, mit denen es begonnen hat. Dort ist der Corvatsch, schillernde Seen ihm zu Füßen. Ein Gral ist er nicht, noch nicht mal ein Ziel. Jetzt nicht mehr. Viel zu viel Osten liegt östlich von ihm. Ruth fühlt sich gut beim Gedanken daran, daß sie keinen Helikopter und keine Gondel mehr bräuchte, um auf den Corvatsch zu gelangen, und ist beängstigt davon, nicht zu wissen, wo Schluß ist. Der Osten ist eine unerschöpfliche Ressource auf einem runden Planeten. Hinter jeder Welt liegt eine weitere Welt. Aber du willst es doch auch, neckt sie jegliche Welt herablassend. Geht so, behauptet Ruth verlogen, geht weiter und ist sehr durstig.

Vlog/YouTube-Channel «Auf meiner Veranda», Eintrag: «Sehnsucht»

Hey ihr, wie schön, daß ihr zurück seid auf unserer Veranda, in unserer Arena, was immer es inzwischen geworden ist. Ich sehe uns auf einer großen, kargen Steppe stehen. Bloß blickt ihr alle zu mir, wie ich hier vor euch stehe, und erwartet wahrscheinlich, daß ich Dinge sage, die euch die Welt bedeuten, und ich frage mich, wie ich das könnte. Wo ich doch nicht mal weiß, wie ich euch sagen soll, was ihr unten in den Links findet, ich weiß das immer weniger. Ich sehe euch aber vor mir, ihr wißt, in Gedanken, zu Abertausenden auf meiner imaginären Steppe, als wartetet ihr sehnsüchtig auf etwas. Aber auch ich warte sehnsüchtig. Darauf, daß meine Drachen groß geworden sein werden. Das ist hoffentlich die letzte Sehnsucht, die ich habe. Ich habe meine Sehnsüchte satt. Ich weiß nicht, wie euch das in eurem Leben gegangen ist, und ihr seid ja teils jünger, teils älter als ich, aber wenn ich versuche, mir meins zu sortieren, dann sieht es so aus: Als Kind habe ich mich danach gesehnt, daß mein Leben endlich anfängt. Dann habe ich mich danach gesehnt, daß mich jemand liebt, bis ich Frank heiratete. Dann habe ich mich nach einem eigenen Kind gesehnt, dem ich jetzt peinlich bin, ich weiß das, da kann er mir noch so nett gemeinte Sachen sagen, falls er mal da ist, meistens habe ich keine Ahnung, wo er ist, selbst wenn er gerade Arabien erobern würde, bin ich nicht sicher, ob er daran denken würde, mir wenigstens eine SMS zu schicken. Ich habe mich nach einer Arbeit gesehnt, die unter meinen Fähigkeiten jubiliert und die's nicht ertragen könnte, zeigte ich mich nur noch halbtags. Ich habe mich nach einem Heim gesehnt, nicht nach einem Haus, das mich nur anschweigt und in dem die von Franks Mutter geerbte antike Uhr, ihr kennt die von einem unserer Rundgänge, mein Leben so niedertickt, wie ein Ringrichter einen Boxer anzählt. Ich weiß nicht, wo diese meine Sehnsüchte geblieben sind, sind die knapp an ihrer Erfüllung vorbeigeschrammt, wie so eine Marssonde, und dann immer weiter in den leeren Raum gesegelt? Oder haben sie sich erfüllt, und dann ist mir nichts mehr verblieben? Könnt ihr mir das sagen? Warum habe ich die Sehnsucht, auf einer sehr hohen Klippe zu stehen, unter mir nichts, über mir Himmel, und zu springen? Die Leere wird gerade erst um mich herum explodiert sein, da hat mich mein Drache auch schon aufgefangen. Ich habe euch nämlich belogen, sie sind in Wirklichkeit schon viel größer. Viel größer, als ihr euch vorstellen könnt. Wenn ich mich an seinen ledrigen Rücken schmiege, kann ich fühlen, wie wir die Sehnsucht teilen, elegant über die Welt zu segeln und alles, aber auch restlos alles niederzubrennen. Wenn ihr das auch so seht, vergeßt nicht, zu liken und zu teilen, und Links wie immer hier unten.

Jero auf den Las Sours

Es ist nur ein Schritt. Es ist der Schritt des absoluten Grauens, protestiert Alexander. Das kann man so sehen. Das kann man wahrscheinlich nicht anders sehen, wenn man es nicht gewohnt ist, mit Steigeisen zu klettern. Jero sieht den Schritt auch zum ersten Mal, die Route über die Las Sours, zwei Felszacken hoch über Pontresina, hat er zuvor nie gemacht, sein Kumpel Sebastian, für den die Las Sours, die Schwestern, quasi im Hinterhof liegen, hat erst vor ein paar Wochen einige Stände hier verschraubt. Hinter der zweiten Schwester wird ein recht einfacher Abstieg zu einer Tagesausflüglerhütte führen, aber der Schritt liegt zwischen den Schwestern, deren südöstliche Aufstiege frei und trocken sind, während sich die nordwestlichen Hänge als vereist und verschneit herausgestellt haben. Es klettert sich sehr gut mit Steigeisen, aber das muß Alexander selbst herausfinden. So, wie er den Schritt des Grauens selbst tun muß. Der Schritt des Grauens liegt auf einem Grat, der zu beiden Seiten steil hinabbricht, mit minimalem Spielraum auf der dünnen Schneide aus getürmtem Gestein. In der Schneide ist eine Kerbe. Rechts und links davon ist Luft, in der tiefen Kerbe auch. Es bedarf eines Schrittes von einem guten Meter über die Leere bis zum nächsten Tritt im Fels. Alexander steht vor dem Schritt, Jero ein paar Meter höher hinter ihm. Nur so kann er ihn sichern, vorausgehen kann er nicht. Der Schritt muß getan werden. Es gibt keine gute Alternative. Es ist spätnachmittags, der strahlende Sonnenschein, in dem sie heute vormittag von der Alp Languard gestartet sind und der ihnen vom Gipfel der ersten Schwester noch einen atemberaubenden Dreitausend-Meter-Blick über das Oberengadin schenkte, hat sich dem Ansturm der Wolken ergeben, und es hat zu schneien begonnen. Leicht und spielerisch fallen die Flocken bislang, ohne aber einen Zweifel daran zu lassen, daß dies bloß die Ouvertüre ist zu dem, was die Wolken in ihren schwarzschwangeren Bäuchen bringen.

Umkehren ist eine Option, aber eine schlechte, Alexander ist wahrlich kein Speedkletterer. Retour müßten sie die vereisten Seiten konsequent klettern, anstatt größtenteils abzuseilen. Das Licht schwindet minütlich, ein kalter Wind ist mit den Wolken gekommen. Jero erwähnt nichts davon, er ist sich beinahe sicher, daß Alexander es weiß, und weiß, daß er den Schritt tun muß. Jero kann ihm nicht helfen, nur ihn halten, sollte der Schritt mißlingen. Es ist fast fühlbar, wie die Überlegungen zu Zeit und Wetter durch Alexanders Prozessoren laufen, während er, auf den Zacken seiner Steigeisen, an der Kante balanciert. Jero muß nicht drängen, er kann sehen, wie Alexander sich selbst drängt. Jero ist nichts als Konzentration, nichts als Beobachtung, geht der Schritt schief, muß die Reaktion dasein, noch bevor das Geschehen geschieht. Er sagt nichts, auch er lernt täglich dazu, lernt von seinen Gästen, hat unlängst am Sulzfluhklettersteig gelernt, daß man manche zwar ermuntern und ermahnen, andere aber in Ruhe lassen sollte. Sosehr er sich um die Gäste bemüht, es gilt, die Grenzen zu akzeptieren, an denen die eigenen Möglichkeiten enden. Die Hilfestellungen. Letztlich ist jeder allein mit den Schritten, die er über die Leere tun muß. Sollte Alexander es nicht schaffen, ist es natürlich keineswegs unmöglich, umzukehren, nur sehr anstrengend und vergleichsweise knifflig. Wechselnde Impulse durchlaufen Alexanders Körper, eine angedeutete Vorwärtsbewegung, ein Zurückscheuen, ein leichtes Schwanken. Jeros Körper ist reine Aufmerksamkeit. Sein Hirn hingegen arbeitet in solchen Situationen mühelos mehrgleisig, kalkuliert Zeitrahmen und Schwierigkeit des Rückwegs, schätzt Alexanders Müdigkeit im Rahmen dieser Gleichung ab, registriert die zunehmende Intensität des Wetterumschwunges. Denkt losgelöst von allem, mit nichts als Luft unter seinen Synapsen, daß sich letztlich niemandem dabei helfen läßt, seinen Schritt über den Abgrund aus Angst zu tun. Jero weiß, daß jenseits der Angst die vollkommene Freiheit liegt, und nur dort. Nicht machbar, sagt Alexander – Jeros Körper hat sich synchron mit dem seinen gespannt – und macht den Schritt. Findet auf der anderen Seite Halt mit der vorderen Hälfte seines Steigeisens, schwankt mehr aus Verblüffung als aus physikalischen Gründen, hat mit dem zweiten Fuß Halt gefunden, bückt sich, um sich mit den Händen zu stabilisieren. Dreht sich zu Jero um, strahlt und sagt: Das war nicht machbar. Nein, sagt Jero und schüttelt schwer sein Haupt, wie auch. Springt kurz darauf, als sich Alexander einige Meter weiter gesichert hat, lässig hinterher. Mit jedem Schritt verschiebt sich der Grenzwert des nicht machbaren Schrittes weiter, es ist ein universelles Prinzip bei höchst individuellen Maßstäben. Auf dem Abstieg von der zweiten Schwester begegnen sie im dichten Schneetreiben der Steinbockherde des Piz Languard, zehn, zwanzig Tiere, ihre Silhouetten mit dem eleganten Gehörn wie Scherenschnitte gegen das Weiße Rauschen des Himmels gepinnt.

Simon auf der Flucht

Hier also liegt sie, die Freiheit. Falls mal jemand fragt. Hier, inmitten eines halben Dutzend Straßenblocks, abgeschirmt von brennenden Barrikaden, die munter Krater in den Asphalt fressen, hat sich die vollkommene Freiheit aufgetan wie ein Schwarzes Loch im Gewebe des Universums. Die

Raumzeit ist in Ehrfurcht erstarrt, anders ist nicht erklärbar, warum das Imperium nicht längst einmarschiert ist. Ein halbes Dutzend Häuserblocks treibt durchs All wie die fliegende Party aus Douglas Adams' *Anhalter*. Die Dinge, die Leute, und die Dinge sind auch Leute. Die Verbindungen zur Außenwelt sind abgerissen, Ground Control to Major Tom, das Viertel ist abgeriegelt, hinein jedoch trauen sie sich nicht. Simon lehnt mit einem köstlich kalten Bier – die Kioske sind immer noch offen, härter als die Türken ist keiner –, das ihm die versengte Kehle kühlt, an einer Hauswand. Schöpft Atem. Genießt den süßen Schmerz in seinen Oberschenkeln, dem Wasserwerfer zu verdanken, läßt sich vom Schmerz versichern, ganz und gar und rettungslos am Leben zu sein. Er spielt sich den Lagebericht auf sein iPhone, im Gegensatz zu gestern ist die Kriegsberichterstattung auf Zack und tadellos. Korrespondenten von außerhalb und innerhalb der Anomalie. Live-Bilder, Ticker, Twitterhagel. The revolution *is* televised, und die Einschaltquoten stimmen. Die Polizei traut sich an dem Gerüst am Pferdemarkt-Eckhaus nicht vorbei. Yep, die Anfänger, das Gerüst ist selbst Simon, vielmehr gerade Simon als erfahrenem *Fallout*-Kämpfer, bereits gestern aufgefallen, er hat noch gedacht, wer das stehen läßt, hat den Schuß nicht gehört. Wer im Häuserkampf die höhere Position dominiert, dominiert. Simon lacht und hustet. Er steckt das Phone weg, zündet sich eine Zigarette an, sieht seinen Händen beim Zittern zu. Adrenalin. Sieht, wie sich gegenüber die Scheiben des Rewe-Markts mit Highspeedkamera-Klarheit in kristallenes Funkeln auflösen, mit Lieblichkeit niederklimpern, man vermeint es trotz des Adrenalinrauschens in den Ohren zu hören. Keine hundert Meter weiter wird die Sparkassen-Filiale platt gemacht.

Wohl dem, der heute schon am Geldautomaten war. Die Dinge, die Leute. Unsortierte Gedanken huschen wie maskierte Gestalten durch Simons Kopf. Die Dinge sind auch Leute. Er wirft seine leere Bierflasche in Richtung der nächsten Barrikade, nur der Schönheit ihres Zerschellens wegen. Nimmt das Phone zur Hand, scrollt und scannt, entdeckt den Tweet eines mutmaßlichen Journalisten, *Rewe am Schulterblatt wurde von DemonstrantInnen geöffnet. Lebensmittel werden verteilt*. Yeah, speist die hungernden Massen, wenn wir kein Brot haben, sollen wir doch Haribo essen. Er wartet noch einen Moment, bis sich drüben der erste Furor zwischen den Regalen ausgetobt hat, schlendert dann über die Straße. Und rennt vor der zertrümmerten Fassade in ein unsichtbares, anerzogenes Kraftfeld. Eines, das ihn fragt, ob nicht die Glasscherben in einen Recyclingcontainer müßten. Eines, das behauptet, daß derartiges in der wirklichen Welt nicht passiert. Eines, das ihm sagt, *daß sich so was nicht gehört*. Scheiß drauf, sagt Simon, zögert, zwingt sich dann zu dem Schritt durch das gesprengte Glas. Weiß nicht, ob man dahinter zurückkönnen wird. Oh yeah. Das Rewe-Innere verströmt die aparte Heimeligkeit der von uns allen so langersehnten Zombieapokalypse. Alles fließt, alles löst sich auf, endlich. Ums Bier wird sich gebalgt, Lebensmittel werden verteilt, dazwischen staunende Touristen wie Simon. Der nach den Süßigkeiten sucht, eine Handvoll Gummibärtüten an sich nimmt, nur seines beschrubbten Haribogedankens wegen. Auch eine Zitrone steckt er sich in den Rucksack, als Andenken. Er streift durch die Gänge wie durch einen interessanten LSD-Trip oder ein funkelnagelneues Game, lächelt einer vermummten, aber erkennbar weiblichen Gestalt zu, die ihm ein Bier aus ihrem Sixpack abklemmt, entgegenstreckt, *willst du 'n Bier* kiekst; klar, danke, sagt Simon. Mit einem Alice-Grinsen auf dem Gesicht verläßt er das Wunderland wieder, via Kaninchenloch, durch das er gekommen ist. Der Geruch brennender Barrikade. Das Geräusch der Helikopter. Simon klemmt sich die ungeöffnete Bierdose zwischen die Beine, reißt die Gummibärtüten auf und wirft die Bärchen in die Welt wie Konfetti. Peace, freedom and bacon 'n' eggs, ruft er, Frieden, Gerechtigkeit, Moral, Bildung, Sport, Familienleben und die Vernichtung aller anderen Lebensformen! Drei oder vier Autonome sind mit der Vernichtung einer handyfilmenden Lebensform in Shorts beschäftigt, die Sparkasse brennt, Simon feiert das mit einer weiteren Handvoll flirrender Gummibären. Ein Elektronikshop wird von DemonstrantInnen geöffnet, Handys werden verteilt. Wenn sie kein iPhone haben, sollen sie doch mit einem Galaxy telefonieren. Simon wirft die letzten Bärchen huldvoll unter die Massen, öffnet dann sein Bier, geht damit flanieren. Macht, das Tuch wohlweislich wieder zurechtgezurrt, ein Foto von sich vor einer brennenden Barrikade, um nichts je zu vergessen. Als die Schanze Stunden, eine Ewigkeit später, von den Imperialen Truppen gestürmt wird, hat er damit kaum noch gerechnet und steckt in einer Seitenstraße, durch die sich der Wasserwerfer, breiter als die ganze Straße, obwohl das eigentlich nicht geht, mit seiner gnadenlos gerunzelten Stirn schiebt, erbitterter Pacific-Rim-Jaeger, Scheinwerfer, Wasserstrahl, schneidend, und diesmal beginnen alle zu rennen, und diesmal rennt Simon mit, er hat keine Wahl, es rennt ihn, wir sind Borg, es rennt ihn, bis die Reißzwecken, nein, Stahlnägel ihn eingeholt haben, seine Augen schreddern, seine Lunge kauterisieren; oh, in welch beleidigendem Maße wir organisch sind, schlichtweg empörend, wie alles, aber auch wirklich alles umgehend aufhört, wenn man nicht atmen kann, jeder Stolz, jede Würde, wie nur noch nackt entsetzte Panik den Raum einnimmt, wo eben noch man selbst gewesen ist.

Es wird ungeklärt bleiben, was Simon aus der Stampede herausreißt, ob ein gewiefter Überlebensimpuls oder die schlichte Unfähigkeit, Luft zu kriegen, er schlägt zusammen mit einer anderen vermummten Gestalt einen trudelnden Haken in einen Hinterhof. Sackt zusammen, alles auf O_2 konzentriert. Ist blind. Ist Schmerz. Hört eine Frau, die sagt, okay, kommt verdammt noch mal rein, aber schnell. Ich kann nichts sehen, versucht Simon zu sagen, nur mangelt es ihm an Luft für die Worte. Eine Hand packt ihn grob am Oberarm, zerrt ihn eine Treppe hinauf, die ohne O_2 eigentlich nicht zu bewältigen ist. Er findet sich an einer Badewanne wieder, deren Brause er sich ins Gesicht hält, abwechselnd mit der anderen Gestalt, die sich unter ihrer Sturmhaube als vielleicht Vierzigjährige mit Stummelpferdeschwanz materialisiert, sobald er seine Augen wieder zu öffnen vermag. Sobald gelobter Sauerstoff in seine Lungen zurückkehrt. Das lindernde Wasser streichelt sein Gesicht, Simon genießt, wie er noch nie genossen hat, reicht den Duschkopf an die Pferdeschwänzige zurück und kriecht zur Toilette hinüber, um sich zu erbrechen.

Ruth unter Dohlen

Und so sitzt Ruth auf der Grenze. Die Grenze verläuft, wie sollte es anders sein, genau entlang dieses Passes, der Fuorcla Sesvenna, folgt den Graten und Gipfeln. Der Gipfel ihr zur Rechten, im Süden, heißt Piz Sesvenna, der zur Linken, nördlich, Piz Cristanas, auf beiden liegt der feinziselierte Neuschnee der letzten Nacht. Es ist der erste Herbstschnee. Vor ihr im Osten liegt Südtirol. Vor ihr im Osten der Osten. An Osten herrscht kein Mangel, nur der Sommer geht ihr aus. Das ist richtig, haucht der Wind, der ihr entgegenweht, nach Schnee riecht und vom Winter träumt und die kleinen Blumen zurück in die Erde schreckt. Die Murmeltiere sind fett geworden in den letzten Wochen, hoppeln Ruth mit dicken Ärschlein aus dem Weg, schütteln sich, wer würde daran zweifeln, in ihren unterirdischen Höhlen dicke, rotweiß karierte Federbetten zurecht, unter denen sie ein halbes Jahr zu ruhen gedenken. Eine große Dohle kreist respektvoll an Ruth vorbei, geht dann ihren Geschäften nach. Here be Dohlen. Und Ruth? Ruth kramt eine Schachtel Zigaretten aus ihrem Rucksack, die sie sich für die Grenze gekauft hat. Sie pult das Zellophan ab, zündet sich eine an, die wegen des Nikotinpflasters nicht schmeckt, außer daß sie's doch tut. Ruth sitzt auf ihrem Paß. Hinter ihr so viel Weg, eine solch enorme Menge an Weg. Vor ihr der Osten. Ringsum ist der erste Schnee des Winters gefallen, in den ersten Septembertagen, und lastet schwer auf ihren Schultern. Wer jetzt keine rotweiß karierte Federdecke hat, stopft sich keine mehr, gibt ein wachsames Murmeltier auf einem Aussichtsfels schräg unter ihr zu bedenken. Jaja, und wer jetzt allein ist, wird es lange bleiben, blafft Ruth dem Murmler entgegen, der erschrocken in seinem Bau verschwindet. Ruth kann altkluge Nagetiere nicht ausstehen. Sie zieht an ihrer Zigarette, die mäßig schmeckt. Sitzt auf ihrer Grenze. Weiß den nächsten Schritt nicht. Begreift keinen Gral. Hat gewiß keine Schafgarbe je erspürt. Sie schließt die Augen, lehnt sich zurück gegen ihren Rucksack, in dem sich befindet, was man braucht. Sie denkt an ihre Wohnung in Hamburg, Altbau, hohe Decken. Eine Dusche, nach deren geschmackvollen Armaturen Ruth lange gesucht hatte. Jederzeit kommt aus ihr heißes ebenso wie kaltes Wasser. Ruth fährt sich durch ihr struppiges Haar, dem man wahrscheinlich sein schleichendes Grau ansieht, und denkt über ihre Wohnung nach, ihr muß doch mehr einfallen als die Decken und die Dusche, aber das tut es nicht. Beim nächsten Zug verbrennt sie sich die Finger. Sie stupst die Zigarette ins Geröll, breitet die Arme aus. Ist allein mit Berg, Paß, Himmel, ihrem Rucksack und der Erinnerung an den Sommer. Liegt genau auf der Grenze, ein verwitterter, knubbliger Grenzstein kann es bezeugen. Was wird Ruth je bezeugen können? Den Osten, wispert Ruth. Wozu mag sie gut sein. Das ist ungeklärt, wispert der Osten gehässig zurück. Ich werde bleiben, du wirst enden. Unter deinem Altbaustuck. Deine Dusche wird dich vermissen und gar nicht wissen, wohin mit all ihrem Wasser. Wer jetzt keine Immobilie hat, kauft sich keine mehr, trotz der günstigen Zinsen. Wer jetzt allein ist, wird lange parshippen. Wer jetzt alt ist, dem wird nichts mehr wachsen außer Fingernägeln und Haaren. Wer stirbt, den wird wohl kaum jemand beweinen. Leck mich, entgegnet Ruth dem Osten sanft, blickt ihm entgegen und sieht, daß dort für sie nichts mehr zu holen sein wird. Aber wo sonst? Sie kann doch nicht aufgeben, failure is not an option. Wir, flüstern die Felshänge ihr zur Rechten und zur Linken, möchten nicht in deiner Haut stecken, und kuscheln sich unter ihren puderzuckrigen Neuschnee. Du wirst enden, merkt die Sonne an, die ein herbstliches Licht wirft, aber gut reden hat als jemand, der noch sechs Milliarden Jahre lässig weiterbrennt, bevor er sich in den nächsten Milliarden mit dem Up- oder Downgrade, Ansichtssache, zu Rotem Riesen und Weißem Zwerg beschäftigen muß. Dummes Aas, entgegnet Ruth, geh dich doch verzwergen. Ich geh erst mal sinken, sagt die Sonne schnippisch, ich habe anderweitig zu tun, sieh zu, wie du ohne mich klarkommst, ohne zu frieren. Miststück, schreit Ruth, ohne zu wissen, wen sie meint oder wem die Tränen gelten, die ihr über die Wangen rinnen. Sie friert und steht auf, steckt die häßliche Kippe in ihre Hosentasche. Tritt ein paar Schritte über die Grenze. Jenseits liegt eine neue Welt, eine östliche. Über die sich täglich, vorschriftsmäßig unserer gekippten Planetenachse und dessen Ellipse entsprechend, mehr Winter legen wird. Winter is coming. Und es ist empörend unfair, sterbliche Säugetiere mit Bewußtsein auszustatten. Fuck, schreit Ruth. Watch your language, krächzen die Dohlen, von denen Ruth nicht weiß, woher sie gekommen sind. Die Dohlen kreisen und landen mit wissenden Augen. Ohne ein Ziel wird man sterben. Ohne Bewegung endet alles. Ist uns nicht neu, krächzen die Dohlen, heiser wie Raucher, und fliegen auf. Die Planeten nicken bestätigend. Bewegliche Ziele sind schwerer zu treffen, ruft Ruth den Dohlen nach. Unbeweglichen hingegen wachsen nur noch Haare und Nägel. Das kann und wird keine Option sein. Wenn der Osten dichtmacht, muß es einen Plan B geben. Wenn es kein Zurück gibt und seitwärts keinen Sinn hat, kann es nur noch nach oben gehen. Ruth schließt die Augen und ist in Gedanken zurück auf der Fuorcla Prünella, eine weglose, himalajakarge Mühe, und als man seinen Blick von den mühseligen Mississippischritten hob, um zu verschnaufen, klaffte zwischen den Flanken des Passes plötzlich die ungeheuerliche Schönheit des Berninamassivs auf, trügerisch zum Anfassen nah und in seiner Arroganz unendlich fern. Sehnsucht, in Eis und Stein modelliert. Ruth öffnet die Augen, tätschelt den Kopf des Grenzsteins, deutet eine Verneigung nach Osten an, sagt, der Sommer war sehr groß. Gib mir noch ein Dutzend südlichere Tage. Dann kehrt sie um, nimmt den Weg, den sie gekommen ist, die Idee zu einem neuen Gral im Kopf, denn ohne Gral müssen wir schlichtweg zugrunde gehen. Zurück in S-charl, welch Hobbitname, von wo sie heut früh aufgebrochen ist, zieht sie in ein fast leeres Bettenlager und hat ausreichend WLAN, um den Kontakt zu diesem Typen herauszufinden, an dessen Namen sie sich zunächst nicht erinnert, bis er sich tief in ihren Notizen findet.

Kathrin: «Grenzen»

Ha, hey, ich bin da, ihr hoffentlich auch, ich würde euch vermissen, ihr mich doch vielleicht ebenfalls, ja? Roland hat die Zugangscodes zur Veranda geändert, aber aus meinen Social Media und YouTube kann er mich schlecht raushalten; mich aufhalten wollen, ausgerechnet der, der mich darin geschult hat, Content hochzuladen, das ist doch schon, findet ihr nicht, ein bißchen naiv, oder? Sind nicht die, die uns Grenzen setzen, naiv? Will man nicht über die Grenzen hinwegschreiten, mit schweren, mächtigen Schritten? Wollt ihr das nicht? Ich jedenfalls habe es so satt und habe es, denke ich, getragen von euren abertausend Händen und auf den Rücken meiner Drachen, vielleicht auch gar nicht mehr nötig. Ich sage euch, eure Grenzen sind allein in euren Köpfen. Alles andere ist bloß einen Schritt entfernt. Dort, auf der anderen Seite, könnt ihr alles tun, alles, was ihr nur wollt. Alles, wonach ihr euch sehnt. Alles Verbotene. Alle Diazepam aus dem Blister drücken und mit Wodka schlucken, es sich anders überlegen. Den Finger in den Hals stecken über der Toilettenschüssel. Einen Wodka hinterhertrinken gegen den schlechten Geschmack. Wer will uns abhalten, wer will uns hindern? An Franks Rechner habe ich bloß fünf oder sechs Tage gesessen, bis ich sein Paßwort erraten hatte, es war letztlich lächerlich einfach. Man muß bloß drauf kommen. Man muß bloß aufhören, an Grenzen aufzuhören. Man muß bloß den einen Schritt weiter tun. Träumt ihr nicht auch davon? Wenn ihr das tut, gebt mir Feedback, laßt mich nicht verstummen, ja?

Jero und Ruth

Du mußt Ruth sein, sagt Jero und streckt seine Hand aus: Jero. Freut mich, sagt Ruth und schlägt ein. Markante Venen auf dem Handrücken, Fingernägel, die abgeknabbert aussehen. Du erinnerst dich wahrscheinlich nicht, sagt Ruth; nein, tut mir leid, sagt Jero. Weder sagt ihm der Name etwas, noch kann er sich an das Gesicht erinnern, bemerkenswert braungebrannt, mit hellen Falten zwischen den Augenbrauen und in den Augenwinkeln, was passiert, wenn man dauernd gegen die Sonne blinzelt. Eine Nichtfrisur in mäßig vorteilhaftem Pumucklstyle. Jero hat keine Ahnung, woher sie ihn kennt. Sein Namensgedächtnis ist höchstens mittelmäßig, mit Gesichtern tut er sich normalerweise leichter. Aber man kann sich nicht jeden merken. Was Jero gelegentlich leid tut, für seine Gäste ist er so oft der Gefährte bei magischen Momenten, erfüllten Träumen, einzigartigen Heldentaten; er hingegen hat so viele Gäste übers Jahr, einzelne, Pärchen, Gruppen, macht so viele Touren wieder und wieder, da bleibt nicht alles haften, vieles verschwimmt. Eine Ruth sagt ihm nichts, obwohl sie im Büro explizit nach ihm gefragt haben soll, eine Empfehlung von irgendwem, hat er angenommen, doch sie scheint ihn persönlich zu kennen. Macht nichts, sagt sie, nicht so wichtig. War 'ne flüchtige Begegnung Anfang des Jahres. Na, dann muß ich ja trotzdem einen nicht allzu schlechten Eindruck gemacht haben, scherzt Jero; magisches Denken, sagt Ruth, es geht um den *full circle*. Jero hat keine Ahnung, wovon sie redet, wartet auf eine Erklärung, bekommt aber keine. Für einen Moment behagt ihm ihr Blick nicht, der durch ihn hindurchgeht. Blasse Augen in einem hageren Gesicht, sie sieht wie jemand aus, der zu schnell zu viel Gewicht und Substanz verloren hat, als daß Haut und Hirn noch mitgekommen wären. Bloß keine Esoteriker jetzt noch zum Ende der Saison. Es war ein guter Sommer, wenig Idioten und Nervensägen. Dann hat sie ihren Blick wieder eingefangen, läßt ihn durch den Laden schweifen, grinst ein breites Koboldgrinsen, und Jeros Moment des Unbehagens ist vorbei; Mann, sagt sie, dreht sich im Halbkreis, das sieht hier alles dermaßen cool aus, und ich weiß nicht mal, wozu es gut ist. Ich nehme an, das ist so Superheldenbedarf, richtig? Jo, nickt Jero, das ist richtig, wenn du mir an den Capes vorbei zu den Laserwaffen folgen willst? Nichts lieber als das, sagt Ruth, wenn ich denn bitte ein Cape bekommen könnte, das meine Augenfarbe betont. Es ist nicht nur so, daß ich all so was nicht habe, ich weiß noch nicht mal, was ich brauche; kein Problem, sagt Jero, das kriegst du geliehen, ist alles im Preis enthalten, nur das Jetpack kostet extra. Er ist im Büro bereits instruiert worden, drei Tage, zwei Tage Ausbildung, einen Gipfel, letzterer verhandelbar. Totaler Anfänger, aber immerhin – die Trainingstage – nicht ohne Realitätsbewußtsein. Sie steht vor der Wand mit dem Klettermaterial wie ein Kind vorm Weihnachtsbaum, zeigt entschieden auf etwas und sagt, das da sieht extrem abgefahren aus. Was immer es ist, ich will's haben. Das ist ein Friend, sagt Jero; dann will ich den erst recht, sagt Ruth. Nicht so gierig, sagt Jero, fangen wir erst mal mit den Basics an. Das ist dein einziger Rucksack, ja? Ein 45-Liter-Deuter sitzt auf ihrem Rücken, sie hat ihn noch nicht abgelegt, als habe sie ihn vergessen. Leg mal deinen Kopf in den Nacken. Es geht nicht sonderlich gut, war klar, das Ding ist zu groß, das Rückenteil zu hoch. Okay, einen kleineren Rucksack können wir dir auch leihen, aber die Schuhe sind ein Problem. Jero deutet auf ihre Wanderstiefel, bei denen sind die Sohlen für Steigeisen nicht steif genug. Kein Problem, sagt Ruth, ich kauf welche, wenn ich mir dazu einen Freund kaufen darf. Ist 'n Deal, sagt Jero, dann such ich mal deine Aussteuer zusammen, und Steivan verkauft dir währenddessen anständige Schuhe. Deal, sagt Ruth und läßt sich folgsam beschuhen, während Jero im Hinterraum Klettergurt und Steigeisen in einen kleinen Rucksack packt und einen orangefarbenen Helm aus der Kiste klaubt. Neue, uneingelaufene Schuhe sind natürlich suboptimal, aber was soll man machen. Ruth scheint nicht lang zu fackeln, sie steht bereits an der Kasse, Sportiva-Stiefel an den Füßen und eine VISA-Karte in Händen. Doch keinen Freund? fragt

Jero; ich zögere noch, gekaufte Freunde sind ja so 'ne Sache. Vielleicht kauf ich mir übermorgen zwei und mach mir Ohrringe daraus. Wär schon schick, sagt Jero, die würden auch gut zum Hut passen; er reicht ihr den Helm. Ruth verzieht das Gesicht, och nö, sagt sie, ich hasse Helme, das geht mit meiner Frisur gar nicht, ich habe Hunderte in meinen Coiffeur investiert. Nicht optional, sagt Jero streng, wir hassen es, nach Steinschlag die Touristenhirne von unseren gepflegten Bergen zu schrubben. Ich habe ein sehr hübsches Hirn, mault Ruth, stülpt sich widerwillig den Helm auf den Kopf, sagt, siehst du, zu klein. In der Tat. Jero nimmt ihn ab, verstellt die inneren Plastikbänder, reicht ihn zurück, sagt, ich will keine Klagen hören. Ich hasse Orange, murrt Ruth unter ihrem Helm hervor; ein Wort noch, und es gibt Rosa, sagt Jero. Steivan feixt und druckt den Kreditkartenbeleg aus. Weißt du schon, wo du wohnst? Nein, sagt Ruth, verstaut die alten Schuhe im neuen Rucksack, irgendeinen Tip? Tja, das Chesa Mulin vielleicht, die sind, glaube ich, nicht so hirnrissig teuer und echt okay. Nebenan ist der Supermarkt, falls du noch was brauchst. Ich hol dich dann morgen um acht ab, und wir fahren erst mal rüber Richtung Morteratsch. Was zu essen einpacken, was zu trinken, und wer den Helm vergißt, bleibt zu Hause. Sir, yes, Sir, antwortet Ruth zackig und salutiert an ihrer schiefen Helmkante. Wenn sie grinst, sieht sie jünger aus, wenn sie es vergißt und ins Leere starrt, sehr alt.

Mittags sitzen sie in der milden Sonne auf den Felsen am Morteratsch-Klettergarten, Ruth scheint zum Picknick das halbe Frühstücksbüfett leer geräumt zu haben, bietet ihre Beute freigebig an, nagt aber selbst eher desinteressiert an einem Käsebrot. Jero zieht gedanklich eine erste Bilanz. Klettern im unteren Mittelbereich des Erwartbaren, was zu vermuten war, alte Körper lernen selten neue Tricks. Seil und Knoten sind ein erstaunliches Plus, das hat man selten, nicht wenige Leute halten Knoten für eine quasimagische Wissenschaft. Die schrullige Lady hingegen hat seine ersten, niedrigschwelligen Einstiegserklärungen umgehend unterbrochen, gesagt, sag doch einfach, daß du von einem Mastwurf redest, ihm das Seil aus der Hand genommen und einen geknotet. Und dann problemlos einen Palstek und einen gesteckten Achter hinterher. Seglerin, min Jung, hat sie gesagt, ich bin von der Küste, wir werden nicht geboren, wir werden vom Stapel gelassen. Die Prinzipien von Seilsicherung, Toprope, Vorstieg hat sie auf Anhieb begriffen, Jero ist nie gesegelt, es muß aber ebenfalls mit Seilmechanismen zu tun haben. Statt Seil scheint man allerdings *Leine* zu sagen, Ruth redet konsequent von Leinen. Jetzt redet sie gerade von ihrer Wanderung. Jero hat sie gefragt, wie sie auf den Gedanken gekommen ist, eine Hochtour machen zu wollen. Nach zwei, drei mäßigen Späßen zum Einstieg begann sie von ihrer Wanderung der letzten zwei Monate zu erzählen, währenddessen gerieten ihre Augen aus dem Fokus und nahmen diese vage Leere an, die Jero gestern schon irritierte, gleichzeitig grub sich die häßliche Zornesfalte in ihre Stirn, und die Lachfalten verschwanden. Hungriges Tier, dachte Jero flüchtig. Als Ruth schließlich den Faden ihrer Erzählung verloren hat, fragt er, und was machst du beruflich? Ruth ruft ihren Blick zurück wie einen streunenden, gut trainierten Hund, glättet die Stirn zugunsten der Krähenfüße, sagt, ich gehe nach Osten, derzeit aber als Freelancer. Guter Job, sagt er; ja, bloß schlechte Steuerklasse, sagt sie. Sie trinkt einen Schluck aus ihrer Wasserflasche, zündet sich eine Zigarette an, raucht gierig und nervös. Hetzt ihren Blick auf das Bernina-Panorama. Septembersonne haucht ein Gleißen über die Gipfel. Ich würde, haucht Ruth, so wahnsinnig gern auf den Bernina. Aber ich nehme nicht an, daß ich das kann, oder? Das ist wahrscheinlich eine Superhelden-only-Party. Sie sieht Jero dabei nicht an, sie sieht zum Bernina hoch, der elegant mit seinem scharf gescheitelten Biancograt alles weit überragt. Jero betrachtet ihr Gesicht, aus dem alle Falten weichen, alle Sonnenbräune, um schierer Sehnsucht Platz zu machen. Er weiß, daß sie schon bei ihrem Anruf im Büro nach dem Bernina gefragt hat, daß aber von Natalia wohlweislich mit ihr der Palü ausgehandelt worden ist. Mehr sollte man ausgewiesenen Anfängern nicht offerieren. Der Plan ist, morgen abend zur Diavolezza hochzufahren und an Tag drei den Palü zu machen. Er ist so schön, sagt Ruth. Jero versteht, daß sie nicht den Palü meint, der breit und wuchtig auf den Tatzen seiner Pfeiler über dem Gletscher hockt, mit dem erhabenen Bernina aber kaum konkurrieren kann. Jero überlegt. Der Biancograt ist kein Thema, über den Fortezzagrat jedoch ist es weniger schwierig, als die Leute denken, Klettern bis maximal III, Spallagrat bis II+. Eine Menge ausgesetztes Zeugs natürlich, vor allem die Firnschneiden. Standardmäßig ginge man über den Palü zurück. Es ist eine Tour von großer Schönheit; auch wenn er sie oft macht, in manchen Saisons bis zum Abwinken, nutzt sich die Schönheit kaum ab. Jero überlegt. Ruth sieht nach wie vor zu den Gipfeln empor und scheint ihn vergessen zu haben. Mit dem Klettern tut sie sich noch schwer, versucht, sich mit ihren kraftlosen Armen hochzuziehen, anstatt sich einfach auf ihre Beine zu stellen. Mit dem Seil hingegen ist sie bemerkenswert souverän. Ihre Kondition scheint okay, und er hat ihre Mischung aus Ruhe und Hartnäckigkeit heute vormittag im Klettergarten durchaus für gut befunden. Ihm gefällt dieser leere Blick unter der Zornesfalte nicht, andererseits, einfach mal so zu beschließen, zwei Monate allein durch die Alpen nach Osten zu wandern, das ist schon, obgleich Jero persönlich Wandern witzlos findet, nicht ganz uncool. Sie hat ihm von Pässen erzählt, als seien es Geliebte. Vorhin hat er ihr mit generöser Geste gezeigt, wie man einen Friend als Klettersicherung in einem Spalt verklemmt, sie hat es ihm mit der Inszenierung einer Begeisterung gedankt, die gemeinhin ein Groupie seiner Boygroup schenkt. Jetzt aber, wenn sie zu den Gipfeln hochschaut, sieht sie alt aus. Seinen Fragen, was sie zurück in Hamburg machen wird, ist sie bislang mit Witzeleien ausgewichen. Jero ist klar, daß jeder alt wird, auch wenn es die wenigsten glauben wollen. Jero ist klar, daß alle Zeit abläuft. Auch die Saison geht zu Ende, er hat nur noch wenige Jobs, er ist müde, das ist man immer am Ende der Saison. Der Körper ist müde, der Geist noch viel mehr. In den Saisons, sommers wie winters, arbeitet man oft zwei, drei Monate am Stück; Feiertage macht man nur, wenn das Wetter sie gebietet. Beim Klettern hat er gesehen, wie Ruths Oberarme, die sicher mal hübsch waren, lappig runterzuhängen beginnen. Vielleicht, denkt er, auch wenn er müde ist und auf seine eigenen Spätherbstferien hinfiebert, hat er noch einen Berg zu verschenken, vielleicht ist Ruth jemand, der ihn braucht, den Berg, nicht das Gipfelselfie. Vielleicht nicht, sagt er. Wir benötigten einen zusätzlichen Tag, ich hätte den, und ich müßte gucken, ob die Marco-e-Rosa-

Hütte Platz hat, ist aber wahrscheinlich, ist Nachsaison. Wir gehen jetzt auf den Gletscher und morgen aber noch mal einen Tag in den Fels zum Trainieren, und du mußt dir halt Mühe geben. Ruth wendet langsam den Kopf, auf ihrem merkwürdigen Gesicht liegt der Ausdruck eines Raubtieres vor einer Marienerscheinung, dann kriecht ein Lächeln über ihre Lippen, die sich vom Sonnenbrand pellen; was immer Sie befehlen, Sir, O Captain my Captain, sagt sie, ich tue alles, für Sie und den Bernina würde ich Nieren spenden, Zimmerpflanzen kaufen und den gottverdammten Helm nimmermehr absetzen. Jero nimmt mal an, das sei ein unbeholfen formulierter Code für Seligkeit.

Jürg Beltrane – Motivationsbooster: Abschied

(Kamerawinkel von leicht rechts oben, im Hintergrund ein Hotelzimmer oder eine Lobby, weiches, gelbgoldenes Licht, gelbgoldene Vorhänge, Stehlampen scheinen zur Rechten entweder in Phalanx zu stehen oder sich in großen Spiegeln mehrfach zu spiegeln. Polstermöbel.)

Hallohallihallo, hallo ihr alle, Motivationsbooster heute: «Abschied». Ja, Abschied, darüber will natürlich keiner reden, da tun wir alle immer so, gerade, wenn es schön ist, gerade in den Magic Moments, als könnte das immer weitergehen, als könnten wir die Stoptaste drücken, und ich sag ganz offen, mir geht das auch so, manchmal will ich etwas nicht enden lassen, aber das ist natürlich SCHWACHSINN, alles endet, irgendwann ist es für uns alle soweit, da werden wir gehen, da gehen unsere Liebsten, unsere Kunden, da muß man Abschied nehmen, auch wenn es weh tut, von Menschen, von Lebenssituationen, von Tieren, das tut manchmal sehr weh, aber Abschied gehört nun mal zum Leben, ja. Andere Abschiede sind vielleicht eine Erleichterung, wir müssen nur das LOSLASSEN lernen, alles ist ein Kommen und ein Gehen, wenn der Herbst kommt, geht der Sommer, erst wenn sich eine Tür schließt, öffnet sich eine andere. Egal ob in der Partnerschaft, im Geschäftsleben, bei den Magic Moments, die man nur in seinem Dankbarkeitsbuch festhalten kann, und dann aber heißt es tschau, bye-bye. Das muß man aushalten, da darf man nicht FESTHALTEN, und wirklich, ich möchte das auch manchmal, aber das ist doch so ERBÄRMLICH, guckt euch die Leute an, die das nicht lernen wollen, die hängen dann fest, die klammern sich an Leichen, die stopfen, wie bei Hitchcock, ihre tote Mutter aus, weil sie nicht ABSCHIED nehmen können. Das willst du nicht, das blockiert deine Energie, du willst deine begrenzte Zeit nicht mit Vergangenem vergeuden. In diesem Sinne, ich wünsch dir einen supercoolen Abend, vergiß nicht, alles Schöne hat ein Ende, dann bringt der nächste Tag neues Schönes, dann wird es Abend, dann ist es zu Ende, alles ist irgendwann zu Ende, alles Liebe, danke fürs Teilen, tschau, macht's gut, macht's besser, bye-bye.

Simon anderntags

So sind sie, die Menschen. Nach dem Fanal räumen sie auf. Trümmerfrauen, als Müllabfuhr gewandet, graben sich durchs Debris, die Reste vom Feste. Tiefe Krater sind in den Asphalt gebrannt. Vulnerabilität und Resilienz der Zivilisation. Heute früh ist Simon, auf den Bodendielen der gestrig rettenden WG zusammengerollt, tatsächlich vom Schweigen der Hubschrauber aufgewacht. Für eine knappe Stunde schwiegen die Hubschrauber, man weiß nicht, warum, es war aber irritierend genug, um einen aus dem erschöpften Tiefschlaf zu reißen. Sein Körper ist voller Schmerzen, die Mutter aller Hämatome prangt auf seinem rechten Oberschenkel, der entsprechende Schmerz ist ein Orden, ein Geschenk. Simon beißt sich auf die Unterlippe und humpelt in die Küche, wo ein Kerl und zwei Frauen sitzen. Die Pferdeschwänzige ist gestern nacht umgehend wieder abgehauen. Es gibt Kaffee und Laptop zum hiesigen Frühstück, der Bildschirm zeigt eine Splitscreen, Mischief und Mayhem auf der einen, Elbphilharmonie auf der anderen Seite. Merkel und Monstren hie, die wundervoll brennende Barrikade da. Zero-Dark-Thirty-Helibilder vom Dach des Pferdemarkthauses, Zero-Dark-Thirty-Spezialeinheiten ebendort; andererseits der Bürgermeister in der Elbphilharmonie, auf sein Smartphone blickend, mutmaßlich tindernd. Hi Typ, sagt eine der Frauen, ohne ihn anzusehen, willst du einen Kaffee, wie heißt du eigentlich. Laurenz, sagt Simon, und nee, ich will bloß danke sagen, echt, danke. Da nicht für, winkt die Frau ab, paß auf dich auf, ist 'ne schlimme Gegend da draußen für einen netten jungen Mann wie dich. Ist nicht unbemerkt geblieben, sagt Simon, trotzdem, auf die Gefahr hin, mich zu wiederholen: danke. Wir verstehen uns als Retter der Witwen und Waisen, sagt der Mann, nimm dir doch 'n Kaffee. Simon will aber in erster Linie eine Zigarette, und seine Intuition weiß, dafür müßte er hier auf den Balkon. Und er braucht erst Kaffee mit Kippe, bevor er sich zu Kommunikation im Stande sieht. Insbesondere mit Leuten, die ihn wie ein greinendes Baby von der Straße gezogen haben, bevor er ihnen in ihre Toilette gereihert hat. Paßt auf euch auf, sagt er, winkt zum Abschied, und laßt nicht jeden in eure Wohnung, es könnten Hannoveraner drunter sein; o Gott, mal den Teufel nicht an die Wand, sagt die Frau, die ihn jetzt doch anguckt, mit gespieltem Entsetzen. Tschüß, und ich glaube, *danke* hab ich noch nicht erwähnt, Simon schlüpft winkend aus der Küchen- und zur Wohnungstür hinaus. Die Treppe bewältigt er mit all der Geschmeidigkeit eines Neunzigjährigen, seine Oberschenkelmuskulatur ist Brei. Er lacht laut und mit einem unschönen Touch ins Hysterische gegen die Schmerzen an. Draußen wartet die Hitze auf ihn, er geht gemächlich das Schulterblatt entlang, von den Aufräumarbeiten kaum weniger fasziniert als von der Zerstörung der gestrigen Nacht. Yin und Yang, Entropie und Ordnung, Chaos und IKEA, Shiva und Vishnu. Die Hubschrauber sind zurück, gottlob, die Stille war beunruhigend. Zersplitterte Scheiben zur Linken, niedergerissener Spanplattenverhau zur Rechten. Der Ambientgeruch des verbrannten Asphalts ist mesmerisierend. Erst unten auf dem Pferdemarkt erinnert sich Simon an sich selbst: Er ist der, der einen Kaffee braucht. Dementsprechend erwirbt er einen solchen an der Ecke zum Grünen Jäger. Die Robocopreihen scheinen ermüdet, das Hipstergewimmel auch, selbst der Imbißtürke, der Simon einen gar nicht mal schlechten Kaffee zapft. Nur die Hitze ist längst wieder auf Zack, sowie die Hubschrauber natürlich. Im Baumschatten am Grünen Jäger, wo allerhand Volk rastet, trinkt Simon seinen Kaffee. Raucht zwei, drei Zigaretten, er sollte was essen, in seinem Magen befindet sich lediglich Restbier und Erregung der vergangenen Nacht, nur erscheint ihm das vorläufig unangebracht und zu mühsam. Lieber kauft er sich einen Zweitkaffee, widersteht der Versuchung, sich unter die Bäume zu legen, schlendert statt dessen die Budapester Straße hinab. Autos sind vergessene Relikte eines lange vergangenen Zeitalters, damals, als man noch auf Bürgersteigen ging. Bevor er sie hört, kann er die Kundgebung am Ende der Budapester Straße, am Millerntor, bereits fühlen. Tausendfache Emotion auf kleinem Raum. Unwiderstehlich. Ein schlafendes Fünfergrüppchen hat sich auf dem Mittelstreifen zu einem schützenden Nest zusammengerollt. Dann der Mann. Der unglaubliche Mann. Alt, Mitte Fünfzig vielleicht. Er steht an der Ampel, vor ihm die seit drei Tagen apokalypseleere Budapester Straße, auf der nur gelegentlich ein ekstatischer Suicycler entlangkarjohlt. Neben ihm, am Ampelmast, ein ausgebrannter Mülleimer, darunter ein verkokelter Abfallhaufen. Rundherum die Trümmer der nächtlichen Kämpfe. Da steht er, der Mann. Und wartet auf Grün. Seit drei Tagen sind die Ampeln und die Türken die einzigen, die ihren Job über das Ende aller Dinge hinaus immer noch durchziehen. Die Türken verkaufen Bier und Börek, die Ampeln schalten von Rot auf Grün und zurück, pflichtbewußt und sorgenvoll über Straßen gebeugt, die längst keine mehr sind. Der Mann steht dort, neben dem geschmolzenen Mülleimer. Und wartet. Wartet auf Grün. Wastelands ringsum, er wartet auf Grün. Dann schaltet die Ampel auf Grün, und er geht los. End of History and the Last Man. Simon läßt sich auf die Knie fallen, was irrwitzig weh tut in den Oberschenkeln. Er wartet zwei Ampelphasen ab, bevor er sich hochstemmt und weitergeht. Der Mann ist längst verschwunden.

Kurz vorm Millerntor ist Party. Aufgekratzte Demonstranten umringen einen Lautsprechertruck mit sehr gutem

Techno, tanzen und pritschen sich Schaumstoffpflastersteine zu. Die Musik ist gut genug, um ein breites Grinsen unvermeidbar zu machen, und selbst der kaputte Körper regt sich. Simon retourniert einen der Schaumstoffklötze zu einem selig aussehenden Mädchen, läßt sich zu zwei, drei Tanzmoves hinreißen, läßt sich von seinen Schenkeln umgehend eines Besseren belehren, und das Girl hat seine Augen längst wieder geschlossen und tanzt sich in eine eigene, einsame Ekstase. Mit jedem Schritt weiter nach Süden reichert sich die Atmosphäre mit Gewalt an, elektrisch, in der Luft stehend wie ein sich formierendes Gewitter. Simon muß seine Armhärchen dafür nicht mehr konsultieren. An der Helgoländer Allee lauern zwei Wasserwerfer, atmen unmerklich unter ihren hydrocephalitischen Stirnen, sind sprungbereit. Davor Robocops. Und vor denen die Leute, das ganze Spektrum von Flowerpower bis Haßkappe. Zur Linken parkt ein Truck der Autonomen; zwischen all den mannigfaltigen Transparenten, die dieses und jenes behaupten, fordern, anklagen und beschwören, protestiert der Autonomentruck gegen die andere, zeitgleich stattfindende *Hamburg-zeigt-Haltung*-Demonstration der Bürgerlicheren, und zwar mit dem Plakat *Hamburg zeigt: halt die Fresse.* Wenigstens, denkt Simon, werden uns die Feinde nie knapp werden. Er fühlt sich zu ausgewrungen für all das hier. Den Robocops steht die skandierende Menge gegenüber und haßt die Polizei. Es fühlt sich schal an, verglichen mit der final furiosen gestrigen Nacht. Danach kann jeder Morgen nur als Affront gelten. Wenn Shiva tanzt, ist es beleidigend, kommen anderntags die Müllmänner, um aufzuräumen. Man sollte unserer Sehnsucht nach Untergang keine lange Nase drehen, denkt Simon, während er die Reeperbahn hinunterstreunt, während der Mann an seiner Ampel auf Grün wartet, während die Sonne sekündlich 564 Millionen Tonnen Wasserstoff in 560 Millionen Tonnen Helium umwandelt und die Hubschrauber singen. Ein Magenkrampf durchfährt Simon, kreuz, quer, überall, zwingt ihn in die Knie. Er keucht, Tränen in den Augen. Beißt die Zähne zusammen und krallt seine Nägel in die Handballen, bis der Schmerz abebbt. Er steht mitten auf der Reeperbahn, die schäbigen Häuser weichen mit leichtem Ekel zurück. Sehr plötzlich fühlt sich Simon unendlich allein. Jung. Zu jung. Major Tom to Ground Control? Er holt sein iPhone aus der Hosentasche, und es ist leer. Kein Akku. Die Einsamkeit des Smartphonebesitzers ohne Steckdose. Hinter ihm brandet Geschrei aus der Schwarmkehle, Simon kann es nicht deuten. Er kann Heidi nicht anrufen. Er kann nicht erfahren, was vor sich geht, ohne selbst nachgucken zu gehen. Er ist sich, für einen Moment, nicht sicher, ob er für all das hier gemacht ist, ob er für irgend etwas gemacht ist. Dann humpelt er weiter, zwingt sich zu Fritten, unter denen sein Magen revoltiert, irrt vergeblich durch die Nebenstraßen des Hein-Köllisch-Platzes, ohne sich an Heidis Hauseingang erinnern zu können. Gibt auf, rollt sich auf dem Rasenfleck von Park Fiction zusammen, schlägt sich bei der Revolte seines Magens gegen die Fritten auf deren Seite, schläft schließlich unter dem fürsorglichen Lärm der Hubschrauber ein.

Als er aufwacht, geht es ihm besser. Er trifft den Entschluß, sich zu bewegen, auch wenn sein Körper protestiert, sein Geist aber besteht drauf, bewegliche Ziele sind schwerer zu treffen. Vor der Kogge schleppen Leute Schlagzeug, Verstärker und Keyboard auf die Straße. Die Straße gehört niemandem mehr, außer den Leuten, die beschließen,

Schlagzeuge, Verstärker und Keyboards daraufzustellen. Simon verharrt, schlendert dann in die Kogge, um sich einen Kaffee und ein Bier zu bestellen. In der Ecke neben Tür und Zigarettenautomat frickelt sich ein langhaariger Mensch ein Mischpult zurecht. Hinter Schlagzeug und Keyboard haben zwei Neuseeländer, so schnappt es Simon an der Theke auf, Platz genommen, beide mächtig duhn, beide in schwarzen Shorts und Hoodies, Kapuzen über dem Kopf, der Keyboarder trägt dazu Sonnenbrille, und just als Simon seinen Kaffee getrunken hat und mit seinem Bier zurück auf die Straße tritt, heben die besoffenen Neuseeländer an, einen irrwitzigen Hybrid aus Punk und Boogie-Woogie zu spielen. Alter, wie geil ist das denn, denkt Simon, und der Mischpultmann lacht lauthals. Es dauert keine zehn Minuten, und zwanzig, fünfzig, hundert Leute tanzen. Im Zentrum Punks im Pogo, an der Peripherie Leute mit Kindergartenkindern. Ab und zu schert ein Punk aus und tanzt mit einem blondrosa Kleinkind. Es dauert keine fünfzehn Minuten, und Simon findet sich im Pogopool wieder. Tanzt wie blöd, tanzt, bis er keine Luft mehr kriegt und seine Lunge fast so schmerzt wie seine Schenkel. Er läßt sich aus dem Epizentrum rauspogen, trudelt leerlaufend in der Umlaufbahn, kommt keuchend auf den Treppenstufen eines leerstehenden Ladens zu sitzen. Dort bemerkt er, er hat kein Bier mehr, das ist schlecht, aber erst mal muß er verschnaufen. Sich eine Zigarette anzünden, auf die Rückkehr von genug Lungenkapazität warten, um sie auch zu rauchen. Der Boogiepunk fegt freudig die Bernhard-Nocht-Straße entlang, quer durch all die Leute, die tanzen oder am Rande mitgrooven. Neben ihm, er bemerkt sie erst jetzt, hockt eine Frau, die weint. Anfang Dreißig vielleicht, bleich und blond. Weil er selbst gern jemand hätte, der ihn fragt, wie's ihm geht, fragt er sie. Sie weint lautlos. Antwortet zunächst nicht, dann doch, sagt grimmig, ich will, daß es vorbei ist. Sie wartet nicht auf seine Nachfrage, spuckt ihre Rede auf die Stufen unter ihrem gesenkten Kopf, ich hätte nicht hierbleiben dürfen. Meine Tochter ist vier. Alle anderen aus meinem Haus sind abgehauen, aber ich dachte irgendwie, ich müsse bleiben. Diese ganzen Häuserfronten, sie macht eine fahrige Geste und sieht Simon nach wie vor nicht an, die sind alle energiesaniert mit dem bescheuerten Wärmedämmverbundsystem, das brennt wie Brandbeschleuniger. Ich hab seit zwei Nächten nicht geschlafen und wachgelegen und mich gefragt, wie ich meine Tochter da rausbringe, wenn alles brennt, wenn die Scheißbarrikaden außer Kontrolle geraten oder irgend jemand eine Mülltonne anzündet. Gestern morgen, jetzt sieht sie Simon an, zornige Augen unter ungewaschenen Haaren, war ich mit meiner Tochter im Schwimmbad an der Holstenstraße, wir sitzen im Badeanzug am Planschbecken, da explodiert irgendwas vor der Tür, und es kommt eine Durchsage, man müsse sofort evakuieren, alle raus aus dem Wasser und zu den Notausgängen. Das kannst du dir nicht vorstellen, du Spacko, und sengende Wut trifft Simon, für die er sich nicht zuständig fühlt, wie das ist, wenn du deine kleine, halbnackte Tochter in den Armen hältst und barfuß und im Badeanzug zur Evakuierung aufgefordert wirst. Weil's draußen brennt und explodiert, und du hast keinen Bock, zu solchen Gelegenheiten einen beschissenen Badeanzug zu tragen. Und ich kann das, nun flüstert sie, ich kann das nicht noch eine Nacht. Ich kann das jetzt nicht noch so eine Nacht. Ich will, daß es aufhört. Ich will nur, daß das aufhört und ich schlafen kann. Einhundertprozentige Entrüstung nagelt Simon auf den Stufen fest, und er nimmt an, seine persönliche Unschuld am Holstenstraßengeschehen jetzt nicht glaubwürdig anführen zu können. Die Frau aber schweigt und scheint eine Entschuldigung zu erwarten. Von irgendwem. Tut mir leid, sagt Simon. Kann ich dir ein Bier kaufen. Nein, sagt die Frau. Wichser. Steht auf und geht zurück in ihr Haus. Die Neuseeländer gehen ab wie die Berserker, beenden jeden Song in einem großen Groovecrescendo, erscheinen nimmermüde, und das gefiele Simon nicht schlecht, wenn von jetzt an bis ans Ende aller Zeiten auf den geleerten Straßen Boogiepunk gespielt würde, so lange, bis eine rotriesige Sonne uns alle einfach von der Planetenoberfläche brennt und dann auch mal gut ist und Ruhe im Karton. Aber so ist es nicht. Es ist nie so, wie sich's gehörte. Die hübsche, harte Kogge-Frau bringt den Neuseeländern Schnäpse, nimmt sich das Mikro, dankt fürs Konzert, schmäht die Bullen und sagt, es gingen jetzt sowieso alle in die Schanze. Simon geht sich zunächst ein Bier holen und hört an der Tür einen Konversationsfetzen zwischen der Kogge-Frau und dem Mischpultmann, der doppelt so alt ist wie Simon und dreimal so naiv, er fragt, ob in der Schanze auch ein Konzert sei. Nein, eher nicht, sagt die Kogge-Frau milde. Simon schlüpft an den beiden vorbei, bestellt sich ein Bier. Weiß, daß die Schanze brennt. Weiß, daß sie das keinesfalls ohne ihn tun kann. Gierig trinkt er sein Bier, toastet auf den Ampelmann, toastet auf die Treppenfrau, in Gedanken; in Gedanken ist er längst dort, wo die Barrikaden brennen. Wo wir uns in Nacht und Rauch und Flammen auflösen. Aus abertausend Kehlen den vorrückenden Wasserwerfern entgegenschreien *Du kannst nicht vorbei*, sinnlos, siegreich, ultimativ, im Druck von 20 Bar zu Diamant gepreßt. Mehr wird einem möglicherweise nie geboten werden. So schlecht ist es, vielleicht, nicht. Es ist besser als alles andere, solange es währt. Erst der nächste Morgen wird einen betrügen. Wenn die Müllabfuhr für uns kehren wird, wenn man nach dem nächsten nicht abgefackelten Geldautomaten suchen wird, nach einer Steckdose für die Handyladung, einem Kaffee, einem Bagel oder Börek. Nichts wird jemals aufhören. Es ist aber schön, so zu tun als ob. Als brenne die Welt nieder, mitsamt allen Kriegscateringkiosken, allen Badeanzugmüttern, sorry, aber Opfer müssen gebracht werden, mit allen IKEA-Filialen und Wärmedämmverbundfassaden, und als letztes man selbst, lodernd, schmerzhaft hell, allumfassend, dann vorüber. Der nächste Morgen bräche ungesehen an, über leblosen Straßen, nur erschöpfte Ampeln beugten sich noch über die bereinigte Welt, schalteten von Rot auf Grün und zurück nach Rot. Hörten damit erst auf unter einer erkaltenden Sonne. Das wäre schön. Noch aber ist es nicht soweit. Noch brennt zunächst die Schanze, irgendwo muß man ja anfangen. Simon wird und kann es sich keinesfalls entgehen lassen. Es ist die beste Chance, die er jemals bekommen hat und bekommen wird, möglicherweise die einzige, und er ist gewiß nicht gewillt, sie zu verpassen. Freedom is just another word for nothing left to burn. An der Davidstraßenecke kauft er sich ein Bier-to-go, der Kioskbesitzer ist erstaunlicherweise Bangladescher.

Ruth jenseits des Gipfels

Der Moment maßlosen Glücks kommt erstaunlicherweise nicht auf dem Gipfel. Sondern zehn Minuten zuvor. Auf dem Grat, der rechts und links von ihr in unsagbare Tiefe abschert. Sie aber reitet den Grat wie ein Surfer die Welle. Auf der scharfen, dünnen Schneide, die Himmel von Abgrund trennt. Der Tod, den man gemeinhin so fürchtet, von dem man sich sein Leben lang fragt, wo er wohl lauert, endlich Face to Face, Mann gegen Mann. Tod rechts, Tod links, Ruth hier. Ruth mittendrin, Ruth ihm entgegenlachend. Ruth ist nachts von der Diavolezza aufgebrochen, den Klettergurt um die Hüften, gemeinsam mit den besseren Leuten, die sie seit zwei Monaten auf den Hütten gesehen hat, die zwischen Nacht und Morgen aufbrechen, hartklimpernd gegürtet, um dorthin zu gehen, wo die Drachen wohnen und nur außergewöhnliche Menschen hinkönnen. Gibt es irgendwen, der sich nicht für außergewöhnlich erachtet oder erträumt? Ruth ist auf dem Gletscher, im Schein ihrer Stirnlampe, Jero hinterhergetrottet, grimmig bemüht, nichts zu verreißen, weil unklar ist, ob ihr je eine weitere Chance geboten wird. Dann das erste Tageslicht. Ringsum der Gletscher, erstarrtes Meer vollendeter Leere. Ewigkeit, in Eis modelliert. Soviel größer als alles. Eine Welt. Ruth ist auf dem Fortezzagrat Jero nachgeklettert, auf seiner Spur liebevoll spöttischer Ruhe, die er ihr eröffnet, der Ruth folgt, dankbar, so dankbar. So hat Ruth die Bellavista-Terrasse erreicht, eine Gletscherkomposition, schon sehr weit hoch über allem. Schon hoch und leer und so makellos, man will aufhören darin. Wenn alles endlich ausreichend leer, rein und makellos ist, erscheint aufzuhören folgerichtig. Und dann ist Ruth auf dem Spallagrat. Hochkonzentriert auf ihre Bewegung, hochkonzentriert auf das Seil und die Sicherungen, die Karabiner in ihren Händen sind von geschmeidiger Funktionalität, schön, schlicht und unbeirrt wie Haie oder Waffen. Und schließlich ist Ruth kurz vor dem Gipfel, auf dem Grat, alles, ausnahmslos alles, liegt weit unter ihr; alles fällt ringsum ab in Leere und Kälte, ungeheuerliches Glück durchfährt Ruth, so wuchtig, es bleibt schier gar nichts von ihr übrig. Genau das ist der womöglich beste Augenblick ihres Lebens. Ein Teil ihrer selbst achtet sorgsam auf Griffe und Tritte, alles Wesentliche singt, singt lautlos, singt das triumphierende Lied, das bislang keiner komponierte. Und sie weint, lautlos in fassungslosem Glück, und singt dieses Lied. Die Berge, schroff, harsch, allesamt unter ihr, singen die zweite Stimme, ferne Galaxien summen im Chor. Das ist Ruth, die singend diesen Augenblick anhalten will, wo sie nicht mehr ist, sondern alles bloß Himmel über den Gipfeln. Die Luft dünn und kalt. Die Schwerkraft scheint die Hände über dem Bauch zu falten und sich zurückzulehnen. Ruth, kurz vor dem Gipfel. This is the place where all the veins meet. Dies ist der Ort, wo es vor Glück zu weinen und zu singen gilt, weil es einen sonst zerrisse. Ruth dann auf dem Gipfel, händeschüttelnd mit dem wunderbaren, schweigsamen Jero, dankend, umarmend. Ruth dort, wo die Welt endlich endet, sich wehrlos dem Himmel ergibt. Sie sitzt auf dem Gipfel, wird von Jero ermahnt zu trinken, und ist folgsam, obgleich sie es normalerweise vorzieht, erst richtig durstig zu werden, um das Trinken radikal genießen zu können. Sehr kalter Wind. Ein Wind, der erst dort weht, wo alle Welt aufgehört hat. Ruth blickt in die sie umgebende Abwesenheit von Welt, läßt den Wind die Resttränen auf ihren Wangen gefrieren, läuft Gefahr, sich daran das Herz zu brechen, daß ihr von hier an nichts mehr bleibt. Kein Osten, kein Oben. Kein Gral. Nichts kann und wird mehr kommen. Alles von hier aus wird im Schatten liegen. Lange Schatten werfen die Gipfel über den Gletscher, im erkaltenden Licht sind seine Spalten tiefblaue Kiemen. Die Berge ducken sich unter Ruth und hüllen sich in höfliches Schweigen. Wir müssen zurück, sagt Jero; ja, sagt Ruth, zerfällt unter dieser Erkenntnis, danke, sagt sie. Zurück kehrt man zu verschatteten Tälern und wachsenden Fingernägeln. Aber noch ist es nicht zu Ende. Noch ist jeder Moment köstlich. Noch ist alles Angst, Adrenalin und Triumph. Ruth lehnt sich mit brutalstmöglicher Überwindung in den Klettergurt, während Jero sie abseilt. Sie ist nie gut darin gewesen, anderen Menschen zu vertrauen, jetzt aber muß sie wohl. Ruth, die sich mit kühlen Karabinern sichert. Ruth auf der Firnschneide, sie singt sich immer noch die *Bittersweet Symphony*, als der Abgrund sie bemerkt, zurückblickt, als die fragile Restwelt aus Altfirn und Neuschnee plötzlich aufhört, ihrem Innenohr glaubwürdige Signale zu senden, und Ruth zu einem spontanen Date mit ihm, dem Abgrund, einlädt, was Ruth eine Millimississippisekunde lang für eine reizvolle Idee hält, bevor alles an und in ihr, zu spät, *Nein* schreit. Da aber ist sie längst unterwegs zu dem Ort, where all the veins meet, yeah.

Kathrin: «Challenge»

Hi, ich weiß, daß ihr da seid. Ich weiß, daß ihr mich besser versteht als alle anderen jemals. Als Frank mit seinem neuen, jungen, frischen Fötzchen und seinen erbärmlichen Schwüren und Versprechen über einmalige Ausrutscher, ha; als Simon, der seit drei Tagen noch nicht mal mehr ans Telefon geht – aber *mir* macht die Schule die Hölle heiß, weil er schwänzt. Mir ist das, ich glaube, ihr könnt das verstehen, egal, oder? Ich freue mich, daß ihr da seid, ihr laßt mich nicht allein, ich euch auch nicht, ich möchte das mit euch teilen. Ich weiß, euch wird es nicht weniger gefallen als mir. Ich weiß, ihr habt darauf genauso gewartet wie ich. Ich habe, ihr wißt das, lange darüber nachgedacht, wie ich euch, uns, mich, Yunkai befreien kann, wie ich euch gerecht werden könnte. Ich wußte nicht, wie. Man muß es halt selber tun, ihr wißt schon, wenn man nicht alles selber tut, Smiley. Ich kann vielleicht nicht über die Welt fegen, auf dem Rücken meiner Drachen, und sie für euch befreien und niederbrennen, obwohl ich das wirklich gern täte, bitte glaubt mir das. Ja? Ich kann das nicht, leider, sorry, ich kann nur so etwas wie eine Ice-Bucket-Challenge vorschlagen. Ich kann, immerhin, damit anfangen, und euch vielleicht inspirieren. Ich nenne es die Benzinkanisterchallenge. Es wird Spaß machen, bestimmt, keine Bange. Ich kann euch sagen, es bringt einen fast um, der Geruch, die Flecken auf dem Teppich, und alle zwei Sekunden will man innehalten, etwas retten, alles retten, die Kinderzeichnungen von Simon, die Schublade mit den Pässen und Fotoalben, die alten Lieblingsschallplatten. Der schöne Teppich sieht so traurig aus, wenn er sich tränkt. Aber eben nur fast. Man darf keine Rücksicht nehmen, Rücksicht liegt hinter uns. Meine Drachen sind groß geworden, sehr groß, ungeheuerlich groß. Ich mit ihnen. Ich mit euch. Ich bin froh, daß ihr dabei seid. Meinen größten, meinen Lieblingsdrachen, habe ich Herostratos genannt. Ich weiß, ihr werdet mich erinnern. Mich, erste meines Namens. Dies ist mein Feuerzeug, denn bisweilen rauche ich doch, heimlich, meine Drachen verstehen das, Frank nicht, aber das ist mir egal. Euch auch, hoffentlich. Wollen wir sehen, wie es brennt? Wollen wir sehen, ob es so brennt wie in den Filmen, wenn man im Vorgarten steht, die Kamera auf dem Stativ, und seinen Paß, angezündet, auf die Benzinspur fallen läßt? Wollen wir es ausprobieren? Ja, sagen meine Drachen, sie stehen hinter mir und sind groß wie Häuser. Werfen selbst in der Nacht noch Schatten. Ich sage, laßt es uns ausprobieren. Ein Schnipp mit dem Feuerzeug. Dann Auflösung. Flammen. Magic Moment. In meinem Rücken. Vor mir die Kamera und die Zukunft. Ich bin dafür. Ihr auch? Dann vergeßt nicht, zu liken und zu teilen. Ich weiß, nur so kann ich euch gerecht werden und uns befreien. So könnte es gehen. Meine Drachen werden ungeduldig, und sie sind längst zu groß, als daß man ihnen widersprechen könnte. Schnipp.

Jero jetzt und heute

Sie auf dem Firngrat nach links wankend, Halt in der dünnen Höhenluft suchend, ins Leere greifend. Sinkende Sonne, jede Bewegung kristallin und langsam wie eine Highspeedkameraaufnahme. Das zerstäubende Eis unter ihren neuen, steigeisenbewehrten Schuhen. Der Moment, in dem die verlangsamte Klarheit keinen Zweifel daran läßt, daß sie sich nicht wird halten können und fällt. Jero hat sich auf die andere Seite des Grates und zu Boden geworfen, seinen Pickel ins Eis geschlagen, zu knapp, zu kurz, mit Ruths Ruck an seinem Seil bricht das kleine Stück Grat zwischen ihnen einfach weg, sollte es nicht, tut es trotzdem. Die abendsonnensatte Welt kippt ins Leere, alle Berge treten einen pietätvollen Schritt zurück und hinterlassen nichts als Nichts, eisige Splitter des Grates stehen und verharren um ihn herum in der

Luft, kreischen: heute, heute, jetzt, jetzt, überlassen ihn dem Fall. Freundlicherweise blendet das Spiel vor dem Aufschlag aus.

Uebel dankt

Wie immer großer Dank an Anja Keil, meine Erzagentin, und Martin Hielscher, meinen Überlektor, ohne die Bücher nicht denkbar sind.

Ich danke allen Bergführern und Bergmenschen, die mich dorthin in die Berge mitgenommen haben, wohin ich allein nicht gekommen wäre: Andrea Badrutt, Markus Gujan, Adrian Räz, Anselm Tscharner sowie Mario Casella, Werner Steininger und Carlo Frasnelli. Dank auch allen Menschen von der Bergsteigerschule Pontresina und *Go Vertical*. Dank an Martina Tscharner für all unsere wunderbaren Abende auf 2731 Meter, an Gabriela Forlin für die Warnung vorm Dunkeln, und an Jürg Denoth fürs Hubschrauben. Ein Sonderdank geht an Adrian Räz dafür, «Jero» auf Plausibilität geprüft zu haben.

Ein großer Dank an Roland Austinat für die Erlaubnis, seinen «Climb»-Bericht aus *www.pcgameshardware.de* im Kapitel «Simon climbt» verwenden zu dürfen, danke dafür auch an die Redaktion!

Danke an die Jungs von *Noys VR* für den eindrucksvollen Nachmittag.

Und Dank an Daniel, Frank und Tino fürs Basecamp Nochtspeicher.

Heini, ich vergesse Dich nicht.

Literatur bei C.H.Beck

Nicola Kabel
Kleine Freiheit
Roman
272 Seiten. 2021

Hans Pleschinski
Am Götterbaum
Roman
280 Seiten. 2021

Jochen Schmidt
Ich weiß noch, wie King Kong starb
Ein Florilegium
240 Seiten. 2021

Megan Hunter
Die Harpyie
Roman
Aus dem Englischen von Ebba D. Drolshagen
232 Seiten. 2021

François Garde
Der gefangene König
Roman
Aus dem Französischen von Thomas Schultz
336 Seiten. 2021

Alma Mathijsen
Ich will kein Hund sein
Novelle
Aus dem Niederländischen von Andreas Ecke
160 Seiten. 2021